Paolo Cognetti

Het geluk van de wolf

Vertaald door Yond Boeke en Patty Krone

2021

DE BEZIGE BIJ

AMSTERDAM

Deze uitgave is mede tot stand gekomen dankzij een aankoop- en productiesubsidie van het Nederlands Letterenfonds; de vertaler ontving voor de vertaling een projectsubsidie van datzelfde fonds.

Nederlands letterenfonds
dutch foundation
for literature

Oorspronkelijke titel *La felicità del lupo*
Oorspronkelijke uitgever Giulio Einaudi editore s.p.a., Turijn
Omslagontwerp Moker Ontwerp
Foto auteur Stephan Vanfleteren
Vormgeving binnenwerk CeevanWee, Amsterdam
Druk Wilco, Amersfoort
Bindwerk Abbringh, Groningen
ISBN 978 94 031 4901 1
NUR 302

debezigebij.nl

MIX
Papier van verantwoorde herkomst
FSC® C004472
FSC
www.fsc.org

Bij de productie van dit boek is gebruikgemaakt van papier dat het keurmerk van de Forest Stewardship Council (FSC®) mag dragen. Bij dit papier is het zeker dat de productie niet tot bosvernietiging heeft geleid.

‘Tijdens mijn reizen raakte ik ervan overtuigd dat de verlangens en aspiraties van mensen net zo goed deel uitmaakten van het land als de wind, solitaire dieren en de schitterende steenvlakten en toendra’s. En ook dat het land geheel los van dit alles bestond.’

Barry Lopez, *Dromen van het noorden*

1. Een restaurantje

Fausto was veertig toen hij, op zoek naar een plek om opnieuw te beginnen, zijn heil zocht in Fontana Fredda. Hij kwam daar al van jongs af aan, en als hij al te ver weg was van de bergen daar werd hij neerslachtig, hetgeen een van de oorzaken, of misschien wel dé oorzaak was van de problemen met de vrouw die bijna zijn echtgenote was geworden. Na hun scheiding had hij er een huisje gehuurd en er de maanden september, oktober en november doorgebracht met paden afstruinen, hout sprokkelen in de bossen en voor de kachel eten, genietend van het zout van de vrijheid en kauwend op het bitter van de eenzaamheid. Hij schreef ook, of althans, hij probeerde het: in de loop van de herfst zag hij dat de kuddes de almen verlieten en de naalden van de lariksen geel werden en afvielen, totdat met de eerste sneeuwval ook het geld dat hij opzij had gelegd opraakte, hoezeer hij zijn uitgaven ook tot een absoluut minimum had beperkt. Nu het winter werd, kreeg hij de rekening van een moeilijk jaar gepresenteerd. Hij kende wel wat mensen in Milaan die hij om werk kon vragen, maar dan moest hij terug naar de stad, gaan rondbellen, met zijn ex de kwesties oplossen die ze voor zich uit hadden geschoven, en toen hij zich er al bijna bij had neergelegd dat er niets anders op zat, had hij op een avond achter een glas wijn zijn hart uitgestort in de enige openbare gelegenheid die Fontana Fredda rijk was.

Babette, achter de toog, begreep het volkomen. Getuige haar accent en een zekere elegantie was ook zij ooit uit de stad gekomen, maar god weet wanneer en langs welke wegen. Op een gegeven moment had ze een restaurant overgenomen op een plek waar in de tussenseizoenen de enige klandizie bestond uit metselaars en veehouders, en had het *De tafel van Babette* genoemd, naar de Babette uit de novelle van Karen Blixen. Vanaf dat moment noemde iedereen het zo, niemand wist meer hoe het eerst heette. Fausto had vriendschap met haar gesloten omdat hij Karen Blixen had gelezen en de toespeling had begrepen: de Babette in het verhaal was een revolutionair die, nadat de Commune van Parijs was mislukt, naar een boerengehucht in Noorwegen was gegaan waar ze als kokkin ging werken. De Babette in Fontana Fredda serveerde geen schildpadsoep, maar had de neiging dolende zielen onder haar vleugels te nemen en te proberen praktische oplossingen te vinden voor existentiële problemen. Nadat ze de zijne had aangehoord vroeg ze: Kun je koken?

En zo was hij er met kerst nog steeds, in de keukendampen worstelend met enorme potten en pannen. Er was ook een skipiste in Fontana Fredda; elke zomer was er sprake van dat die gesloten zou worden en elke winter ging hij toch weer open. Een bord beneden bij de afslag en wat op de weiden gespoten kunstsneeuw moesten skigezinnetjes trekken, en drie maanden per jaar veranderden de bergbewoners in stoeltjesliftpersoneel, sneeuwmakers, reddingswerkers en bestuurders van de zogenoemde sneeuwkatten: een collectieve verkleedpartij waar ook hij nu aan meedeed. De andere kok was een veterane die hem in een paar dagen leerde hoe hij kilo's worst moest ontvetten, het koken van de pasta kon stoppen met koud water, de olie in de frituurpan moest bijvullen, en dat urenlang in de polenta roeren energieverspilling was, je moest hem gewoon op een laag pitje laten staan en dan werd hij vanzelf gaar.

Fausto vond het fijn in de keuken, maar ook iets anders trok gaandeweg zijn aandacht. Er was een luikje waardoor hij de borden naar de eetzaal doorgaf en waardoor hij kon zien hoe Silvia, de nieuwe serveerster, de bestelling kwam ophalen en naar de tafels bracht. God mag weten waar Babette haar vandaan had gehaald. Ze was niet het soort meisje dat je verwachtte aan te treffen tussen bergbewoners: jong, vrolijk en met de uitstraling van een wereldreizigster leek ook zij, als je haar polenta en worst zag rondbrengen, tekenend voor die tijd, net als buiten het seizoen bloeiende planten of als de wolven waarvan werd beweerd dat ze terug waren in de bossen. Tussen kerst en Driekoningen werkten ze aan één stuk door, twaalf uur per dag, zeven dagen per week, en zo maakten ze elkaar het hof, zij door briefjes op het kurkbord te prikken, hij door op de bel te drukken als de gerechten klaar waren. Ze plaagden elkaar: Twee pasta van de chef, zei zij. Er is alleen pasta van de cheffin, zei hij. De gerechten en de skiërs wisselden elkaar in zo'n tempo af dat Fausto pas bij het uitschrapen van de pannen zag dat het alweer donker was. Dan stopte hij even en dacht aan de bergen: hij vroeg zich af of het boven had gewaaid of gesneeuwd, en hoe het licht zou zijn geweest op de grote zonovergoten vlakten boven de boomgrens, en of de meren er nu uitzagen als ijsvlakten of als zachte, besneeuwde kommen. Op achttienhonderd meter was de winter raar begonnen: het regende en sneeuwde, en 's ochtends deed de regen de natte sneeuw van de nacht weer smelten.

Op een avond na de feestdagen – de vloeren waren nog vochtig en het vaatwerk was afgedroogd en opgestapeld – knoopte hij zijn kokssloof los en ging iets drinken aan de bar. Rond die tijd werd het rustig en vredig in het restaurant en waren ze er weer zelf de baas. Babette zocht een muziekje uit en zette een fles grappa op de toog, en de sneeuwkatbestuurders vielen tussen hun ritten door binnen op zoek naar gezelschap. Zij egaliseerden de door de skiërs veroorzaakte gaten en bulten, brachten de sneeuw die omlaag was geduwd weer naar boven en freesden hem daar waar die was verijsd om hem weer korrelig te maken – uur in uur uit in het donker op en neer met hun rupsvoertuigen. Silvia had een kamertje boven de keuken: tegen elf uur zag Fausto haar naar beneden komen met een handdoek om haar hoofd. Ze trok een stoel bij de kachel en ging in de warmte een dik boek zitten lezen. Het schoot door zijn hoofd dat ze net onder de douche vandaan kwam.

Intussen luisterde hij naar de verhalen van een sneeuwkatbestuurder die Santorso werd genoemd, net als de plaatselijke heilige, Sant'Orso, en de grappa. Santorso vertelde over de jacht op auerhanen en over sneeuw. Over de sneeuw die dat jaar laat was, over de sneeuw die van onschatbare waarde was om de holen van patrijzen en korhoenders tegen de vorst te beschermen, over de problemen die sneeuwloze winters voor hen betekenden. Fausto hield ervan allerlei dingen te leren die hij niet wist, maar intussen hield hij ook zijn serveerster scherp in de gaten. Op een gegeven moment haalde Silvia de handdoek van haar hoofd en begon met haar vingers haar haar te kammen dat ze vlak bij de kachel hield. Het was zwart, lang en steil, als dat van een Aziatische vrouw, en de manier waarop ze het kamde had iets heel intiems. Totdat ze voelde dat ze bekeken werd, opkeek van haar boek en met haar vingers in haar haar naar hem glimlachte. De grappa brandde in Fausto's keel, als bij een jongen die voor het eerst drinkt. Niet veel later togen de sneeuwkatbestuurders weer aan het werk; Babette wenste hen tweeën goedenacht, herinnerde hen eraan dat een van hen 's ochtends vroeg de croissants in de oven moest schuiven, zette de vuilniszakken buiten en ging naar huis. Ze liet zonder probleem de sleutels, de flessen drank en de muziek achter en was blij dat haar restaurant ook in haar afwezigheid vriendschappen bevorderde, een kleine Commune van Parijs te midden van de Noorse ijsvlakten.

2. Geliefden

Die avond nam zij hem mee naar boven, al was dat, als het aan hem had gelegen pas gebeurd als de dooi had ingezet. De enige warmte in Silvia's kamertje kwam van de keuken en de uitkleedrite kreeg daardoor iets gehaasts, maar naakt in bed kruipen naast een net zo naakt, rillend meisje had voor Fausto iets ontroerends en prachtigs. Hij was tien jaar met dezelfde vrouw geweest en had zes maanden met zijn eigen zouteloze zelf opgescheept gezeten. Het was alsof hij eindelijk iemand te gast had: dat lichaam verkennen, ontdekken dat het aan de onderkant krachtig was, compact, stevige dijen, een gladde, strakke huid; aan de bovenkant was het hoekig, weinig boezem, een en al rib, sleutelbeen, elleboog, en ook jukbeenderen en tanden waarmee hij in botsing kwam als Silvia's seks wat al te onstuimig werd. Hij was vergeten hoeveel geduld ervoor nodig is om te begrijpen wat andermans voorkeuren zijn en om die ander de jouwe duidelijk te maken. Op zijn beurt had hij dan weer handen die onder de brandwonden, sneden en gaatjes van die verdomde snijmachine zaten en waren aangetast door schoonmaakmiddelen, en uiteindelijk zag hij een zekere overeenkomst als hij haar daarmee streelde.

Wat ruik je lekker, zei hij. Naar kachel.

Jij naar grappa.

Vind je dat vervelend?

Nee, lekker. Grappa en hars. Hoe komt dat?

Doordat we dennenappels in de grappa stoppen.

Dennenappels in de grappa?

Ja, van de alpenden. Die worden in juli geraapt.

Dan ruik je naar juli.

Dat vond Fausto leuk, het was zijn lievelingsmaand. De dichte, schaduwrijke bossen, de geur van hooi op de velden, de gorgelende bergstromen en hoog boven de puinhellingen de laatste sneeuw: hij drukte een julikus op haar mooie, geprononceerde sleutelbeen.

Mooie botten heb je.

Fijn. Ik loop er al zevenentwintig jaar mee rond.

Zevenentwintig? Dan hebben ze al flink wat afgereisd.

We zijn wel hier en daar geweest, ja.

Vertel: waar waren je botten toen je, zeg, negentien was.

Op mijn negentiende zat ik in Bologna op de kunstacademie.

Ben je kunstenaar?

Nee. Dat is me daar wel duidelijk geworden. Dat ik geen kunstenaar ben, bedoel ik. Ik was beter in feesten.

Dat wil ik wel geloven, in Bologna. Heb je honger?

Een beetje.

Zal ik even iets halen?

Ja, maar alleen als je het snel doet, ik heb het nu al koud.

Ik vlieg.

Fausto liep de trap af naar de keuken, keek in de koelkasten, liep langs het raampje en zag de kanonnen sneeuw uitspugen over de piste. Op elk sneeuwkanon zat een schijnwerper die hem bijlichtte, zodat je op de piste boven Fontana Fredda overal een soort vuurwerk zag van vernevelde waterstralen die bevroren zodra ze in contact kwamen met de lucht. Hij dacht aan Santorso die in het nachtelijk duister de hopen kunstsneeuw egaliseerde. Hij ging terug naar de kamer met brood, kaas en tapenade, schoof onder de dekens en meteen drukte Silvia zich tegen hem aan, ze had ijskoude voeten.

Hij zei: Volgende poging. Silvia als ze tweeëntwintig is.

Op mijn tweeëntwintigste werkte ik in een boekhandel.

In Bologna?

Nee, in Trento. Daar woont een vriendin van me, Lilli. Na Bologna was ze naar huis teruggegaan om er een eigen winkel te beginnen. Ik heb altijd van boeken gehouden en met de universiteit had ik het wel gehad. Toen ze me vroeg, hoefde ik er geen twee keer over na te denken.

Dus je bent boekhandelaarster geweest.

Ja, zolang het duurde. Maar het was een mooie tijd,

echt! Daar heb ik de bergen ontdekt. De Brentadolomieten.

Fausto sneed een stuk brood af, besmeerde het met tapenade en legde er een stuk kaas op. Hij vroeg zich af hoe dat ging, de bergen ontdekken. Hij bracht het brood naar haar mond, maar stopte halverwege.

En vertel eens, wat doe je hier, aan de voet van de Monte Rosa?

Ik ben op zoek naar een hut, ik wilde een tijdje weg.

Jij ook?

Ik zou wel in een gletsjerhut willen werken. In de zomer, bedoel ik. Weet jij er een?

Ja, een paar.

Mag ik die kaas nou?

Fausto stak haar het brood met kaas toe, Silvia deed haar mond open en zette haar tanden erin. Hij snoof de geur van haar haar op.

Een gletsjerhut, zei hij.

Vind ik die, denk je?

Waarom niet. Je kunt het altijd proberen.

Wil je ophouden me te besnuffelen?

Je ruikt naar januari.

Silvia lachte. En waar ruikt januari dan naar?

Waar rook januari naar? Kachelrook. Dorre, bevroren velden in afwachting van de sneeuw. Het naakte lichaam van een meisje na langdurige eenzaamheid. Het rook naar een wonder.

3. De smeris

Santorso hield niet alleen van de avonden dat hij dronk, maar ook van de ochtenden nadat hij had gedronken. Niet te veel, niet zoveel dat hij zich ellendig voelde, maar genoeg om bij het ontwaken nog een restje dronkenschap te voelen. Hij was dan geneigd vroeg op te staan, naar buiten te gaan en te gaan lopen, en op die tochten raakten zijn zintuigen enerzijds vertroebeld maar anderzijds aangescherpt, alsof in de algehele ondoorzichtigheid van de wereld bepaalde details er juist uit sprongen. Het eerste detail was het opborrelende water uit de fontein: eenmaal buiten waste hij zijn gezicht ermee en dronk er een ijskoud slokje van. Fontana Fredda had er verscheidene; ooit waren het allemaal drinktroggen voor het vee geweest, met water dat 's zomers en 's winters dezelfde temperatuur had en via geheimzinnige ondergrondse wegen vanaf de gletsjers omlaagstroomde, totdat het weer bovengronds kwam op het weidse plateau waar het dorp verrees. Het plateau ging aan de dalkant abrupt over in een vijfhonderd meter steil omlaaglopende boshelling, terwijl het aan de bergkant via een reeks glooiende zomerweiden omhoogliep. Nu was het doodstil op de verlaten almen, de mestkuilen waren leeg, de badkuipen stonden omgekeerd op de weiden. Onder de egaal grijze lucht zag Santorso dat er in de schaduwgebieden nog een dun laagje sneeuw lag – en op dat laagje hadden nachtelijke passanten hun spoor achtergelaten. De sporen van een haas tussen de sparren, die van een vos die rond de dichte stallen snuffelde. De hoeven van herten die zich vanuit het bos tot aan de asfaltweg waagden, ernaartoe gelokt door het tegen de vorst gestrooide zout. Van wolven nog nergens enig teken. In de herfst was er twee dalen verderop een glimp van ze opgevangen, en het stond dus vast dat ze zouden komen, of misschien waren ze er al maar waren ze op hun hoede en bestudeerden ze de situatie. Waar de sneeuw verdween, stokten ook de verhalen, net als bij de dingen die hij maar half wist. Er was een regel van zijn vader die hij altijd probeerde na te leven – nooit met lege handen terugkeren uit het bos – en die ochtend plukte hij jeneverbessen en stopte ze in de zak van zijn jagersjas.

Het was woensdag en er zouden niet veel skiërs naar de piste komen. Hij liep langs het restaurant, maar Babette was er nog niet. Alleen de kok, of liever, de kok die geen kok was, was in de stille keuken aan het werk. Toen hij de deur hoorde, kwam hij naar de bar en begroette hem.

Koffie? vroeg hij.

Jij bent Fausto, zei Santorso. Of liever, Faus.

Faus?

Faus de keukenpaus.

De kok lachte tevreden. Hij vulde het koffiefilter, draaide de zeefhouder vast en zei: Lijkt me perfect.

Volgens mij sneeuwt het, Faus.

Het werd tijd.

Babette kwam binnen met de zak met brood en de kranten. Ze legde de kranten op de bar en bracht het brood naar de keuken. Na haar kwam de oude veehouder binnen die in een van de lagergelegen huizen woonde. Het was een fijn tijdstip, tussen acht en negen, als er nog geen skiërs waren en de ouderen uit Fontana Fredda bij Babette langskwamen en er over hooi en melk werd gepraat, over houtvoorraden, over de sneeuw die vroeger tot aan de balkons reikte. Fausto maakte ook voor zichzelf een kop koffie en Babette loste hem af achter de bar. Santorso wierp haar een blik toe en hief even zijn kin op – een gebaar dat alleen voor hen tweeën bestemd was. Zij zuchtte, pakte de fles brandy en goot er een drupje van in zijn kopje.

Nou, zijn de wolven er al? vroeg de veehouder.

Laat ze maar komen, zei Santorso. Ze zijn allemaal welkom.

Ik waarschuw je, ze hoeven maar één van mijn beesten te grazen te nemen en ik kom naar buiten met mijn geweer.

Toe maar.

Je denkt zeker dat ik een grapje maak.

Nee, nee, ik geloof je.

En wat ga jij dan doen, me arresteren?

Ik? Ik ben met pensioen, ik arresteer niemand meer.

Ook het meisje, de nieuwe serveerster, kwam naar beneden. Ze pakte een schortje vanonder de toog en knoopte het om. Ze schonk zichzelf een glas kraanwater in en dronk het in één teug leeg, waarna ze een tweede glas inschonk. Zo, jij hebt dorst, dacht Santorso.

Fausto zei: Hoe bedoel je, met pensioen?

Vroeger was ik boswachter.

Boswachter? Je was toch jager?

Het een hoeft het ander niet uit te sluiten.

Goh!

Het meisje vulde een blad met glazen en liep naar de eetzaal om de tafels te dekken. Toen ze langs Fausto liep, raakte ze even zijn hand aan, en Santorso had dat liever niet gezien. Hij hield niet van het doen en laten van mensen. Hij gaf de voorkeur aan dat van wolven, vossen en korhanen.

Ik zet de polenta op, zei Fausto.

Zo, je hebt het hier goed voor elkaar.

Jij zegt het.

Au revoir.

Santorso dronk zijn koffie op, legde een geldstuk op de toog en zei Babette gedag die al met iets anders bezig was. Voor de oude veehouder kon er zelfs geen knikje vanaf. Buiten haalde hij diep adem en dacht: er heeft hier iemand geneukt vannacht. En toen: o, wat ruikt het toch lekker als er sneeuw in aantocht is. Met de smaak van koffie en brandy nog in zijn mond stak hij een sigaret op, en vervolgens begon hij zich af te vragen wat hij met zijn ochtend zou doen.

4. Lawines

Nu sneeuwde het echt: binnen twee dagen lag er een flink pak sneeuw op de moestuinen, houtschuren, mesthopen en kippenhokken. Het was dikke, vochtige sneeuw die niets weg had van januarisneeuw en die hand in hand ging met een wind die hem horizontaal voortjoeg waardoor hij zich op boomstammen en op de terrastafeltjes van De tafel van Babette vastzette. Binnen werden er maar weinig bestellingen geplaatst, en op een zondagmiddag om drie uur bedacht Silvia dat er naast de deur van het restaurant een sneeuwschep stond: ze ging naar buiten om het kleine terras sneeuwvrij te maken.

Ze was onder de indruk van de verandering die Fontana Fredda had ondergaan. Het landschap dat ze in december had aangetroffen, boerenland, maar dan ruiger en bosachtiger, was in één nacht veranderd in een arctisch landschap. Ze keek naar de weg waar auto's onhandig manoeuvrerend, met voortdurend kleine glijpartijen, hun parkeerplek verlieten. Mensen die met stramme passen kwamen aanlopen met hun ski's op hun schouder. Veel sneeuw viel er niet waar Silvia was opgegroeid, en ze vroeg zich ineens af of haar moeder ooit had gezien wat zij nu zag, en of ze het mooi zou hebben gevonden of niet, of ze zich beschermd of juist bedreigd zou hebben gevoeld. Ze keek naar de langsrijdende sneeuwschuiver die de weg vrijmaakte tot aan de bocht voorbij het restaurant en zo een metershoge berg sneeuw produceerde. Daarna keerde hij en Silvia begreep dat die sneeuwbarrière 's winters de grens van de beschaving vormde: op de witte vlakte die erachter lag waagde je je alleen voor eigen rekening en risico, en ze kreeg zin om te gaan kijken hoe het er was. Haar trok niet zozeer de skipiste, als wel die maagdelijke sneeuw.

In de bar van het restaurant was het tijd voor Babettes middagtraktatie: warme chocolademelk. Babette deed haar wel een beetje aan haar moeder denken: ze was wel heel goed in het serveren van de chocolademelk, maar het kwam niet in haar op om de vuile bekers af te ruimen. Silvia ging de tafeltjes langs, ontweek skiërs en kinderen van skiërs, vulde een dienblad en ruimde de vaatwasser in. Toen die klaar was zette ze de bekers te drogen op de espressomachine.

Hoe is het buiten? vroeg Babette, die tevergeefs een spuitbus slagroom op en neer schudde.

Het sneeuwt niet meer. Ze hebben de weg schoongeveegd.

Hou je van sneeuw?

Ik weet het nog niet. Jij?

Ik let er niet eens meer op. Sneeuw zorgt voor werk. Mijn hemel, moet je mij nou horen.

Is de slagroom op?

Het ziet er wel naar uit.

Ik haal wel even nieuwe.

Ze liep naar de keuken waar de condens op het enige raampje stond. De kokkin stond achter de crêpeplaat, Fausto was bij de vaatwasser bezig de afwas van de lunch weg te werken. Hij lachte naar haar met een van zweet glimmend voorhoofd: in de wolk van stoom die uit de machine kwam en tussen de stapels vieze borden zag hij kans een soort verheven afzijdigheid te bewaren alsof hij net uit de bergen kwam en even was gestopt om een handje te helpen.

Warm, chef?

Het is een sauna.

Zin in een biertje?

Waarom niet.

Silvia liep naar de bar met de slagroom en kwam terug met een koud biertje. Fausto zette de vaatwasser aan, pakte het glas van haar aan en nam een flinke slok. Het schuim zat nog in zijn snor toen in de keuken, boven het geroezemoes in de bar uit, ineens duidelijk het gerommel van de donder te horen was. Silvia schrok.

Wat was dat? Onweer in januari?

Nee, een lawine.

Maken lawines zo'n geluid?

Soms. Als het twee of drie dagen sneeuwt, beginnen ze zodra het wat warmer wordt te schuiven.

En dus liep Silvia opnieuw het terras op om te kijken of ze de lawine kon zien. Ze keek naar de noordhellingen van de bergen tegenover Fontana Fredda. Ze hoorde dat gerommel weer, de rollende sneeuwmassa, maar nu lager dan eerst, en zag een stuifwolk tussen de rotsen. Daarna nog een, op een wand, als een waterval. Zo'n beetje overal waar de helling te steil was of waar er zich te veel had opgehoopt, kwam de sneeuw los, zakte, en gleed omlaag, de vorm van de berg volgend, met zijn kloven en gladde stukken, om ten slotte ergens in de diepte tot stilstand te komen. Nadat ze een tijdje had staan kijken, zag ze hoe zich in een couloir een waarachtige lawine losmaakte. Eerst zag ze de bliksemflits en met enige vertraging bereikte haar ook de doffe, langdurige donderslag. Er viel niet naar te luisteren zonder een zekere angst te voelen. De sneeuwmassa zakte een flink stuk naar beneden, zwol aan en sleurde alles wat op zijn pad kwam mee, en toen hij eenmaal tot stilstand was gekomen restte er op de bergflank een donkere vlek, als een muur waar het stucwerk van af was gevallen. Silvia sloeg haar armen om zich heen en bleef zo naar dat verre onweer staan kijken.

5. Een winderige avond

Diezelfde avond nodigde Fausto haar bij hem thuis uit. Het huis dat hij had gehuurd was een relict uit de jaren zeventig of tachtig, met een staalkaart aan kanten gordijntjes voor de ramen, gegutste harten in de rugleuningen van de stoelen en edelweissborduursels. Het deed hem denken aan de skiliften beneden in het dal, die waren aangelegd toen het ook daar nog sneeuwde en die nu stonden weg te roesten in de weilanden, en toch hield hij ervan, zoals je houdt van plekken waar je opnieuw begint, vol beloften en nog zonder teleurstellingen. Er was daarbinnen niets dat van hem was, behalve zijn bergschoenen bij de deur en een enkel boek op een plank, zijn transistorradio en het schrift op tafel. Silvia zag het zodra ze binnen was.

Schrijf je?

Als ik tijd heb.

Waar schrijf je over?

Fausto pakte het boek van de plank dat hij jaren eerder had gepubliceerd. Verhalen over stellen, voor het merendeel. Stellen die elkaar beu werden, elkaar bedrogen, elkaar verlieten, of die samenbleven om elkaar vervolgens nog meer pijn te doen. Het soort verhalen dat hem ooit interesseerde en waarvan hij inmiddels het gevoel had dat ze door iemand anders waren geschreven. Silvia draaide het boekje om en om.

Jij werkte toen nog niet in een boekwinkel, hè?

Nee.

Het is sowieso maar kort in de handel geweest.

Hoezo?

Het verkocht niet. En toen ging de uitgever failliet.

En daarna heb je niets meer geschreven?

Geen boeken.

Ze wees op het schrift. Mag ik?

Als het je lukt het te ontcijferen.

Fausto had in de herfst wat geëxperimenteerd. Hij trok eropuit met het schrift in zijn rugzak, stopte na twee of drie uur stijgen op een hoogte die hem inspireerde en probeerde daar dan, gezeten op een steen onder de blote hemel, onder woorden te brengen wat hij om zich heen zag. Hij had meteen begrepen dat hij alles nog moest leren. Hij voelde zich als een musicus die van genre en wellicht ook van instrument was gewisseld. Hij wist niet of wat hij opschreef ooit tot iets zou leiden, maar hij vond het fijn om eraan te werken en had er hoe dan ook genoeg van om over mannen, vrouwen en de liefde te schrijven.

Deze scène, zei Silvia. 's Nachts, met die bergstroom en dat hert dat naderbij komt om te drinken. Heb je dat echt meegemaakt?

Ja, ik slaap graag af en toe buiten.

Buiten slapen, gewoon zo?

Ik heb een goede slaapzak. Het is een soort rite. Ik neem afscheid van de zomer met een nacht in de openlucht.

Het is mooi beschreven.

Vind je?

Ja, echt mooi. Het heeft iets geheimzinnigs, niets meer aan veranderen.

Silvia in die kamer. Met zijn schrift in haar handen.

Later vreeën ze op de manier die ze aan het leren waren en die bezig was de hunne te worden. Ze luisterden naar de wind die weer was opgestoken. Toen Fausto hout op de kachel ging gooien, hoorde hij hem door de schoorsteen blazen en zag hij het vuur opflakkeren. Hij bedacht ineens dat hij ergens nog een fles wijn had, pakte die, samen met twee glazen, en ging terug naar de slaapkamer. Ze wachtte hem op, met haar rug tegen het hoofdbord geleund. Ze had haar trui weer aangetrokken, over haar blote huid. Terwijl Fausto de wijn inschonk, vroeg ze hem haar te vertellen hoe hij schrijver was geworden.

Weet je wie mijn leven heeft verwoest? Jack London. Want ik had nou echt niet het gevoel dat ik allemaal verhalen in me had, maar het idee leek me zo avontuurlijk. Schrijven, drinken, op een houtje bijten. Schrijversvriendinnetjes hebben.

Hoe zijn die, schrijversvriendinnetjes?

Die zijn gek.

Hij reikte Silvia het glas aan en kroop bij haar in bed.

Ach, toen ik twintig was, was het leuk om erin te geloven. Me iemand te voelen die zijn roeping volgde.

Zijn roeping?

Ik was gestopt met studeren omdat ik ervan overtuigd was dat ze me op de universiteit niets konden leren. Ik las gewoon alles wat los en vast zat. Ik begon 's nachts te schrijven, of in de metro, of in het café, ja, het was mijn roeping.

Ik heb er nooit een gehad.

Nee?

Ik heb me altijd door anderen laten leiden. En ook een beetje door het toeval. Misschien heb ik wel de roeping van anderen gevolgd.

Maar je bent wel alleen hiernaartoe gekomen.

Ja, dat wel.

Weet je trouwens wat ik heb gedaan zodra ik de eerste exemplaren van dat boek kreeg?

Nou, wat dan?

Ik ben naar de burgerlijke stand gegaan om een nieuw identiteitsbewijs aan te vragen. Ik zei dat ik het andere was kwijtgeraakt. En bij 'beroep' heb ik opgegeven: *schrijver*. Ik had het boek meegenomen als bewijs.

Silvia lachte. Fausto leegde zijn glas bij de herinnering. Ze zei: Maar schrijver ben je daarna niet meer geweest.

Wel en niet.

Hoe bedoel je?

Ik heb geleerd te overleven.

Interessant. Hoe doe je dat?

Dat is een te droevig verhaal voor zo'n mooie avond.

O, dan denk ik dat ik het al weet.

Ze dronken en kletsten totdat de fles leeg was. Hij vond het fijn om wakker te blijven en met haar te praten, bijna net zo fijn als vrijen. Zelfs dat toeristenonderkomen voelde inmiddels echt aan als thuis, en dat bed met de doorgestikte kerstdeken als hun bed: hun nachtkastjes, hun glazen, de geur van hun seks in de lakens.

Silvia begon slaap te krijgen. Ze was op haar zij gaan liggen en zei: Weet je, ik vond in de boekwinkel ooit een aardrijkskundeboek voor kinderen. Er stond in dat duizend meter klimmen in de Alpen gelijkstaat aan duizend kilometer noordwaarts reizen.

O ja?

Ja, vanwege het klimaat. De flora, de fauna en zo. Er stond in dat het klimaat naarmate je hoger komt veel sneller verandert dan langs de lengtegraad, en dat zelfs een klein niveauverschil dus gelijkstaat aan een verre reis.

Mooi idee.

Precies, dus ik dacht: nou, dat is geen verkeerde manier om over de wereld te reizen als je geen sou hebt. Ik heb een atlas gepakt en ben gaan zitten rekenen. Ik heb bijvoorbeeld Berlijn opgezocht: duizend kilometer. Londen: ook duizend. Maar het is niet zo dat je naar duizend meter hoogte gaat en dat daar dan Londen en Berlijn liggen, zo werkt het niet. En drieduizend kilometer ten noorden van de Alpen, weet je wat daar ligt?

Nou?

De noordpoolcirkel.

Ligt die drieduizend kilometer hiervandaan?

Klopt dat niet volgens jou?

Ja, nu je het zegt... Hier bij ons beginnen op drieduizend meter de gletsjers. En hoe ver is de Noordpool?

Iets minder dan vijfduizend kilometer.

Op de top van de Mont Blanc, zeg maar.

Precies. Als je naar de top van de Mont Blanc of de Monte Rosa klimt, dan kun je je er bij benadering iets bij voorstellen.

Fausto lachte. Silvia gaapte. Hij zei: En waar zijn we hier dan, in Fontana Fredda?

Op welke hoogte ligt Fontana Fredda?

Achttienhonderdvijftien meter.

Even denken. Dan zouden we ergens tussen Denemarken en Noorwegen zitten. Bijna in Oslo, zou ik zeggen.

Oslo?

Of misschien ietsje noordelijker.

Nou, inderdaad, als de wereld ooit overstroomt worden al deze dalen fjorden.

Het fjord van Fontana Fredda.

Een windvlaag deed de luiken klapperen, waardoor hun fantasieën werden onderbroken. Fausto stond op om ze dicht te gaan doen en zag zijn oude buurvrouw die moeizaam een kruiwagen voortduwde door het steegje tussen de huizen. Ze liep niet bepaald in een rechte lijn, de wind en de sneeuw speelden haar parten.

Ik ga even naar buiten, zei hij. Hij trok zijn trui,

broek en schoenen aan, zonder sokken of onderbroek, stapte de deur uit en moest schreeuwen om zich verstaanbaar te maken.

Gemma, hoi!

Goeienavond.

Wat doe je?

Ik ga hooi halen.

Ze ging hooi halen, alsof het de normaalste zaak van de wereld was om op dat uur van de nacht, met de wind die de sneeuw opjoeg en allerhande gereedschap van de buitentrappen blies. Nadat al haar andere koeien met de jaren een voor een dood waren gegaan, restte Gemma met haar dik tachtig jaar nog één koe in het stalletje onder haar huis, die ze molk en elk jaar liet bezwangeren.

Wacht, dan help ik je even.

Hoeft niet.

Toe, dan train ik ook nog een beetje.

Hij nam de kruiwagen van haar over en duwde die naar een golfplaten barak. Vanuit het bos klonk het knappende geluid van takken die afbraken door de windstoten. Hij trok twee balen hooi van de hoge stapel omlaag en liep terug tot aan Gemma's huis, waar hij de kruiwagen onder het afdak tegen de muur zette. Hij pakte een baal en duwde de staldeur open. Hij werd overvallen door een lucht waaraan hij nooit had kunnen wennen en die hem, in die door een smerig lampje verlichte ruimte, tussen de drek die aan de wanden koekte en de stroken vliegenpapier die zwart zagen van de dode insecten, de adem benam. De koe draaide haar kop en keek naar hem, haar staart met een touw omhoog gebonden. Overal lagen kippenveren en in een te klein kooitje zat een konijn, op oud stro.

Heb je nog iets nodig, Gemma?

Nee, nee. Dank je, dank je.

Goedenacht dan.

Tot ziens.

Buiten zoog hij zijn longen weer vol lucht, blies die stank uit zijn neus en liep terug naar huis. Bij de voordeur stampte hij de sneeuw van zijn schoenen. Hij trof Silvia slapend aan, met het kussen onder haar wang en een hand onder het kussen, in dezelfde houding als waarin ze even eerder met hem had liggen praten. Haar haar lag als een krans om haar hoofd en haar lippen waren paars van de wijn. Daar lag ze, zijn poolreizigster; Fausto kleedde zich uit en ging naast haar liggen. Slaap had hij niet, en dus begon hij aan de zee te denken, de zee die op een dag het dal zo ver onder water zou zetten dat het tot aan de dorpen van hout en steen zou reiken, aan de berghutten die vissershuisjes zouden worden, aan het licht dat er zou zijn en de zilte lucht, terwijl buiten de noordenwind doorging het fjord van Fontana Fredda schoon te vegen.

6. Het omgevallen bos

Het waren niet alleen takken die hij de vorige avond had horen afbreken. Er waren bomen omgevallen. Santorso stelde hem voor samen de schade te gaan opnemen en leende hem een paar ski's met zeehondenvellen, die Fausto nog nooit had gebruikt. Ze bonden aan het einde van de weg hun ski's onder, aan de andere kant van de sneeuwbarrière. Van de zeehond restte inmiddels alleen de naam: het waren stroken van een soort stug nylon die je onder de latten plakte zodat je ski's meegleden in de richting van de haartjes en blokkeerden als ze zich daar tegenin bewogen. Santorso liet hem zien hoe hij de bindingen moest afstellen en hoe hij de stijghulpen moest gebruiken, maar over hoe je je moest voortbewegen liet hij zich niet uit.

Hij zei: Ik heb al sinds de jaren tachtig niemand meer in spijkerbroek zien skiën.

Ik had geen andere.

Mocht je onder een lawine terechtkomen en ze vinden je, dan denken ze waarschijnlijk dat je een museumstuk bent.

Daarna ging Santorso op weg. De sneeuw was hoog

en maagdelijk en hij volgde een tijdje de weg, soepeltjes alsof hij op ijs schaatste. Fausto probeerde zijn bewegingen na te bootsen en hem bij te houden, maar hij voelde zich nog onhandiger dan op zijn sneeuwschoenen. Hij nam te kleine stappen en had de neiging zijn voeten op te tillen in plaats van ze vooruit te schuiven. Santorso hanteerde de lesmethode van de bergbewoners: hij vertrok en dat was het dan. Toen hij bij een omgevallen boomstam kwam die hem de doorgang versperde, liet hij de weg voor wat die was, bukte zich om zijn stijghulpen te verstellen en ging steil omhoog het bos in.

Het waren vooral de lariksen die door de wind waren bezweken. De sparren hadden het gehouden hoewel ze zwaarder beladen waren met sneeuw. Sommige vliegdennen waren met wortel en al omgevallen, uitgerukt als plantjes, maar onder de lariksen had een ware slachting plaatsgevonden. Veel waren twee, drie meter boven de grond middendoor gebroken, en het bos stond vol boomstompen met een stam die schuin omlaaghing of in de sneeuw lag, de kale takken diep in de grond gedrongen. De mengeling van sneeuw en overal losse naalden, sneeuw en afgebroken takken, sneeuw en omgewoelde aarde gaf het bos een dusdanig naargeestig aanzien dat het net leek of het moedwillig was vernield. Na wat kronkelbochten gaf Santorso er de brui aan: hij klikte zijn ski's los, plantte ze in de sneeuw en ging op een omgevallen boomstam zitten. Godskolere, zei hij. Hij stak een sigaret op terwijl Fausto zich al ploeterend bij hem voegde.

Weet je hoelang het duurt om dit allemaal op te ruimen?

Nee, hoelang?

Jaren. En zo is het overal in het dal.

Maar je kunt het hout toch wel gebruiken, of niet?

Ik vraag het me af, er staat geen rechte boom in het hele bos. En uiteindelijk zal er iemand betaald moeten worden om ze hier weg te halen.

Fausto wist niet wat hij moest zeggen. Santorso werd overvallen door melancholie, alsof hij persoonlijk was aangevallen en gemolesteerd. Hij nam een trekje van zijn sigaret en zei: Zo is het, Faus. Wolven en wind.

Arm bos.

Ach, het is nooit veel soeps geweest, weet je.

Nee?

Het is geplant door onze ouders, daarvoor was het weidegrond. Maar het is niet erg goed gegroeid. Het is niet zo dat je bomen plant en dat die dan groeien, zo simpel ligt het niet.

Hoe ligt het dan?

Santorso trok een stukje schors van de stam waarop hij zat. Aan de buitenkant was het grijs en ruw, aan de binnenkant rossig. Het had de kleur van iets levends.

Hij zei: Als kind leerden we dat je niet in lariksen moet klimmen. Een lork breekt makkelijk.

Een lork, is dat een lariks?

Ja.

En waar kun je dan wel in klimmen?

In sparren. Die hebben buigzaam hout dat niet

breekt, zie je dat die het allemaal gehouden hebben? Alleen plant niemand sparren, die zijn niks waard.

Jammer.

De lariks is hard en levert meer op, maar kinderen vallen uit zijn takken en hij breekt af bij wind. Godskolere, Faus.

Fausto bedacht dat die bergbewoner bepaald verrassend uit de hoek kwam. Na een tijdje zei hij: Vond je het geen leuk werk, boswachter?

In het bos werken wel.

Maar?

Maar toen zijn we omgevormd tot politiekorps en vond ik het niet leuk meer.

Santorso doofde zijn sigaret in de sneeuw. Hij trok resoluut de vellen van zijn ski's, rolde ze op en stak ze in zijn jasje. Hij zei: Berg ze warm weg. Misschien heb je ze straks nog nodig. Als ze te koud zijn blijven ze niet plakken.

Ik denk dat ik maar naar beneden ga lopen. Waar zal ik ze neerleggen?

Hou ze maar, hou ze maar. Kun je een beetje oefenen.

Santorso gooide zijn ski's op de grond en schoot ze aan alsof het een paar oude sloffen waren. Hij fixeerde zijn hielstuk voor de afdaling en pakte zijn stokken op. Daarna vertrok hij, tussen alle omgevallen bomen door, en ondanks de ravage was het een genot hem over de verse sneeuw te zien wegskiën.

7. Babette en de vliegtuigen

De koude, blinkende dagen braken aan waar Babette ooit zo van hield en die ze bij zichzelf niet hartje maar juweeltje winter placht te noemen. Tien, vijftien graden onder nul 's ochtends vroeg, de bevroren sneeuw die knerpte onder je zolen, de kammen in de verte die zich als blikkerende messen aftekenden tegen een lucht die zo egaal en strak was, zo helder, dat je vanuit Fontana Fredda met het blote oog de vleugels en de romp en zelfs de rijen ronde raampjes kon zien van de vliegtuigen op weg naar Parijs. De vliegtuigen blikkerden in de zon. Soms, als ze ze over zag vliegen, vroeg Babette zich af of je vanaf die hoogte Fontana Fredda kon zien liggen. Misschien was dat precies het moment tijdens de vlucht dat de piloot de passagiers opmerkzaam maakte op de Matterhorn of de Mont Blanc, en misschien ook het moment dat een enkele passagier zijn blik ophief van zijn lunch, de besneeuwde dalen halverwege twee wereldhoofdsteden zag en dacht: hé, de Alpen.

Ooit was ze simpelweg blij om te zijn waar ze was, had ze nooit willen ruilen met die reiziger die zich even had laten afleiden. Maar nu was ze daar niet meer zo zeker van. Ze tilde de zak met brood uit de terreinwagen, pakte de stapel kranten, telde hoeveel auto's er bij de stoeltjeslift geparkeerd stonden. Als ze tot aan de afvalcontainers kwamen had ze genoeg verdiend voor de dag. Als ze tot aan de hooischuur van Gemma kwamen zou het restaurant vol zitten. Ze moest haar een dezer dagen eens gaan opzoeken, Gemma, en haar de polentarestjes brengen voor de kippen, en misschien een stuk taart en wat mandarijnen. De zak was te zwaar om te tillen en dus sleepte ze hem over de sneeuw achter zich aan, daarna over de trap en ten slotte over het terras naar de keuken.

Ze nam met Fausto het menu van de dag door, ook dat wat het 'werkmansmenu' werd genoemd, de lunch voor de mannen die bij de liften werkten. Twaalf vaste menu's à tien euro: voorgerecht, hoofdgerecht, bijgerecht, brood en koffie. Fausto weigerde zich erbij neer te leggen dat ze altijd hetzelfde aten.

Als groente courgettes? stelde hij voor.

Courgettes laten ze liggen, en dan gooien wij ze weg.

En risotto in plaats van pasta? Met radicchio en prei?

Laat toch zitten.

Het was altijd pasta, vlees, aardappels, kaas, en zodra je het vlees verving door een omelet steeg er ontevreden gemopper op aan de tafels. Het waren dit soort dingen die Babette helemaal zat was. Het feit dat wat je daarboven ook verzon om een verandering te bewerkstelligen op een muur van onverschilligheid, zo niet van vijandigheid stuitte, totdat je je er ten slotte maar bij neerlegde en ophield het te proberen. En dat ging van bloemen op het terras tot het toevoegen van groente aan het werkmansmenu of, stel, iets als het organiseren van een theatervoorstelling.

De oude veehouder zat aan zijn vaste tafel en zei: Zo, heb je gezien wat een wind?

Nou!

Hele bossen tegen de vlakte. Nooit gehoord van een wind die dat voor elkaar krijgt.

Die krijgt tenminste nog iets voor elkaar.

Wat?

Niks. Ik maakte een grapje. Koffie?

Ze lunchte om elf uur met Silvia. Fausto lunchte niet, hij zei dat hem anders de lust verging om te koken, maar hij vond het leuk om iets origineels voor hen tweeën te maken. Die dag was het oortjespasta met verse tomaat, geitenricotta en bergtijm. Waar had hij die opgeduikeld, verse tomaten in februari? In Fontana Fredda was dat alsof je een exotische vrucht proefde.

Terwijl ze aten wilde Silvia wéér horen over haar legendarische aankomst in het dal, in de zomer, vijfendertig jaar eerder. Ze was volkomen in de ban van dat verhaal, alsof het ging over het ontstaan van de punk, of de val van de Berlijnse Muur.

Weet je, zei Babette, het is niet zo dat ik in Milaan in die tijd god weet wat misliep. Ik was te laat geboren. De jaren zeventig waren dood en begraven en mijn vrienden dachten alleen aan het stadion of aan heroïne.

Het stadion?

Ja. Zaterdags een shot, zondags San Siro, af en toe een concert. Wat een treurnis. Dus ik dacht: zal ik jullie eens wat vertellen? Ik ga deze zomer naar een alm, om koeien te melken en mest te scheppen.

En je bent niet meer teruggegaan.

Uiteindelijk niet. Wie had dat gedacht.

Maar het heeft vast ook iets met een man te maken.

Reken maar.

En hoe was hij?

Knap wil ik niet zeggen. Maar wel tamelijk ruig. Op de alm hadden we een muildier waarmee we eropuit gingen zodra we een uur vrij hadden, en dan hup, vrijen achter een rotsblok. Koud!

En je ouders?

Arme stakkers. Een keer per week ging ik naar het dorp om mijn moeder te bellen en haar te zeggen dat het goed met me ging. Ze schreeuwde, dreigde, zei: je bent minderjarig, ik laat je ophalen door de politie. Ik zei dat ik geen telefoonmuntjes meer had en hing op.

En hoe is het met die ruigerd afgelopen?

Zoals het afloopt met bergbewoners.

Oftewel?

Ze hebben een woede in zich die er vroeg of laat uit komt. In de meeste gevallen door de drank. Als ik je een goede raad mag geven, doe wat je wilt maar trouw er niet mee.

Ik pieker er niet over.

Stipt om twaalf uur arriveerden de bergbewoners, in het werktenue van de stoeltjeslift. Ze hadden weinig tijd en veel honger, het was geen goed idee ze langer dan vijf minuten te laten wachten. Silvia bracht hun brood en kaas terwijl Fausto intussen de pasta in het water gooide en koteletten bakte. Babette sloeg hen af en toe gade: ze mochten alleen maar water drinken, en als ze een stuk kaas afsneden, kauwden ze daar maar matig enthousiast op, alsof er niet veel smaak aan zat. Ze had hun een keer wijn aangeboden, maar een paar jaar geleden was de directie van de liften strenger geworden. De laatste die binnenkwam was de man die op het bovenstation werkte, op drieëntwintighonderd meter, in de zon en de wind. De winter op hoogte had zijn gezicht getekend, de huid op zijn jukbeenderen was verbrand en hij had diepe rimpels rond zijn ogen. Hij gooide de deur van het restaurant open en riep: Ugh, bleekgezichten!

Het lukte Babette niet er niet om te lachen. Ach ja, iets in hen vertederde haar nog steeds. Vond je in Parijs soms roodhuiden? Het indianenopperhoofd ging bij de rest van zijn stam zitten, Silvia bracht de pasta en daarna begonnen ook de skiërs binnen te druppelen, met hun skischoenen, hun helmen, hun pakken en hun uitgehongerde kinderen, en Babette posteerde zich achter de kassa.

8. Haar

Op een avond sloeg Fausto's humeur om door een telefoontje. Hij was daarna lang in de keuken gebleven en Silvia was niet van plan hem te vragen met wie hij had gesproken, en ook niet waarover. Ze wilde helemaal niets afweten van zijn vorige vriendin.

Ze zei: Als je niet wilt, kunnen we ook iets anders doen.

Sorry.

Je moet je niet aldoor verontschuldigen.

Doe ik dat dan? Ik heb er kennelijk een gewoonte van gemaakt.

Buiten sneeuwde het weer, maar binnen was de kachel aan en was het behaaglijk als je naakt onder de dekens lag. Ze aaide met haar wreef over zijn been. Ze pakte zijn hand, het lichaamsdeel dat haar het liefst was. Er zat een splinter in de palm, en ze gaf er een kus op.

Misschien ben ik de winter gewoon zat.

Is het niet een beetje vroeg om de winter zat te zijn?

Het is maart, ik wil weer gras zien. Ik wil gaan vissen, ik wil zwemmen in een beek.

Kun je vissen?

Nee.

Heb je zin om in bad te gaan?

Er is niet genoeg warm water voor een bad.

En om mijn haar te wassen? Wil jij het voor me wassen, met die mooie handen van je?

Fausto was er niet het type naar een dergelijk verzoek te weigeren: hij stond op en trok zijn broek aan. Hij gooide hout op de kachel, vulde een pan met water en zette die erop. Daarna droeg hij een stoel naar de badcel, legde een handdoek over de rugleuning en zei tegen Silvia dat ze moest gaan zitten, met haar hoofd achterover boven het bad. Het was allemaal heel professioneel. Vervolgens maakte hij haar haar nat: ze had vol, dik haar en het shampooën leverde een hele hoop schuim op.

Ze zei: Weet je dat ik misschien een hut heb gevonden?

Echt? Welke?

Hij heet Quintino Sella.

De Quintino Sella-hut op de Monte Rosa?

Ik denk het. Babette is bevriend met de huttenwaard, ik heb vanochtend met hem gepraat.

Die ken ik wel, de Sella.

O ja?

Fausto stak zijn vingers in het schuim, masseerde, dacht na, masseerde opnieuw en zei: de Quintino Sella aan de Felik, op 3585 meter hoogte. De eerste keer zal ik een jaar of acht, negen zijn geweest.

Wat is de Felik?

De naam van een gletsjer.

En die ging je op toen je acht was?

Ja, dat was heel gewoon. Er waren ook andere kinderen bij. Aanvankelijk alleen tot aan de hut, in een dag op en neer. Toen we wat ouder waren bleven we er slapen en dan deden we de volgende ochtend de Castor.

De Castor?

Dat is een top van het Monte Rosa-massief, 4226 meter. Een van de mooiste.

Weet jij alle hoogten uit je hoofd?

Die vergeet je toch niet? Namen, hoogten, je weet hoe kinderen zijn.

Fausto pakte de douchekop en begon met uitspoelen. Hij stopte toen hij voelde dat het water lauw werd. De boiler had niet genoeg capaciteit voor Silvia's haar. Daarna smeerde hij de conditioner erin die ze hem had gegeven.

Doe ik het goed als kapper?

Geweldig. Vertel verder over de Castor.

Je komt er via een kam. Vanaf de col, de Felikjoch. Op sommige punten loop je over een messcherpe sneeuwgraat. Links en rechts van je gaat het steil naar beneden, met in de diepte van die grote, gapende gletsjerspleten. Als kind leren ze je dat als het loopmaatje vóór je de ene kant op valt, jij je meteen de andere kant op moet laten vallen omdat hij je anders meetrekt.

Is dat jou ooit overkomen?

Alleen voor de lol. Op een keer heeft de gids ons gezekerd en het ons laten doen om te oefenen. Een jongetje aan de ene kant, en ik aan de andere.

Help.

Hartstikke leuk.

Fausto liep naar de keuken en kwam terug met de pan warm water. Hij zei: Hou nu je hoofd goed achterover.

Zo?

Ja. Doe je ogen dicht.

Hij goot het water langzaam uit de pan die hij aan beide handvatten vasthield.

Hè, zei Silvia, zalig.

Zo, klaar. Het haar van de poolreizigster is gewassen.

Dank je, chef.

Ik ben geen chef meer, ik ben coiffeur.

Alors, merci mon coiffeur.

Daarna gingen ze in de keuken bij de kachel zitten. Fausto deed er nieuw hout in en zij begon op haar beproefde manier haar haar te drogen. Ze opende het kacheldeurtje en hield het lok voor lok dicht bij het vuur terwijl ze het ondertussen kamde tussen de vingers van haar ene en de palm van haar andere hand. Ze hield het er maar een paar seconden bij, om te voorkomen dat het verbrandde. Haar haar dampte helemaal.

Felik, zei Fausto, was in vroeger tijden de naam van een stad. Op een dag kwam daar een vreemdeling aan. Hij klopte op alle deuren maar niemand wilde hem onderdak bieden, dus toen hij weer vertrok sprak hij een vloek uit. Hij zei: In deze rotstad zal het morgen, overmorgen en ook de dag daarop nog sneeuwen, totdat hij helemaal onder de sneeuw bedolven zal zijn. En zo komt het dat er op de plek van de stad Felik nu een gletsjer ligt.

Net goed. Is het lang geleden dat je er voor het laatst was?

Iets van vijfentwintig jaar.

En als ze me aannemen, kom je me dan opzoeken?

Natuurlijk. Wacht, ik zal het je laten zien.

Fausto haalde de kaart op schaal 1:25.000 tevoorschijn en spreidde die uit op de vloer. De Quintino Sella bevond zich helemaal aan de bovenkant van de kaart, aan de voet van de grote gletsjers van de Monte Rosa. Elke gletsjer had een naam: Verra-gletsjer, Felik-gletsjer, Lys-gletsjer. De hut stond aangegeven met twee zwarte vierkantjes.

Waarom twee?

Die ene is de oude hut. Die hebben ze daar laten staan, naast de nieuwe.

Hoe oud is die?

Uit de negentiende eeuw, schat ik. Of misschien was hij ook toen al herbouwd, ik weet het niet. Al die hutten zijn duizenden keren afgebrand, door de bliksem getroffen, meegesleurd door lawines. Ik herinner me een bivak dat door de wind was weggevaagd omdat iemand de deur open had laten staan. Ze kwamen er in de lente aan en toen stond het er niet meer.

Echt?

Dat soort verhalen vertelde m'n vader me.

Was die bergbeklimmer?

Ja, een zondagsklimmer.

Fausto lachte. Door over gletsjers en hutten te praten had hij niet meer aan het telefoontje gedacht. Hij bestudeerde de kaart en zag dat niet alleen de Quintino Sella, maar ook Fontana Fredda erop stond, maar dan helemaal aan de andere kant van de kaart. Als die een meter lang was, lagen ze hemelsbreed op iets van twintig kilometer afstand van elkaar. Hij kreeg een idee dat hij nog verder wilde uitwerken en wees Silvia het pad naar de hut aan. Door haar zwarte haar heen zag je het flakkerende vuur, en op de kaart was de gletsjer wit en hemelsblauw, met kleine donkerblauwe adertjes.

9. Een kat en twee hanen

Santorso's winter eindigde op een zaterdag in maart, bij zonsondergang. Na de lunch was hij in slaap gevallen, iets wat hem zelden overkwam, en hij was moe en een beetje gammel wakker geworden. Om vijf uur arriveerde hij bij de garage en liet hij zijn sneeuwkat volgooien met benzine, terwijl de laatste skiërs, de treuzelaars, nog aan het afdalen waren en bochten tekenden in de brijige sneeuw. Aan het eind van het seizoen werd de sneeuw rond het middaguur al minder, en later werd hij papperig: hij had het idee dat de sneeuw smeekte om weer water te mogen worden, de aarde te mogen bevochtigen en naar het dal te mogen stromen. Hij zag de skilift met de lege stoeltjes stilhouden. Hij klom in zijn cabine en was dankbaar voor de verwarming, de gecapitonneerde stoel, de motor die trilde en zo zijn rug masseerde. Toen de laatste skiër was verdwenen kwam de *pisteur* langs om af te sluiten, palen en borden weg te halen, te controleren of er niemand meer was, en intussen hoorde hij over zijn portofoon de collega die achter hem reed: hij duwde de hendels van de rupsbanden omlaag en vertrok. Het lagere gedeelte van de piste was net een vergiet, met allemaal donkere vlekken erop: in de resterende weken zou zijn werk alleen nog maar bestaan uit oplappen en herstellen, sneeuw op de ene plek weghalen om er op een andere plek een gat mee te vullen, Pasen zien te halen, en daarna moest die vermaledijde sneeuw het verder maar uitzoeken.

En toch hield hij van dat werk, het stelde hem in staat in zijn eentje in de bergen te zijn en de nacht te zien vallen. Hij stuurde zijn sneeuwkat in de laagstaande zon tussen de lange schaduwen van de lariksen door. Hij kwam niemand meer tegen, behalve Fausto die op stijgvellen langs de rand van de piste omhoogkwam. Voor hem had de pisteur waarschijnlijk een oogje dichtgeknepen: uiteindelijk was hij degene die er elke godvergeten dag voor zorgde dat er pasta op zijn bord lag. Hij zag dat hij sinds de laatste keer geoefend had en het al aardig onder de knie begon te krijgen, al leek hij in zijn spijkerbroek en geblokte overhemd meer op een houthakker dan op een skiër. De twee sneeuwkatten haalden hem in en hij stak bij wijze van groet een van zijn stokken omhoog.

Wie is die vent? vroeg de andere sneeuwkatbestuurder over de portofoon.

De kok van Babette.

Mooie boel.

Daarna splitste de piste zich en gingen hij en zijn collega ieder een andere kant op. Nu hij niemand meer in zijn spiegeltje had, stak hij een sigaret op en zette muziek aan. Hij kwam langs het aankomstpunt van de stoeltjeslift, reed verder over het stuk dat de sneeuwkatten gebruikten om te kunnen keren en stopte naast een groot rotsblok dat uit de sneeuw stak. Nog een dikke laag vaste sneeuw, daarboven, sneeuw die hij zou gebruiken voor de gaten beneden op de piste. Maar eerst pakte hij zijn verrekijker, opende de deur van de cabine, ging op de rupsband zitten en speurde de bosrand af.

Hij wist waar hij moest zoeken en die avond vond hij ze eindelijk. Twee mooie volwassen hanen, zwart tegen de witte sneeuw, in hevig gevecht gewikkeld. Korhanen kozen altijd dezelfde plek uit om te vechten, jaar na jaar keerden ze terug naar hun vaste arena. Ze kwamen bij het laatste licht tevoorschijn, als de zon al achter de kam was verdwenen maar nog niet onder was, het tijdstip dat door de Fransen *entre chien et loup* wordt genoemd. Santorso vond dat een mooie uitdrukking. Tussen hond en wolf, tussen schemering en duisternis kwamen de korhanen tevoorschijn om elkaar er ongenadig van langs te geven, ze gebruikten poten, snavels, vleugels, alles wat ze in de strijd konden gooien: ze waren aan het begin van de paartijd zo furieus dat ze een rupsvoertuig, een man met een verrekijker en zelfs rock-'n-roll negeerden. Santorso bestudeerde de mooie rode wenkbrauwen van de twee hanen, hun opgezette veren om hun tegenstander angst mee aan te jagen. Ergens wachtten ook de vrouwtjes op de overwinnaar. Sneeuw of geen sneeuw, voor hem was dat altijd het begin van de lente geweest.

10. De benzinepomp

Voor de dieren begon de paartijd en voor hen tweeën eindigde die, of hij werd opgeschort. Op paasmaandag stopte de stoeltjeslift voor de laatste keer, de skiërs trokken als trekvogels weg uit Fontana Fredda, en Babette hing een bordje op met WEGENS VAKANTIE GESLOTEN. Ze kondigde aan dat ze naar een eiland ging, waarvan ze de naam noch de zee wilde prijsgeven. Ze betaalde iedereen zijn loon uit, deed er nog een extraatje bij, zei niets over hoe ze het seizoen hadden gedraaid, maar op de laatste dag dook er een jasje-dasjetype op dat met haar aan tafel ging zitten en ordners vol rekeningen met haar doornam. Schulden, daar kon Fausto over meepraten, en dus riep het tafereel een hevig verlangen om te rebelleren in hem wakker.

De donderdag daarop gingen Silvia en hij uit. Ze reden naar Trois Villages waar nog het een en ander open was. Ze waren nog nooit uit eten gegaan en voelden zich een beetje ongemakkelijk als stelletje in een pizzeria. Zonder zijn sloof en haar serveersterschortje, zonder hun bed en hun kachel, zonder hun kussens en glazen waren ze opeens weer een man van veertig en een meisje van zevenentwintig die binnenkort ieder huns weegs zouden gaan.

Vertel, waar ga je dit voorjaar heen?

Eerst maar naar Trentino. Er is op het moment genoeg werk op het land. Moestuinen en boomgaarden, je weet wel.

Wil je niet nog een tijdje hier blijven? Je kunt bij mij logeren.

Ik heb al half en half afgesproken met vrienden. Maar daarna kom ik zeker!

Natuurlijk.

Van de zomer zit ik in de Quintino Sella.

Ik weet het.

En jij?

Ik moet dingen regelen in Milaan. En daarna, wie weet, misschien begin ik ook wel een moestuin.

Hij had er niet aan gedacht een cadeautje mee te nemen, zij wel. Het was een boek, *Zesendertig gezichten op de berg Fuji* van Hokusai. Fausto wist niet veel af van Japan of van kunstgeschiedenis, en van die prenten kende hij alleen de beroemdste, maar zonder er ooit echt naar gekeken te hebben. Nu zag hij dat die *De grote golf van Kanagawa* heette. Toen hij wat beter keek, zag hij dat de gigantische golf drie vissersbootjes meesleurde en dat er onder de schuimkop, in het midden van de prent, een kleine besneeuwde vulkaan te zien was, de berg Fuji. Het contrast tussen de onbewogenheid van de berg en het geweld van de golf op de voorgrond was opvallend.

Hij bladerde door: Vertel me eens over dit boek.

Het is uit 1833, zei Silvia. In Japan was het meteen een doorslaand succes, de mensen hingen de reproducties thuis aan de muur. Het zijn allemaal gezichten op de Fuji, maar het eigenlijke onderwerp is het dagelijks leven aan de voet ervan. Het werk, en de seizoenen die voorbijgaan. Dat denk ik tenminste.

Ze zien er ontzettend modern uit.

Ja, klopt. Ook de impressionisten waren er erg van onder de indruk.

En wat was die Hokusai voor iemand?

Iemand die duizenden van dit soort prenten heeft gemaakt. Hij was net als de mangatekenaars, een heel harde werker. Hij ondertekende met 'De man die gek is op schilderen'.

De man die gek is op schilderen!

De titel van elke prent omvatte de naam van de plaats en een beschrijving van het tafereel. Het waren allemaal boeren, vissers, timmerlieden en houtbewerkers die druk aan het werk waren en zich meestal niet bewust waren van de berg die over hen waakte – in sommige gevallen hoog boven hen uit torenend, en in andere gevallen alleen piepklein zichtbaar aan de horizon. Op een van de prenten stonden enkele elegante vrouwen die vanaf het terras van een theesalon naar de Fuji wezen. Op een andere, achter in het boek, stond uitsluitend de berg afgebeeld, bladvullend.

Maar de kok en de serveerster staan er niet op, zei Fausto.

Nee?

En ook geen geliefden.

Ach, wij weten wel dat ze er zijn.

Het is een schitterend cadeau. Dank je.

Het was hun laatste avond, en in plaats van terug te gaan naar Fontana Fredda besloten ze hem voort te zetten in de cafés in het dal. De toeristencafés waren allemaal leeg en stemden weemoedig, maar ze vonden er eentje, onder de overkapping van een benzinepomp, waar de bergbewoners het einde van het skiseizoen uitluidden. Weg met het werktenue, het laatste loon op zak en de komende zes maanden geen bloedtests om hun alcoholpromillage te meten. De sfeer was zo uitgelaten dat Silvia tussen de tafeltjes begon te dansen, en toen begreep Fausto wat ze bedoeld had toen ze zei dat ze goed kon feesten: ze zwaaide met haar indianenhaar, de mannen floten, alle aandacht ging naar haar. Ze kregen twee biertjes die hij niet had besteld en hij keek rond om te zien wie ze had aangeboden. Een man met een verdwaasde glimlach hief vanaf de bar zijn glas naar hem op.

Ze kwam terug naar hun tafeltje en hij zei: Nu is het einde zoek.

Hoezo?

Omdat nu iedereen een rondje geeft. Jouw schuld. Ik groet je vast, voordat ik knock-out ga.

Silvia nam een slok bier, pakte zijn gezicht tussen haar handen en gaf hem een kus. Ze was bezweet, opgewonden van het dansen en van alle blikken, en al een beetje dronken.

Ze zei: Maar niet ons einde, hè?

Nee?

Nee.

Ik dacht dat het alleen maar een overwinteringsaffaire was, zei hij.

Hoe bedoel je?

Om warm de winter door te komen.

Ze fronste haar wenkbrauwen en trok hem aan zijn baard om hem te straffen voor die rotopmerking. Ze zei: Je gaat toch niet gemeen worden, hè, als je straks helemaal in je uppie zit?

Ik ben niet in m'n uppie. Moet je kijken hoeveel mensen er zijn.

Hè, toe.

Nee, nee. Beloofd.

Wil je weg?

Dans nog één keertje, dat vind ik zo leuk.

De muziek kwam uit het cafectje en buiten stond een enkeling te roken, een enkeling stopte om te tanken. Degenen die stopten zagen dat er gefeest werd en kwamen binnen een glas drinken. Achter de huizen liepen de zwarte, schimmige bossen omhoog tot waar de weilanden begonnen en waar de sneeuw het licht van de maan weerkaatste.

11. Een leeg huis

Toen hij op een ochtend in april uiteindelijk de knoop doorhakte, stapte Fausto vroeg in de auto, de zon ging nog schuil achter de Colle Finestra. Inmiddels was er tussen de sneeuw hier en daar een stuk weiland te zien, maar het gras was oud, vaal, en leek het wit vies te maken, net als de as uit de kachels die je buiten bij de huizen zag liggen en de mesthopen die weer begonnen te stinken. Wat lager brandden ze dat gras af, waarna er zwartgeblakerde stukken weiland achterbleven. Na een hele winter hoog in de bergen ervoer Fausto een soort verbijstering toen hij naar het dal afdaalde: al bij Trois Villages was de sneeuw zo goed als verdwenen, en onder de duizend meter kreeg het gras weer kleur. Het sparren- en lariksbos raakte er steeds voller met berken, eiken, beuken, esdoorns en kastanjes, het werd dichter en weelderiger, en het natuursteen van de huizen ging over in bakstenen en dakpannen, en ten slotte in het cement van de loodsen. Bij het tolhuisje van de snelweg zette hij werktuiglijk de radio aan, en hij viel midden in het nieuws van acht uur. Alles kwam tegelijk: het eind van het dal, de snelweg, de vrachtwagens, acht uur

’s ochtends, het onbenullige nieuws van de dag. Hij was er een tijdje uit geweest, maar het was niet zo dat de wereld hem niet langer interesseerde. Hij stopte bij een wegrestaurant, louter om het genoegen te smaken een kop koffie te drinken tussen vrachtwagenchauffeurs en forenzen. Op de snelweg Turijn-Milaan was de Monte Rosa nog kilometerslang door het autoraampje te zien, eerst boven de velden en de boerderijen, daarna boven de bedrijventerreinen en de fabrieken in het achterland. *De berg Fuji boven de fabrieken en het ochtendverkeer*, dacht hij. Het was nog geen halftien toen hij Milaan binnenreed. Hij had het altijd een fijn idee gevonden dat de Alpen zo idioot dicht bij zijn stad lagen – hoe vaak was hij niet halsoverkop naar de bergen vertrokken, in een opwelling, na een ruzie, of omdat hij alleen wilde zijn: hij hoefde alleen maar in zijn auto te stappen en een paar uur later was hij ter plekke. Nu zou hij willen dat de twee helften van zijn leven verder uit elkaar lagen, dat de reis lang en gecompliceerd was, gedoe met treinen, rijtuigen, ezelpaden, zoals in de dagboeken van negentiende-eeuwse Engelse reizigers.

Toen hij voor een stoplicht stond dacht hij: mijn god, een mens went werkelijk aan alles. Ik zou ook hier zo weer aan kunnen wennen, ik zou aan een week genoeg hebben. Het ging automatisch: de ringweg nemen, afslaan na de Ghisolfa-brug, een parkeerplek vinden, altijd in dezelfde zijstraat. Op het buurtplein was het een komen en gaan van Peruaanse bezorgers, Arabieren met niets omhanden zaten buiten aan tafeltjes, lange, dunne Afrikanen stonden voor de deur van de wasserettes op hun was te wachten. De mensheid was als het bos, dacht hij: hoe lager je komt, hoe gevarieerder.

Hij betrad een binnenplaats met rondom gele huisjes, de bakken voor de afvalscheiding aan de ene kant en het fietsenrek aan de andere. Met zijn sleutels opende hij een deur met een bankje en wat bloemen ervoor. Hij had zich ingesteld op een treurig tafereel, maar toen hij over de drempel stapte trof hem vooral de geur: niet die van leegstand, maar de nog steeds aanwezige onmiskenbare, geheimzinnige geur van thuis. En toch stond er haast geen huisraad meer in, behalve het fornuis dat de moeite van het meenemen niet waard was en een bank waar ze al jaren vanaf wilden. Hier en daar een poster aan de muur, een paar lege planken. Het huis had een hoog plafond en grote ramen omdat het in een vorig leven een werkplaats was geweest; Fausto klom een ijzeren trapje op naar de uit die tijd stammende entresol. Boven had Veronica een rol zwarte vuilniszakken en een stapel dozen voor hem achtergelaten. Ze had zijn kleren in de kast niet aangeraakt, en ook zijn boeken in de boekenkast niet. Zijn spullen en de hare stonden netjes gescheiden, zonder rancune, in wat vroeger hun slaapkamer was. Fausto kon die zorgvuldigheid waarderen: hij las er het verlangen in naar een beschaafde afronding.

Hij laadde flink wat spullen in om weg te gooien en reed naar de stort; op de terugweg kwam hij langs een café en haalde twee koude biertjes. Veronica arriveerde toen hij bezig was de dozen met boeken dicht te doen. Er stond geen tafel meer in het huis, en ook geen stoel, geen kopje en geen glas en geen asbak, en dus dronk zij haar biertje leunend tegen het aanrecht, terwijl ze de as van haar sigaret in de gootsteen mikte, en hij het zijne zittend op de doorgezakte oude bank. Ze hadden elkaar begroet met een kus op de wang. Eentje maar, niet twee, afstandelijk maar niet formeel. Het eerste wat Veronica vroeger deed als hij terugkwam uit de bergen, was hem uitkleden en richting douche dirigeren: op het moment dat hij haar kuste herinnerde Fausto zich dat, en hij schaamde zich voor de lucht die hij ongetwijfeld verspreidde. Hij had zich eerst moeten wassen.

Ze zei: Hoe gaat het daarboven? Schrijf je?

Ach, niet echt veel.

Wat heb je de hele winter gedaan?

Gewerkt als kok.

Als kok?

In een restaurantje. Echt een leuke tent. Beter dan heel veel ander werk. Het menu is eenvoudig, altijd dezelfde vier gerechten.

Wie had dat ooit gedacht.

Ik zeker niet.

Nou ja, je hebt koken altijd leuk gevonden.

Da's waar.

Neem je je keukenspullen niet mee, je mooie pannen?

Ik zou niet weten waar ik ze moest laten. Wil jij ze niet?

Ik en koken. Veronica glimlachte. Misschien is dit mijn kans om het te leren. Dan stop ik tenminste met 's avonds junkfood bestellen.

Ze nam een slok uit het flesje, waardoor haar lange hals goed zichtbaar was. Nu hij haar zes maanden niet had gezien, besefte Fausto dat ze een mooie vrouw van veertig was, in het jaargetijde waarin de vrouwen in Milaan zich steeds schaarser beginnen te kleden. Hun blote huid was iets wat hem altijd trof, in de lente, als hij terugkwam van een hoogte waar de vrouwen zich nog in wol hulden. De armen, enkels, kuiten en vormen die je vermoedde onder de stof. Het lichaam van Veronica was rijper en voller dan dat andere waaraan hij recentelijk gewend was geraakt. Ze was beslist afgevallen, niks junkfood. Wie weet at ze wel niet, of was ze aan het daten.

Gaat het met jou goed? vroeg hij.

Ze haalde haar schouders op. Ik heb werk en ik word ervoor betaald. Dat is in deze tijd al heel wat.

En afgezien van je werk?

Wat zal ik zeggen? Dit is niet hoe ik me mijn leven op dit moment had voorgesteld.

Het spijt me.

Tja, je hebt me nou niet bepaald geholpen.

Je hebt gelijk.

Weet je dat je moeder me elke week belt?

Nee, dat wist ik niet.

Maar je herinnert je wel dat ze tachtig is, toch?

Morgen ga ik bij haar langs.

Denk je ooit aan anderen, terwijl je vrolijk bezig bent met consuminderen?

Typisch Veronica. Wat ze zei was allemaal waar en terecht, niets tegen in te brengen. En dus bleef Fausto zich verontschuldigen bij die mooie vrouw voor wie hij zo ontzettend vaak had gekookt.

12. In een ander land

Hij zag haar de volgende ochtend weer, in een kantoor in het centrum van Milaan, halverwege de Dom en de Piazza degli Affari, in zo'n gebouw met veel marmer waarin alleen advocaten, accountants en notarissen lijken rond te lopen. Hij nam plaats aan een grote ovale tafel, samen met Veronica, de notaris, de afgevaardigde van de bank, het meisje dat in hun huis zou gaan wonen en haar vader, die het voor haar kocht. Vanwege de economische crisis verkochten ze het voor iets minder dan waarvoor ze het ooit gekocht hadden, en een groot gedeelte van het bedrag zou gebruikt worden om de hypotheek af te betalen die voor hen tweeën het equivalent van een huwelijk was geweest. De bankemployé zag eruit of hij iets te vaak naar het voorlezen van notariële aktes moest luisteren. Het meisje kon niet wachten tot ze de sleutels kreeg, haar vader was de enige die alles woord voor woord volgde. Veronica wilde alleen maar dat het afgelopen was en Fausto had het gevoel dat hij naar hun scheidingsceremonie zat te luisteren: *Wil jij, Fausto Dalmasso, afstand doen van deze vrouw, wil je niet langer je leven met haar delen, wil je de helft van hetgeen jullie bezaten terugnemen, en wil je niet langer de liefde met haar bedrijven, je niet meer met haar inlaten, haar verlossen van de last van je persoon, niets meer over deze vrouw horen totdat de dood gehakt van jullie maakt?* Ja, dat wil ik, dacht hij, en hij tekende waar hij tekenen moest. Hij hoopte dat dat meisje gelukkig werd, in haar nieuwe huis, dat het een belangrijke plek voor haar zou worden en dat ze er haar beste jaren zou doorbrengen. Nadat de handtekeningen waren gezet overhandigde de vader de envelop met de bankcheques: een aan de bankemployé, een aan Veronica en een aan Fausto, die daarmee iets meer dan achtduizend euro in de zak van zijn jasje stak. Afgezien van zijn auto was dat alles wat hij als veertigjarige bezat, en hij verliet het kantoor deels verbitterd, deels opgelucht.

Nou, dag dan, zei hij buiten tegen Veronica.

Wat een treurigheid, hè? zei ze. Haar ogen waren vochtig. Wat doe je, ga je meteen terug?

Ik heb geen haast. Wil je samen een kop koffie drinken?

Nee, ik ga naar kantoor. Het is al laat. En wat hebben we elkaar nog te zeggen? Dag, Fausto.

Een zoen op zijn mond, dit keer. Daarna draaide ze zich om en liep met ferme tred de straat uit. Hij had geen haast en keek haar na totdat ze onder een arcade tussen de mensen verdween.

Wanneer zal ik ooit weer in het centrum van Milaan komen, dacht hij, en dus besloot hij om voordat hij vertrok nog wat rond te wandelen. Hij herinnerde zich als het ware niet meer dat de Dom bestond, het grote geplaveide, pas schoongespoten plein, het ruiterstandbeeld van koning Victor Emanuel, de sobere negentiende- en twintigste-eeuwse gebouwen die de gotische grilligheid van de kathedraal compenseerden. Hij moest aan Hemingway denken en dat verhaal over Milaan dat hij zo vaak gelezen had, hoe heette het ook alweer? 'In een ander land', ja, dat was het. Er liep toen nog een kanaal dwars door de stad, een oud vrouwtje verkocht gepofte kastanjes op een bruggetje, een Amerikaanse oorlogsinvalide kocht er op weg naar het ziekenhuis een puntzak vol van en stak de warme kastanjes in zijn zakken. Het zal oktober of november zijn geweest. Buiten aan de winkels hingen de bungelende karkassen van vossen en herten, hun vacht warrig door de wind, de bungelende lijken, en na hun behandeling in het ziekenhuis liepen de soldaten het plein over naar Caffè Cova, vlak bij de Scala, waar het vol patriottische meisjes zat. Fausto herinnerde zich ineens weer de beginzin: 'In de herfst was de oorlog er nog altijd, maar we gingen er niet meer naartoe.' Wat een memorabel begin. Hij had het graag voorgelezen aan Silvia, in hun kamertje. Hij was erin getraind het voor te lezen, had het jaren gebruikt tijdens zijn schrijfcursussen, en als hij het met zijn studenten besprak had hij het over zorg, jezelf verzorgen, je eigen verwondingen delen met anderen, over de onmogelijkheid om helemaal te genezen, en over de mogelijkheid om – dat wel – troost te vinden. Nu herinnerde hij het zich liever als een verhaal over Milaan in 1918. Een tijd waarin er in de winkels in het centrum nog wild werd verkocht. Tegenover Silvia zou hij het niet hebben gehad over verwondingen en behandelingen, hooguit over desertie: aan het front is het nog oorlog, maar die moet iemand anders maar voeren, wij wandelen rond met gepofte kastanjes in onze zakken en bieden de meisjes in het café een drankje aan. Nu hij eraan dacht kreeg hij dorst. Blij dat hij de weg in Milaan nog kende, liep hij door de Galleria naar Caffè Cova, dat zich nu niet meer naast de Scala bevond maar in de Via Monte Napoleone, tussen boetieks die vooral door vrouwen van Russische miljonairs werden bezocht. Of waren het hun minnaressen? Aan de bar bestelde hij een glas champagne om te proosten op al zijn recente meevallers. *Hij was net gescheiden en had zijn huis verkocht*, dacht hij, *en hij dronk om tien uur 's ochtends in zijn eentje champagne*. De barman was waarschijnlijk gewend aan de eigenaardigheden van de Russen en bediende hem zonder een spier te vertrekken.

13. Een ziekenhuis beneden in het dal

Toen hij terugreed naar Fontana Fredda, hoorde hij in het winkeltje waar hij onderweg boodschappen deed dat Santorso een ongeluk had gehad. Ze wisten daar niet precies wat hem was overkomen, alleen dat het in de bergen was gebeurd en dat ze hem per helikopter hadden afgevoerd, maar in het dorp ging het gerucht dat hij onder een lawine was gekomen. Fausto probeerde bij de kiosk en daarna bij het café meer te weten te komen, maar overal bleef het bij vaagheden: ze wisten het niet, ze begrepen niet waar die vent zich mee bemoeide, die kok die na het seizoen boven was gebleven. Misschien dat het kwam door wat hij net in de stad had doorgemaakt, hoe dan ook, Fausto besloot zich er daadwerkelijk mee te bemoeien: de weg hoefde hij niet te vragen, er was maar één heliport.

Na vijftig kilometer arriveerde hij bij het grote parkeerterrein van een modern, duidelijk aangegeven provincieziekenhuis aan de voet van de bergen. Nog in de auto realiseerde hij zich dat hij niet eens wist hoe Santorso eigenlijk heette. Maar hij had wel enige ervaring met ziekenhuizen, want hij had er de nodige vanbinnen gezien: hij vroeg naar een oom die van de Spoedeisende Hulp was gekomen en nu vermoedelijk op Orthopedie lag, en hij gebruikte een van de twee achternamen die bijna iedereen in Fontana Fredda had. Het was meteen raak. Er lag een Luigi Erasmo Balma op de derde verdieping.

Hij trof Santorso, of Luigi Erasmo, in bed aan met een verband om zijn hoofd. Hij had er ook twee om zijn handen: twee dikke zwachtels, als bokshandschoenen, die tot halverwege zijn onderarm reikten. Hij was wakker, of liever, meer dan wakker, hij was op zijn hoede.

Hij zei: O. Kijk eens wie we daar hebben.

Luigi!

Wat doe jij hier?

Wat ik hier doe? Ik kom je opzoeken.

Mij?

Wat heb je gedaan?

Er moest enige gêne worden overwonnen: Santorso ging rechtop zitten met het kussen in zijn rug en Fausto wiep een blik op diens kamergenoot. Het was een oude man, naast hem zat een vrouw van middelbare leeftijd. De vrouw keek ook naar hen; daarna wendde ze zich af, om niet opdringerig te lijken, en richtte haar aandacht weer op haar vader, of wie het ook was.

Een stommiteit, zei Santorso. Ik was een ski verloren, en in plaats van hem achter te laten moest ik zo nodig naar beneden klimmen om hem te gaan halen. Het was een beetje steil, ik daalde af over wat kleinere rotsblokken en zette zo een steenlawine in gang.

Waar was het?

Weet je waar de Punta Valnera is?

Zeker weet ik dat.

Weet je die kam met die lawinehekken?

Ja.

Daarachter, op een plek van niks. Ik was op zoek naar hanen.

En ben je gevallen?

Nee, ik ben overeind gebleven. Maar misschien had ik beter kunnen vallen.

Hij probeerde zijn verbonden armen op te tillen, keek naar het plafond en zei: Zodra ik hem hoorde komen, heb ik me stevig tegen de rots gedrukt. Ik heb mijn hoofd min of meer afgeschermd, maar hij heeft me vol op mijn handen geraakt.

Jezus.

Het was alsof ik ze onder het wiel van een tractor hield. Gelukkig had ik dikke handschoenen aan.

Zijn ze gebroken?

Op ik weet niet hoeveel plekken.

En je hoofd?

Ach, daar heb ik toch nooit wat aan gehad.

De angst die hij had gevoeld stond nog in zijn ogen te lezen. Hij was verzwakt en bij het vertellen raakte hij buiten adem. Het maakte indruk hem zo onder de lakens te zien, met zijn vlassige haar, zijn slordige baard, zijn door de zon gebruinde nek en die witte, schone zwachtels. Maar eenmaal van de verbazing bekomen leek hij blij met zijn bezoek. Al pratend en vertellend monterde hij wat op.

Je hebt nogal een eind gereden om me op te zoeken.

Ik wist niet zeker of ik wel moest komen, maar toen dacht ik... Het was ook omdat niemand me iets wist te vertellen.

Die daar? Die zullen me wel dood wanen.

Min of meer.

Ik voel me alsof ik een pak rammel heb gekregen.

Dat heb je ook.

Eén flinke windstoot, hè Faus? Weet je nog, die dag in het bos?

Ja, maar hij heeft je niet omver gekregen. Je bent wat je noemt een taaie lork. Hebben ze je handen geopereerd?

Dat kan pas als ze een beetje zijn geslonken.

O ja.

Ze praatten nog even door, en toen kwam er een verpleegster binnen om hem nieuwe medicijnen te brengen en had Fausto het idee dat het tijd was om afscheid te nemen. Hij vroeg of hij iets nodig had en beloofde een paar dagen later terug te komen. Santorso was niet gewend aan dit soort aandacht, hij vergat hem te bedanken maar was ontroerd toen hij hem gedag zei. Met dezelfde gegeneerde erkentelijkheid gaf hij zich over aan de zorgen van de verpleegster.

Fausto ging op zoek naar een arts, die hij bijna meteen vond. Het was een man van een jaar of zestig met het gebruinde gezicht van iemand die altijd in de buitenlucht is, en hij was gewend om klare taal te spreken. Hij zei tegen Fausto dat hij wel eens eerder handen had gezien die zo gehavend waren: bij arbeiders die ermee onder een hydraulische pers waren gekomen. Hij snapte niet hoe het Santorso gelukt was er de reddingsbrigade mee te bellen, hij had het vermoedelijk meteen na het ongeluk gedaan, voordat ze onbruikbaar werden. Hij had veel bloed verloren, was daardoor in de helikopter flauwgevallen en zat nu onder de antibiotica en de antistollingsmiddelen. Hoe dan ook, de arts zou er, ook al sloot hij uit dat die handen ooit weer als vanouds werden, op de een of andere manier voor zorgen dat ze weer konden functioneren.

Er moest hem nog iets van het hart dat niets met orthopedie te maken had en hij zei tegen Fausto dat de algehele conditie van meneer Balma rampzalig genoemd kon worden. Hij had de lever van een alcoholist en verdikte, verstopte slagaderen, hij kon elk moment een infarct krijgen, of erger. Hij was al jaren niet bij een arts geweest en had ook al jaren geen bloedonderzoek laten doen. Altijd hetzelfde met die bergbewoners.

Hij begon in het meervoud te praten, *ze* te zeggen in plaats van *hij*, en zei: U weet ook hoe ze zijn. Met wat zíj eten, hebben ze op hun vijftigste meer vet dan bloed in hun aderen. En niet dat ze dan hun leven beteren. Het lijkt wel of ze op het onvermijdelijke wachten.

Fausto knikte, hij wist niet wat hij moest zeggen.

Het is uw oom helemaal niet hè?

Nee.

Heeft die man dan geen familie?

Dat weet ik niet, dat moet ik navragen.

Nou, als u een familielid vindt, zeg hem dan dat hij langs moet komen. U bent de eerste in drie dagen die ik spreek. En straks zal iemand hem ook moeten helpen als we hem naar huis sturen, met twee handen in het gips kun je niet veel uitrichten.

Ja, dat kan ik me voorstellen.

Fausto liep het ziekenhuis uit en ging, meer uit nieuwsgierigheid dan iets anders, een kijkje nemen bij de helikopter van de reddingsbrigade. Hijzelf had er met de auto vanaf Fontana Fredda een uur over gedaan, maar hemelsbreed was het niet ver, ze waren waarschijnlijk binnen vijf minuten ter plekke geweest. Hij trof de bemanning bij het landingsplatform aan. Hij herkende de gids, een beroemd man in die contreien: hij heette Dufour, had een carrière als alpinist achter de rug en behoorde tot een legendarische familie van Monte Rosagidsen – en ze waren ook nog eens de beheerders van de Quintino Sella. Hoewel hij tegen de pensioenleeftijd aan zat, draaide hij nog diensten op de helikopter. Dufour leek hem ook te herkennen. Even had Fausto de illusie dat de man zich, vijfentwintig jaar na dato, dat jongetje herinnerde dat op pad was met zijn vader, maar in plaats daarvan hoorde hij hem vragen: Ben jij niet de kok van Babette?

In hoogsteigen persoon.

Dan weet ik voor wie je gekomen bent.

Hij vond het niet vervelend, de kok van Babette zijn. Hij snapte wel dat je werk er de reden van was dat jouw gezicht eruit sprong tussen al die duizenden gezichten die langskomen en gaandeweg in elkaar overvloeien. Niet het feit dat je als kind al door die bergen trok, of dat je je ziek voelt van heimwee als je er niet in de buurt bent.

Dufour vertelde hem dat hij degene was met wie Santorso had gebeld. Ze kenden elkaar al hun hele leven, die twee. Santorso had buitengewoon nauwkeurig zijn positie doorgegeven, de hoogte, het zicht, de beschrijving van de plek waar hij zich bevond. Het was niet moeilijk geweest hem in de sneeuw te vinden. Hij zat op een rots alsof hij van het uitzicht zat te genieten, en toen de helikopter eraan kwam had hij, zoals afgesproken, zijn armen in de lucht gestoken. Met die handen die niet om aan te zien waren.

Fausto vertelde Dufour wat de arts had gezegd, niet over Santorso's hart en lever, maar over zijn handen. De handen van arbeiders onder de pers, de handen die hij op de een of andere manier weer zou laten functioneren.

Gelukkig maar, zei Dufour.

Het kost tijd.

Ja, dat denk ik ook.

Mag ik je nog iets vragen?

Natuurlijk.

Er was een meisje dat afgelopen winter bij Babette werkte. Ik weet dat jullie haar misschien wilden aannemen boven in de hut.

Jazeker, dat hebben we ook gedaan.

Mooi.

Denk je dat ze het redt? Ze knijpt er toch niet na een week tussenuit, hè?

Nee hoor, dat doet ze niet.

Hoe heet ze?

Silvia.

O ja, Silvia. En jij?

Ik Fausto.

Kom ons maar een keer opzoeken, Fausto.

Graag.

Hij had nog wel uren kunnen doorpraten met zo iemand als Dufour. Over de Sella, over de Monte Rosa, over de gletsjers van vroeger en over alle bergen die de man overal ter wereld gezien moest hebben, maar hij bedankte hem, groette ook de helikopterpiloot en reed terug naar boven om een familielid van de arme stakker te gaan zoeken.

14. De rover

En zo kon het gebeuren dat de dief precies in Fontana Fredda arriveerde op het moment dat niemand een oogje in het zeil hield. Hij kwam uit het oosten, nog voordat het licht werd, vanaf de Colle Finestra: het was een solitaire wolf die van dal naar dal zwierf, zich in de bossen ophield en alleen als het nodig was de weg overstak, en dan nog alleen 's nachts. Op dat tijdstip was de sneeuw nog bevroren zodat hij er niet in wegzakte, en zo had hij dus de pas bereikt zonder ook maar enig spoor op de steile helling achter te laten, op wat nagelkrassen na. Hij kwam bij het kapelletje, en de stapelmuur die ooit een grensmuur was geweest, en keek in het grauw van het vroege ochtendgloren uit over de kleine hoogvlakte.

Hij snoof de lucht op en er kwam een verre herinnering aan die plekken bij hem boven, overerfd, net als de wetten waaraan hij zonder aarzelen gehoorzaamde: hoog blijven, in het bos blijven, 's nachts verplaatsen, wegblijven van huizen en wegen – al had hij intussen gemerkt dat er sinds de tijden dat die wetten waren ingesteld iets was veranderd. In het dorp moest er al iemand wakker zijn. Hij rook de geur van vuur, de geur van mensen en de geur van vee, maar allemaal veel vluchtiger dan toen hij, of een voorganger van hem, daarvandaan was verdreven.

De wind draaide, streelde de bergen en blies de geur van de bossen zijn kant op. Hij rook gemzen, herten, everzwijnen: er was veel meer wild dan vroeger, toen zijn voorvaderen dagenlang op de loer moesten liggen om een zevenslaper of een das te verschalken, voedsel dat hun honger niet stilde en hen dwong altijd op jacht te zijn. Nu trok de tegenstander weg en gaf hem ruim baan. In de bossen was er volop prooi en jagen was makkelijk geworden. De wolf stak zijn snuit in de wind, wachtte tot die weer draaide en hem nieuwe informatie verschafte uit de lagere regionen, en hij werd in zijn vermoeden bevestigd: de geur van mensen was nog slechts het staartje van een geur, het spoor van iemand die is langsgekomen en er nu niet meer is. Hij keek naar de onbewerkte velden, de rookloze schoorstenen en had het idee dat het het zoveelste spookdorp was waar hij op zijn tocht op stuitte. Ja, de tegenstander had aan kracht ingeboet, misschien niet zoveel dat hij onschadelijk was geworden, maar genoeg om het erop te wagen. Wellicht moesten de oude wetten worden herzien.

Hij ervoer ook iets anders, iets wat niets had uit te staan met honger, jacht, angst, omzichtigheid en berekening. Het was het gevoel dat hij altijd kreeg als hij een graat bereikte en er zich een nieuw dal voor hem uitstrekte. Een soort opwinding, een geur die hem sterker aantrok dan die van hert of gems. De geur van een nieuwe ontdekking.

Het kapelletje had al heel wat dieven, stropers, smokkelaars en rovers langs zien komen. Geruisloos liep de wolf over de harde sneeuw de col af het open veld in, totdat hij opnieuw dekking zocht in het dichte bos.

15. De dochter van de bergbewoner

Santorso bleek inderdaad een familielid te hebben, een dochter die elders woonde en die hij niet had gebeld. Nadat zij er zelf achter was gekomen wat er was gebeurd en met haar vader had gesproken, belde ze ook naar Fausto. Uit haar stemgeluid viel moeilijk op te maken hoe oud ze was. Ze wilde nadere informatie, Fausto deed verslag van zijn bezoek aan het ziekenhuis en vertelde ook háár wat de arts had gezegd, dit keer zonder iets weg te laten. Het meisje stelde nog meer vragen: zou haar vader blijvend invalide raken? Kon hij nog werken of niet meer? Had hij recht op pensioen? Ze bekeek de zaak vanuit praktisch oogpunt. Ze sprak bijna accentloos Italiaans: het enige wat bij haar nog aan Fontana Fredda herinnerde waren bepaalde gesloten klinkers, kleine imperfecties die ze niet had kunnen wegpoetsen en waar een geoefend oor de harde taal van de bergen in herkende.

Ben u een vriend van mijn vader?

Ja, zoiets.

Ik weet dat jullie elkaar afgelopen winter hebben leren kennen.

Dat klopt. Ik werkte als kok in een restaurant op de piste.

Bij mama.

Hè?

Bij mijn moeder.

Babette is jouw moeder?

Ja, maar zo heet ze helemaal niet.

Ineens viel alles op zijn plaats. Hij die daar 's ochtends en 's avonds langskwam, zij die hem behandelde alsof hij haar broer was. Hij vond het stom dat hij ze maandenlang samen had gezien en het zich niet had gerealiseerd.

Het meisje zei: U kent mijn vader niet erg goed, hè?

Nee, inderdaad niet.

Maar de mensen die hem kennen zijn hem niet gaan opzoeken om te kijken hoe het met hem was.

Fausto wist niet wat hij moest zeggen. Hij voelde zich klemgezet door een jonge meid.

Nou, hoe dan ook, bedankt. Ik waardeer het zeer. Nu ga ik op zoek naar een vlucht voor morgen.

Een vlucht waarvandaan?

Londen.

Woon je daar?

In Brighton. Dat ligt aan zee.

En wat doe je in Brighton, studeer je?

Nee, ik werk in een hotel.

Is er iemand die je van het vliegveld komt halen?

Ja, maakt u zich geen zorgen.

Nadat hij had opgehangen bleef Fausto de hele

avond over dat telefoontje nadenken. Hij dacht aan Santorso en Babette als man en vrouw. Wie weet hoelang ze samen waren geweest en wanneer ze uit elkaar waren gegaan. Hun dochter was wellicht een jaar of twintig. Met zo'n vader en zo'n moeder was het logisch dat ze een stevig karakter had. Dochter van een revolutionaire vrouw en een bergbewoner.

Hij had met Veronica geen kind gekregen, de paar keer dat het ter sprake was gekomen hadden ze het onderwerp naar de toekomst verschoven, vervolgens was er geen toekomst meer geweest en nu, tja, wie weet of het beter of erger was dat ze samen geen kind hadden gekregen. Iets wat zou resten van hun liefdesgeschiedenis, desnoods ver weg, in een hotel aan zee. Iemand die een beetje op haar leek en een beetje op hem. Hij dacht erover Silvia te bellen om haar te vertellen wat er allemaal was gebeurd, maar omdat hij over dat laatste toch niet met haar kon praten, zag hij er maar van af. Hij voelde zich die avond erg alleen. Wat had ze nou tegen hem gezegd? *Niet gemeen worden*? Hij dacht aan de rug van Veronica, die haastig wegliep zodat hij niet zou zien dat ze huilde. Wat deed hij, een sukkel van veertig zonder gezin en zonder werk, daar anders dan een belachelijke *leef-op-de-plek-die-je-gelukkig-maakt*-utopie najagen? Er was maar één persoon tegen wie hij gemeen kon worden, en hij wist ook hoe hij dat moest doen. Hij goot het restje uit het glas in de gootsteen en liep naar zijn bed, met het vaste voornemen zich aan zijn belofte te houden.

16. De gezongen aarde

Wat mag ik dan wél eten? vroeg Santorso.

Doppertjes. Bonen. Kikkererwten. Soja.

Getver.

Hangt ervan af hoe je ze klaarmaakt.

En vlees?

Kip.

Kip is geen vlees.

Het is wit vlees. En vis. Gerookte zalm, kabeljauwfilet.

En kaas?

Kaas kun je vergeten.

Godskolere.

Ze kwamen uit het ziekenhuis, Fausto zat achter het stuur, Santorso keek uit het raampje naar de regenachtige ochtend. Aanvankelijk was hij in gedachten verzonken maar toen ze het dal in reden ontsnapte er niets meer aan zijn aandacht. Hij was drie weken opgenomen geweest en had de verpleegsters verteld dat hij al sinds zijn diensttijd niet meer zo lang van huis was geweest. In die drie weken had de lente het landschap omgetoverd: het gras was een decimeter hoog, de fruitbomen stonden in bloei, over het loofbos hing een lichte gloed. Op de bergen was de sneeuwgrens vijftig meter opgeschoven.

Mooi hè, mijn dal, zei Santorso. Hij sloeg volstrekt geen acht op de regen die tegen de voorruit sloeg.

Mooi, ja.

En toch gaan er mensen weg.

Onbegrijpelijk.

Niet te hard rijden, er loopt hier vaak vee.

Achter een kudde die de rijbaan versperde minderde Fausto vaart. De dieren gingen naar de hogergelegen meiweiden, de tussenalmen, de *mayen*. Een kilometer lang bleef hij achter de lange stoet runderen rijden die zich niets aantrokken van de regen, van hun koebellen, van de honden die rondom hen liepen te blaffen en die af en toe het water van zich af schudden.

Wat ben je gaan doen in Milaan?

Ik heb mijn huis verkocht. Ben bij mijn moeder langsgegaan. Heb mijn boeken opgehaald.

Had je een huis dan?

Samen met mijn ex. Nu hebben we allebei de helft van niets.

Goed gedaan.

Ach... Ik weet niet.

En wat ga je nu doen? Een huis kopen in Fontana Fredda?

Nee, ik ben klaar met huizen. Eerst werk zoeken. Babette mag dan op vakantie zijn, maar ik moet de huur betalen.

Wat je zegt.

Daarna verliet het vee de geasfalteerde weg en liep een wei op. Toen ze langs een potige man met een paraplu in een boerenkiel reden, wisselde die een groet met Santorso, die zijn gegipste hand ophief en de naam van de man noemde, Mooie Martín, zei hij. Hij benoemde alles waar ze langs kwamen, elk huis, dorp, mens, elke bergstroom en elke wei, maar zacht voor zich uit, een geheel eigen litanie. Daar heb je het Koude Gat, de Wei van de Leistenen, de Overhangende Rotsen, daar heb je de Kromme Man en het Droge Kanaal, daar heb je de Flierefluiter in het café van Trois Villages... Fausto moest denken aan het boek van Bruce Chatwin over de aboriginals, die liederen in plaats van landkaarten gebruikten om hun weg te vinden. In zo'n lied werd alles wat je onderweg tegenkwam opgesomd, een vreemd gevormde rots, een eenzame boom, iemands land, en de reiziger die dat lied vanbuiten kende, kende zo ook meteen de weg. Santorso zong de weg naar huis, het lied van zijn dal. Fausto vroeg zich af of hij dat vroeg of laat ook zou zingen.

En wat zeiden ze over drinken?

Hebben ze jou daar dan niks over gezegd?

Mij niet.

Je mag een glas rode wijn bij het eten. En af en toe een biertje.

Dat is alvast iets.

Ik wil nog wel 'ns zien hoe je dat gaat aanpakken zonder handen.

Daar vind ik wel wat op.

Bij Trois Villages sloegen ze af naar Fontana Fredda, en hoe hoger ze kwamen, hoe verder de meimaand beetje bij beetje terugweek, totdat die verdwenen was. Op vijftienhonderd meter waren de lariksen nog niet uitgelopen, in de weiden vertoonden zich de eerste krokussen, maar in de bergstromen stond het water al hoog. Na de laatste bocht, op achttienhonderd meter, ging de regen over in sneeuw.

Siberië, zei Santorso. De laatste strofe van zijn lied.

En dan zeggen ze dat het lente is.

Fausto bracht hem helemaal tot aan de voordeur, waar zijn dochter hem opwachtte. Het was een lange, stevige meid, met de enigszins harde trekken van haar vader en de blanke huid die typerend is voor roodharigen, net als haar moeder. Het rood dat bij Babette nog slechts een herinnering was, was bij haar vlammend, het was het rood van papavers en het stak af tegen het grijze landschap. Het meisje opende het portier voor haar vader, die met die twee aan zijn nek hangende armen enige moeite had met uitstappen. Ze gingen naar binnen terwijl Fausto de blikken erwten, de bonen, soja-gehaktballen en diepvriesvis uitlaadde die hij voor hem had gekocht.

17. Een ansichtkaart

Maar de lente kon je niet tegenhouden, die drang om te smelten, te ontkiemen, uit te botten was te sterk. In Fontana Fredda stroomde het water over de randen van de fonteinbassins, de door dooi ontstane beken trokken voren in de onverharde wegen en legden de stenen van de paden bloot. De zon verwarmde de stapelmuurtjes van de terrassen en wekte de adders uit hun winterslaap. Fausto zag ze op een keer paren, beneden op de plek die Le Murazze werd genoemd. De gewoonlijk zo schuwe adders lieten al hun behoedzaamheid varen en het werd gevaarlijk om ze tegen te komen; ze zaten helemaal om elkaar heen gekronkeld en als je ze zo aantrof, kon je er maar beter met een grote boog omheen lopen. Hij was weer urenlange wandelingen gaan maken, net als hij in de herfst had gedaan. Hij klom tot aan de sneeuwgrens of dwaalde door de gehavende bossen, waar herten en reeën hun kop langs een boomstronk schurken om de bloederige basthuid eraf te krijgen en zo eindelijk hun nieuwe gewei te bevrijden.

In die dagen begon hij weer het boek door te bladeren dat Silvia hem cadeau had gedaan, hun privé-Hokusai. Er waren duizenden overeenkomsten tussen die oude prenten en wat hij uit het raam zag. In Fontana Fredda verbrandden de bergbewoners jeneverbesstruiken en dorre takken, trokken de eg door de molshopen om ze te egaliseren. Gemma kwam langs met een mesje om cichorei te plukken: moederziel alleen midden in een wei boog ze zich om de twee, drie stappen voorover en vulde er hele zakken mee. Ook daar leken ze zich allemaal niet bewust te zijn van de Fuji die hen gadesloeg.

Aan het eind van het boek vond hij het enige geschrift dat Hokusai had nagelaten en dat luidde: 'Vanaf mijn zesde jaar ben ik bezeten geweest van het tekenen van de vorm van voorwerpen. Tegen mijn vijftigste had ik een enorme hoeveelheid tekeningen gepubliceerd, maar alles wat ik heb gemaakt voor mijn zeventigste is niet de moeite waard. Op mijn drieënzeventigste heb ik min of meer begrepen hoe dieren, grassen, bomen, vogels, vissen en insecten in elkaar zitten. Op mijn tachtigste zal ik verdere vorderingen hebben gemaakt, op mijn negentigste zal ik het mysterie der dingen doorgronden, op mijn honderdste zal ik uitmuntend zijn geworden en als ik honderdtien ben zal elk van mijn punten en lijnen een leven op zich zijn. Ik nodig degenen die dan op de wereld zijn uit te verifiëren of ik mijn woord heb gehouden. Getekend: De man die gek is op schilderen.'

Babette was er niet, in Fontana Fredda, het bord bij haar voordeur vervaagde steeds meer. Fausto kreeg zin om iets te doen wat hij al heel lang niet gedaan had: hij pakte een blocnote en een pen en ging aan tafel zitten om haar een brief te schrijven. Hij herinnerde zich hoe fijn hij dat ooit had gevonden, het was zijn eerste schrijfvorm. Hoeveel brieven had hij niet verstuurd aan meisjes op wie hij verliefd was! Drie vellen lang vertelde hij Babette over het voorjaar, over Veronica en het huis in Milaan, over zijn twijfels en het gevoel gefaald te hebben dat de dagen in de stad bij hem hadden achtergelaten. Daarna over het ongeluk van Luigi en de ontmoeting met haar dochter, die zo op haar leek. Hij schreef haar dat het er de schijn van had dat zij, ondanks het feit dat ze er altijd over zat te mekkeren, in Fontana Fredda echt iets goeds had bewerkstelligd, te weten zo'n geweldige dochter en een plek die voor velen een thuis was, in de meest letterlijke zin van het woord. Dat was het voor hem zeker geweest: hij was er op een lastig moment in zijn leven warm onthaald en had er begrip gevonden, alsmede respect voor zijn beperkte kookkunsten, en vrolijkheid terwijl het buiten twintig graden onder nul was. Hij bracht haar in herinnering dat in het verhaal van Blixen, tijdens die beroemde maaltijd die Babette een fortuin had gekost, niet één van de Noorse boerenkinkels zich rekenschap had gegeven van de delicatessen die voorbijkwamen – met uitzondering van de gepensioneerde generaal die jaren in Parijs had gewoond. Omdat hij dat aan niemand kwijt kon, at die oude soldaat in stilte en dacht: deze vrouw is een groot kunstenaar. Als je er goed over nadacht was dat waar het om draaide in het verhaal: één van hen had haar gezien, had haar op waarde geschat, en het was de moeite waard geweest dat Babette die maaltijd had bereid als ten minste één persoon ter wereld ervan had genoten.

Ten slotte schreef hij: En hoe gaat het met jou? We missen je. Kom je terug?

Daarna ging hij naar Trois Villages, liep naar de kiosk en vroeg om een ansichtkaart van Fontana Fredda. De krantenverkoopster viste een pakje kaarten uit een oude doos. Er was er een met een historische foto: Fontana Fredda in 1933, slechts een handjevol stenen huizen, geen verharde wegen, geen elektriciteitspalen, geen vakantiehuisjes, geen Tafel van Babette en geen stoeltjeslift, maar in plaats daarvan een boer die een os over een ezelspad omhoogdreef, en bergen. De achter de bebouwde akkers en de hooischelven oprijzende bergen waren tijdloos. Fausto stopte de brief samen met de kaart in een envelop en schreef het enige adres erop dat hij had, dat van het restaurant. Hij hoopte dat Babette de post liet doorsturen naar de plek waar ze was. Maar wat maakte het eigenlijk uit of ze die brief over een week las of over een jaar? Hij was blij dat hij haar die dingen had geschreven. Hij plakte er een postzegel op, deed hem buiten naast de kiosk op de bus en had het gevoel dat die brief een heel lange reis voor de boeg had.

18. Oud hout

Het witgepleisterde huis van Santorso lag iets hoger dan het dorp, op het zuiden, vol in de zon. Het was een boerenhuis, of tenminste, zo was het ooit bedoeld, maar hoewel de hooischuur nog in gebruik was, was de stal een opslagplaats geworden vol gereedschap, oude rommel en dingen die hij op zijn tochten door het bos had buitgemaakt.

Het lijkt de wondergrot wel, zei Fausto.

Of de stort.

Was het eerst een stal?

In theorie wel. Mijn vader heeft het huis gebouwd, maar die had ontzettend de pest aan dieren en is altijd metselaar geweest. Misschien hoopte hij dat ik de traditie weer zou oppakken, maar zoals je ziet...

Geen koe te bekennen.

Wat doe je eraan? Je hebt jachthonden en veehonden. Iedereen volgt zijn instinct.

En wat doe je met het hooi?

Dat verkoop ik, ik ruil het. Ik hou van oud hout.

Aan de ene kant lag tegen de muur een enorme stapel grijs geworden planken. Een heleboel zat nog vol aangekoekte drek, de drek die er in bouwvallen in de bergen al eeuwen lijkt te zitten. Een aantal planken was door de vochtigheid kromgetrokken, andere zaten vol kromme spijkers.

Het is allemaal larikshout. Het ziet er zo heel smerig uit, maar moet je zien hoe het wordt als je het schoonmaakt.

Hij kon de plank niet met zijn handen oppakken, en wees hem met zijn voet aan: hij had hem afgespoeld en geschrobd tot de nerven tevoorschijn waren gekomen, en het grijze hout was felrood gekleurd.

Is dat de natuurlijke kleur?

Het is deels het rood van de lariks. En deels alle stront die erin is getrokken. Ook die lucht krijg je er niet meer uit.

Wat ga je ervan maken?

Het plan was een tafel. Nu kan ik er niets meer mee, hij blijft daar gewoon nog een tijdje liggen, nog wat ouder worden.

Fausto rook aan het hout: het had een sterke maar niet onaangename geur. Het zat vol gaatjes van alle spijkers die erin waren geslagen. Rond elk gaatje zat een donkerder rode kring, de roest die was achtergelaten door de spijker.

Santorso was tegen zijn werkbank aan gaan zitten. Hij schraapte zijn keel en zei: Misschien heb ik iets voor je gevonden.

Iets?

Werk.

Met dit hout?

Nee, bij bosbeheer. Beneden bij het departement hebben ze besloten om de bossen op te ruimen, en ze zijn ploegen aan het samenstellen. Ik ken daar nog iemand.

Bosarbeidersploegen?

Ja.

En wat heb ik daar te zoeken? Ik heb nog nooit van mijn leven een motorzaag in handen gehad.

Ik dacht als kok.

Fausto legde de plank terug en luisterde geïnteresseerd.

De ploegen bestaan uit tien tot twaalf man die het kappen voor hun rekening nemen, en een kok voor halve dagen, zei Santorso. De percelen liggen te ver weg om voor de lunch terug te gaan, dus is het beter dat iemand daar ter plekke kookt. Je gaat er 's ochtends heen met je inkopen, je hebt een buitenfornuis, er zijn pannen, alles wat je nodig hebt, en om twee uur ben je klaar. In de regel nemen ze een kokkin, maar ik dacht bij mezelf...

Voor mij zou het prima zijn.

Als ik me niet had verwond zou ik me ook aanmelden. Ze betalen goed, hoor! En het is voor de hele zomer.

De hele zomer in het bos.

Koken, dat kun je.

Ja, zo langzamerhand wel, denk ik.

Dan bel ik ze.

Kok bij bosbeheer: Fontana Fredda leerde de schrijver Fausto Dalmasso een paar duidelijke lessen. Een: er is altijd behoefte aan iemand die eten kookt, en niet altijd aan iemand die schrijft. Twee: het mocht zo zijn dat die man geen dankjewel zei en waarschijnlijk ook geen excuses aanbood, maar hij wist wel hoe hij een schuld moest inlossen, en dat was meer waard dan woorden.

Ze gingen naar binnen, waar zijn dochter thee had gezet. Ze namen plaats en Fausto's oog viel meteen op de opgezette haan, op een tak die uit een aan de muur opgehangen plank stak. Hij had een blauwe nek die afstak tegen zijn zwarte verenkleed, de vleugels gespreid, in gevechtshouding.

Is het een auerhaan?

Een korhaan. Auerhanen zijn hier al een tijdje uitgestorven.

Ik ga, zei zijn dochter. Ik neem de auto.

Dag kind, veel plezier.

Dag paps. Ze boog zich voorover en kuste haar vader op een jukbeen. Hou je rustig, hè?

Tot uw orders.

Dag, Fausto.

Dag, Caterina.

Ze was streng, dat meisje, streng en wantrouwig, maar ze was tenminste begonnen hem bij zijn naam te noemen. Santorso liet een minuut voorbijgaan, wees Fausto daarna op de kast achter hem en op een etiketloze fles. De inhoud was transparant, je zou zeggen grappa. Fausto bedacht dat ze voor één keer wel konden proosten: hij gooide de thee weg, schonk de drank in de kopjes en schoof er eentje Santorso's kant op.

Heb jij kinderen? vroeg die.

Ik niet.

Moet je 'ns over nadenken. Ik ben vierenvijftig. Het is fijn om wat jeugd om je heen te hebben.

Ik zal erover nadenken.

En hoe gaat het met je vriendin?

Mijn vriendin? O, die bedoel je. Dat is mijn vriendin niet.

Jammer. Ze was leuk.

Santorso was bijzonder trots op wat hij voor elkaar had gekregen en had zin om te kletsen. Hij klemde het kopje tussen zijn twee gipshanden, zag kans het naar zijn lippen te brengen en nam een slokje. Je kon zien dat hij die techniek inmiddels onder de knie had.

Hij zei: Dit is gin, die maak ik zelf.

Maak je gin? Hoe doe je dat, met een distilleerketel?

Ben je gek! Ik neem wodka die nergens naar smaakt en doe er jeneverbessen bij. Proef maar.

Fausto proefde en was verbaasd: het was gin, niet van echt te onderscheiden. Het was prima gin die in de cafés in het centrum van Milaan niet zou misstaan.

Ik vind hem lekker omdat hij naar bos smaakt, zei Santorso, en daarop leegde hij zijn kopje op de gezondheid van zijn vriend de kok, de keukenpaus, die om onduidelijke redenen had besloten om hem graag te mogen.

19. Een voorpost van de mensheid

Ze was leuk, ja, en begin juli zat ze in een terreinwagen die langs de zuidwestelijke uitlopers van de Monte Rosa naar boven reed. De zoon van Dufour zat achter het stuur, en naast hem zat een man die Pasang Sherpa heette. Nepalees, dacht Silvia: ze had al gehoord over de Nepalezen die in de hutten op de Monte Rosa werkten. Ze had slecht geslapen, haar droom had ook na het ontwaken nog doorgewerkt en had haar met weemoed vervuld. En toch ging ze nu haar grote avontuur tegemoet: over onverharde wegen reden ze in een halfuur van bossen waar het al zomer was naar velden die nog niet in bloei stonden, langs skipistes en pylonen van gesloten kabelbanen, tot aan de eerste sneeuwvlekken. Nu zijn we in Frankrijk, dacht ze, nu in België, Nederland, nu in Denemarken, Zweden, Noorwegen. Was haar moeder er ook geweest, in haar droom? Ze had het gevoel dat ze altijd had als ze van haar had gedroomd. In Noorwegen werden de sneeuwvelden doorsneden door diepe bandensporen en ook de zoon van Dufour schakelde de terreinversnelling in. Het lukte hem nog een paar bochten door te rijden maar toen moest hij zich gewonnen geven, een flink stuk onder de pas waar de weg in theorie eindigde.

Eindhalte, zei hij. Ze stapten uit in de vroege ochtendlucht, haalden de rugzakken, de stijgijzers en het touw uit de terreinwagen en trokken hun donsjassen aan. De Monte Rosa lag in de wolken en ze bevonden zich op de hoogte waarin wolken mist werden, en vice versa.

Vanuit het raampje zei Dufours zoon: Heb je alles, Doko?

Ik geloof het wel.

Toen tegen haar: Pasang weet de weg. Als je moe wordt, neemt hij je wel op zijn rug.

Laten we hopen dat dat niet nodig is.

Nou, fijne wandeling. *Tashi delek*.

De jongen manoeuvreerde even, keerde en verdween richting dal, en al snel ging ook het geluid van de motor verloren in de wind. Pasang koos een stel stijgijzers uit en hurkte aan Silvia's voeten: terwijl ze hem eerst haar ene en toen haar andere voet toestak en zich schaamde dat ze het niet zelf kon, paste hij de maat aan, zette haar schoen erop en maakte ze vast.

We zijn hier nog niet op de gletsjer, toch?

Nee. Maar het gaat beter met stijgijzers.

Hoe noemde hij je nou? Doko?

Dat is een privégrapje. Het betekent draagkorf.

Die van de dragers?

Ja.

Heet je daarom Sherpa?

Pasang schudde zijn hoofd en glimlachte. Hij had het vermoedelijk al heel wat keren uitgelegd maar deed het geduldig nog een keer. Hij zei: Sherpa is de naam van een volk, we heten allemaal zo.

Dom van me, sorry.

Het zijn de mensen die rond de Everest wonen. Een heleboel zijn drager, daarom is het verwarrend.

En wat betekent Pasang?

Vrijdag.

Vrijdag?

Dat is omdat ik op vrijdag ben geboren. Hij lachte. Hij had grote witte tanden en een glimlach die zijn ogen tot twee spleetjes reduceerde. Ik ben gewoon een Sherpa die op vrijdag is geboren.

Je spreekt uitstekend Italiaans.

Nee, dat is niet waar. En wat betekent jouw naam?

Het betekent vrouw van de bossen.

Silvia, vrouw van de bossen?

Min of meer.

Mooie naam.

Daarna bond de Sherpa het touw boven op de rugzak, hees die om zijn schouders en sloeg het pad in naar de col. De sneeuw was bevroren en Silvia zag meteen het nut van de stijgijzers in. Ze liep zwijgend, zijn spoor volgend, achter hem aan en voegde zich naar zijn tred. Ze had begrepen dat die klim een examen was: waarom hadden ze haar anders niet in de helikopter naar boven gebracht, net als de rest? Maar het was terecht, een berghut moest je verdienen. Een hoogteverschil van meer dan duizend meter diende je rustig te overbruggen, je moest vermijden te veel omhoog te kijken, niet denken aan hoe ver het nog was. Ze besloot zich te concentreren op Pasangs voeten vóór haar. Zijn voeten, de sneeuw, de cadans van zijn passen: ze voelde hoe haar benen beetje bij beetje hun loomheid afschudden, hoe haar hart en longen hun ritme vonden. Ze had in het voorjaar getraind. De mist rondom hen leek niet langer vijandig, ze hoefde alleen aan haar voeten en haar ademhaling te denken, alleen zij, Pasang en de sneeuw. Onder de lagen winterkleding begon haar lichaam op te warmen en te zweten.

Terwijl ze zich zo concentreerde kwam haar droom weer boven: haar moeder die zei dat ze niet moest gaan, naar die hut, omdat ze haar thuis nodig hadden, en Silvia die ruzie met haar maakte en zei: en al die verhalen dan over opvoeden tot vrijheid, tot moed, gelden die alleen voor anderen en niet voor mij? En haar moeder die antwoordde: hoor 'ns, er is vaak meer moed voor nodig om te blijven dan om weg te gaan. Verbaal was ze haar altijd de baas, wat werd ze daar kwaad van. In de droom was ze nog een jonge vrouw, misschien vijfenveertig, en voelde Silvia zich een klein meisje.

Ze merkte pas dat ze op de col waren toen ze bij het bovenstation van de kabelbaan kwamen. Het was een verstoring, een brute overgang: de lelijke gebouwen met de installaties, de veiligheidsnetten, het afgegraven terrein, het koude, kale cement. Pasang liep erlangs zonder te stoppen, sloeg noordwaarts af over de graat en even later verdwenen de pistes onder de sneeuw. Silvia voelde zich gedesoriënteerd, een beetje door de wind die daarboven woei en een beetje omdat ze te snel was gestegen. De avond daarvoor had ze nog in de trein gezeten en steden en zomerse velden doorkruist. De wind reet de wolken uiteen, ze hief haar blik op van Pasangs voeten en zag tussen die wolkenflarden soms een stukje blauwe lucht, en soms een glimp van rotsen, ijs, toppen. Toppen die ze niet kende. In de sneeuw was een rij sporen te zien, misschien van gemzen of steenbokken, die een andere richting in gingen dan de hunne, en ze betrapte zich erop dat ze dacht: in mijn eentje zou ik hier verdwalen. Ik zou in de sneeuw en de mist ronddwalen tot de nacht valt, en dan zou ik er geweest zijn.

Pasang merkte dat ze wat achterbleef, of misschien had hij al besloten waar ze zouden rusten, en hij zette zijn rugzak onder aan een rots die beschutting bood tegen de wind. Ze liepen al bijna twee uur.

Het gaat goed, zei hij.

Hoe hoog zitten we nu?

Drieduizend meter. Misschien iets meer.

Dit was dus de Poolcirkel. Ondanks de mist kon je de twee dalen aan hun voeten zien liggen: de gletsjermorenen, de witte, snelle bergstromen, de eerste schrale weiden, het lag inmiddels allemaal onder hen.

Ik ben nog nooit zo hoog geweest.

Nog nooit?

Hoe is het in Nepal op drieduizend meter?

Het is bouwland. Met rijstvelden.

Verbouwen jullie rijst op drieduizend meter?

Ja, en hoger ook gerst.

Pasang schroefde de dop van de thermosfles en vulde die met thee. In plaats van er zelf van te drinken gaf hij hem aan Silvia, en ze vroeg zich af of hij ook dat deed uit plichtsgevoel, omdat ze haar aan zijn zorgen hadden toevertrouwd, of louter uit vriendelijkheid.

De thee was lekker, warm en sterk, met veel suiker. Die man, zijn tred, zijn manier van praten, zijn thee, hadden een rustgevende uitwerking op haar.

En ben je ooit op de Everest geweest?

Meerdere keren.

Meerdere keren op de top van de Everest?

Op de top maar twee keer. De andere keren onder de top. Er zijn heel veel verschillende taken op een expeditie.

Zoals?

Wil je soms in Nepal komen werken?

Als dat zou kunnen!

Je hebt de mensen die het materiaal naar het basiskamp brengen. Dat is zwaar werk, maar niet gevaarlijk. Dan heb je degenen die de gletsjer prepareren met vaste touwen en ladders. Dat is gevaarlijk vanwege de lawines. Dan zijn er de dragers op grote hoogte, heel gevaarlijk. En dan heb je ook nog de kok.

Er is altijd een kok, hè?

Volgens mij is dat het beste baantje. Het is veilig, je zit warm, je eet goed. De kok die naar de top van de

Everest gaat krijgt het meest betaald en maakt daarna carrière.

Betekent carrière maken op de Monte Rosa gaan werken?

Misschien wel!

Silvia had gedroogd fruit en chocola in haar rugzak. Pasang nam de chocola zonder te bedanken aan: hij brak er een flink stuk af en dat deed haar deugd. Ze dronken nog een slok thee en gingen weer op pad voordat ze het te koud kregen.

Vanaf daar was het één grote puinhelling waar de wind hier en daar de sneeuw had weggeblazen. Onder hen lag een hele rits kleine kommen, bevroren meertjes die niet veel meer dan plassen waren. Daarna werd de graat smaller en werden de hellingen aan weerszijden steiler, het werd een rotskam. Ze stuitten steeds vaker op vaste touwen en stalen laddertjes, ze moesten soms op handen en voeten verder, en Silvia was daar blij om want het belette haar om afgeleid te raken, zich te verliezen in gepieker en zich schuldig te voelen omdat ze haar moeder teleurstelde. Ze was vertrouwder met rotsen dan met sneeuw.

We zijn er bijna, zei Pasang.

Het is leuk.

Klim je?

Ik heb wel 'ns geklommen.

Zullen we dan daarlangs gaan?

Is goed.

Ze volgde hem over een bijna verticaal stuk met laddertjes en touwen. Een houten bruggetje pal boven op de kam om over een diepe spleet in de rotsen te komen. Een smalle doorgang, platte, schuin liggende steenplaten die eruitzagen als een glijbaan boven het luchtledige. Misschien was die mist wel een geluk: hij onttrok de steile afgronden aan het zicht, confronteerde haar steeds met maar één probleem tegelijk, dat zich dan meteen voor haar neus en onder haar handen aandiende – maar Pasang zag iets wat hem niet aanstond.

Ik bind je toch even in, zei hij.

Hier? We zijn er toch bijna?

Ja, maar het ziet er niet goed uit. Het kost maar twee minuten.

Silvia wilde niet in discussie gaan, maar ze had het gevoel dat ze niet voor vol werd aangezien. Die kam was toch niets bijzonders? In de Dolomieten had ze wel andere dingen gedaan, ze had het prettiger gevonden als hij was doorgelopen en haar had vertrouwd. Ze hechtte eraan op zijn minst zelf de knopen te leggen: ze trok haar klimgordel aan, snoerde hem vast, pakte het eind van het touw en bond zichzelf in met een dubbele acht, daarna wachtte ze tot Pasang de passage voorbij was, een enkeltouw om een rotspunt had gebonden en haar daaraan zekerde.

Kom maar. Zet je stijgijzers stevig neer.

Pas toen ze op de schuine platen stond zag ze dat er een laagje ijs op lag. Pasang had gelijk, het was een lastige plek, ze moest met haar stijgijzers grip zien te krijgen op maar een paar millimeter ijs. Ze liep er vastberaden en snel overheen, dankbaar dat ze ingebonden was. Hij herhaalde die manoeuvre alleen nog bij één andere doorgang, een waterloopje vol harde sneeuw waarin hij de treden met zijn pickel moest uithakken, en daarna liepen ze tot aan het eind van de kam in cordee. Het kwam goed uit dat ze er waren, want de vijfendertighonderd meter begonnen haar naar het hoofd te stijgen: ze voelde zich wazig, leeg, ze keek hoe haar voeten en handen bewogen terwijl ze ze amper aanstuurde.

Ten slotte doemde de Quintino Sella op, op een plateau aan de rand van de gletsjer. De hut zou niet hebben misstaan als poolbasis: een groot gebouw in omgekeerde trapeziumvorm, aan één kant bekleed met zonnepanelen. De oude houten hut lag wat hoger, dat was een echte pioniershut, en op de rand van het ravijn stond de barak met de wc's en de washokken. Op het plateau voor de nieuwe berghut wapperden Tibetaanse gebedsvlaggetjes, vastgemaakt aan een hoge stapel stenen, met her en der eromheen andere, kleinere stapeltjes. De gekleurde vlaggetjes gaven die vochtige, mistige ochtend iets vrolijks.

Op het helikopterplatform was Dufour bezig het materiaal uit de grote tassen te sorteren. Ze zaten vol proviand, dozen bier en wijn, pakken wc-papier en andere spullen die naar binnen moesten worden gebracht, er was meteen al werk aan de winkel.

Hé, Doko, zei de gids. Goed je te zien.

Hallo, baas. We zijn er.

20. Houthakkers

In de bossen waren geen Nepalezen, er waren mannen uit Bergamo en uit het Valtellinadal, en Moldaviërs die Italiaans spraken met Bergamaske of Valtellinese tongval. Fausto liep omhoog naar zijn werkplek, tussen honderden bomen door die door bosbeheer waren voorzien van een rood merkteken omdat ze gespleten, kromgegroeid of ziek waren of omdat ze dreigden om te vallen, en hoorde de bosarbeiders schreeuwen. Ook motorzagen hadden hun taal, en na een maand had hij geleerd die te herkennen: de stem van de Stihl, die van de Husqvarna, de zaagsnede aan de ene kant van de stam, de definitieve zaagsnede aan de andere. Een van de motoren leek droger te klinken, alsof de mengsmering verkeerd was. Het zagen werd onderbroken door mokerslagen op de velwig die in het hout was geplaatst om te voorkomen dat het zaagblad ging klemmen. Daarna klonk de kreet *Van onderen!* en Fausto bleef staan. Hij hoorde het gekraak van brekend hout, een sinister geluid dat aanzette tot dekking zoeken, en ten slotte een doffe klap. Een klap die werd gedempt door het in juni al weelderige gebladerte. Nu zag hij waar de boom was gevallen, niet ver van hem vandaan: tussen de takken van de bomen die nog overeind stonden was een stuk lucht te zien dat er eerst niet was, en de zon bescheen het onderhout.

Hij liep naar de container die dienstdeed als keuken en haalde het verse brood en de andere boodschappen uit zijn rugzak. Hij legde de larikstakjes die hij onderweg had gesprokkeld tussen vier zwartgeblakerde stenen, pakte een stuk krantenpapier, maakte er een prop van, stak die aan, schoof hem onder de takjes en bleef staan blazen totdat er een flinke vlam ontstond. De mosbaarden die op de bomen groeiden brandden als ze gedroogd waren zelfs beter dan papier. De geur van lariksvuur vond Fausto het lekkerst: de geur van de zomers uit zijn jeugd die hem altijd aan thuis deed denken.

De chef is er, zei een bosarbeider de lucht opsnuivend.

Ha, chef! schreeuwde een andere man uit de verte.

Fausto liep naar de waterslang, vulde een grote koperen pan en zette die op de stenen. Op het gasfornuis in de container maakte hij koffie en dronk daar bij het vuur een kopje van voordat hij aan het werk ging. De geur van bos, van vuur, koffie, benzine, uitlaatgas van de motorzagen, de geur van ochtend. Wat was het voor dag? Een vrijdag, eind juni, het was al redelijk behaaglijk in hemdsmouwen. Hij vroeg zich af of Silvia het koud had in de hut en of het haar lukte haar haar te wassen op de manier waarop zij dat graag deed.

Of ze het daar ook elke avond waste, en wat ze bedacht had om het op vijfendertighonderd meter hoogte droog te krijgen. Daarna bedacht hij dat hij nog maar een jaar geleden in Milaan in de bloedhitte ruzie had gehad met Veronica, die misschien met iemand naar bed was geweest, of misschien niet, dat had hij nooit begrepen. Ze schreeuwden naar elkaar, badend in het zweet, omdat hij nooit airconditioning in hun huis had willen installeren. Ik haat airconditioning! zei hij. Ja, duh! zei zij, zodra het warm is smeer je 'm, zodra er een probleem is ga jij de bergen in. Wat kon het leven van een mens snel veranderen. Hij dronk zijn koffie op en begon aardappelen te schillen, spek en uien fijn te hakken, en biefstukken af te snijden van een net door de slager ingepakt stuk rundvlees.

De bosarbeiders hadden dezelfde smaak als de mannen die bij de stoeltjesliften werkten. Het was altijd pasta, vlees en aardappelen, maar Fausto hechtte eraan er zijn eigen draai aan te geven en zichzelf geliefd te maken. Die dag maakte hij aardappelen à la Mario, een recept uit een verhaal van Rigoni Stern: hij kookte ze bijna tot pap, fruitte vier uien in een plas boter en gooide vervolgens de aardappelen erbij. Op het fornuis bakte hij de biefstukken met rozemarijn. Daarna zette hij nieuw water op en gooide om kwart voor twaalf twee kilo spaghetti in de pan. Er was ook een waarschuwingsroep voor de lunch, die hadden de mannen uit Bergamo, die aan stiptheid hechtten, hem geleerd. Hij is stijf! riep hij om twaalf uur, doelend op polenta, ook al was er die dag spaghetti carbonara. Daarna goot hij de pasta af en gooide die bij het gebakken spek. De motorzagen zwegen een voor een, alsof ze de geur hadden geroken.

Ze aten in de container, ook als buiten de zon scheen. Wie acht uur per dag buiten werkt vindt het niet onprettig om binnen te eten, met zijn benen onder een tafel. Die dag kwam Santorso langs, wiens handen sinds kort niet meer in het gips zaten. Het leken net gewone handen, op de door de chirurg achtergelaten littekens na dan, tot het moment dat hij ze moest gebruiken: dan zag je hoe weinig hij er nog maar mee kon. De bosarbeiders leefden met hem mee. Terwijl Fausto biefstukken en aardappelen opdiende hoorde hij ze praten over bedrijfsongevallen. Ze vertelden over dol geworden bomen die de verkeerde kant op vielen, of die in hun val als tollen ronddraaiden of op onvoorspelbare manieren van de grond opstuiterden en hoofden en ruggen spleten. En ook over onoplettende bosarbeiders die door onachtzaamheid hun voorhoofd of been hadden opengereten – en na de lunch werden er dan ook geen bomen meer geveld. Fausto serveerde de koffie waaraan sommigen een klein scheutje toevoegden uit de fles sambuca die hij op tafel had gezet. Santorso schonk zichzelf onhandig manoeuvrerend een volle kop in, en terwijl de anderen met een tandenstoker in hun mond opstonden en zich weer lusteloos aan het werk zetten, ging hij buiten voor het zieltogende vuur zitten.

Hij was niet gewend anderen te zien werken. De bosarbeiders begonnen takken op stapels te gooien, stammen op maat te zagen en ze met de kleine tractor weg te slepen. Fausto verbrandde de papieren borden en de servetten, goot het laatste beetje warm water en wat afwasmiddel in de pannen, stroopte zijn mouwen op en sloeg aan het schrobben.

Santorso verzamelde een handvol van het zaagsel dat daar overal lag. Hij bracht zijn gebrekkige hand naar zijn neus en zei: Die motorzaag was niet scherp meer.

O, nee?

Dat zie je aan het zaagsel, hoe fijner het is, des te botter is de ketting.

Aha.

Weet je waar dit naar ruikt, Faus?

Voor Fausto rook het naar hars, naar vers hout: het was bedwelmend, steeg op uit de stronken larikshout en de stapels stammen en het zaagseltapijt dat de hele bosgrond bedekte. 's Avonds ontdeed hij zich ervan als hij zich uitkleedde, en 's ochtends trok hij het, tegelijk met het overhemd van de vorige dag, weer aan. Maar hij wilde het van hem horen en zei: Nee, waarnaar?

Naar boskap.

Lekker, hè?

Jezus, nou! Weet je wanneer ik dat voor het laatst heb geroken? Iets van veertig jaar geleden.

Toen werd ik geboren.

En god weet of ik het ooit nog een keer zal ruiken.

Hou toch op, je bent beter in vorm dan ik.

Op de boswegen reden veehouders langs op weg naar

de almen, en een van hen stopte zijn tractor met aanhanger. Hij vroeg of hij wat snoeihout mocht meenemen voor het vreugdevuur. Toen herinnerde Fausto zich wat voor dag het was: 29 juni, het Hoogfeest van Petrus en Paulus. In andere dalen ontstaken ze de vreugdevuren op het Hoogfeest van Johannes, maar het waren hoe dan ook allemaal zonnewendevuren die dateerden van lang vóór het bestaan van de heiligen.

Ik zou het niet weten, antwoordde hij, ik moet het vragen.

Ach, natuurlijk, zei Santorso. Neem maar mee. Het blijft daar anders toch maar liggen rotten, je doet ze een plezier als je het meeneemt.

De veehouder laadde zijn hele aanhanger vol en reed er vervolgens schommelend en al mee terug naar zijn stal.

21. Vreugdevuren

Het was na tienen 's avonds, en eindelijk doofde het staartje van de lange juni-zonsondergang. Toen werden op de almen de stapels hout, takkenbossen, kistjes, pallets, voederzakken en oude autobanden overgoten met benzine en aangestoken. Santorso zag ze een voor een opvlammen op de donkere berghellingen, iets boven de tweeduizend meter: de vuren schitterden en wedijverden welk het hoogst en het lichtst was. Hij telde er vijf, zes, zeven. Ze slonken en laaiden dan bij een windvlaag weer op. Zelfs iemand als hij kon niet ongevoelig blijven voor dat schouwspel. De vuren lieten weten dat er boven in de bergen nog iemand was, dat dat leven nog bestond, voor het geval de mensen beneden dat waren vergeten.

's Avonds ging hij wandelen, zo had hij minder tijd om te drinken. Zijn handen werkten niet best, maar het was nou niet zo dat zijn benen het er beter van afbrachten, na maanden van herstel. Hij zag zich gedwongen langzaam te stijgen, de minst steile paden te kiezen en met gespitste oren te luisteren naar zijn hart, waar ze hem voor hadden gewaarschuwd. Toen hij met Fausto uit het ziekenhuis naar huis reed, had hij voor het eerst in zijn leven gevoeld dat ze steeds hoger kwamen: zijn hart bonkte in zijn keel en hij was buiten adem, ook al zou hij dat nooit aan iemand opbiechten. De enige met wie hij daarover had kunnen praten was uit Fontana Fredda vertrokken zonder zelfs maar haar adres achter te laten.

De lucht was nu donker, ook het laatste zomerlicht was verdwenen. Van de vreugdevuren in de verte waren alleen nog wat nagloeiende resten te zien. Maar de sterren verspreidden een beetje licht en hij had het nooit prettig gevonden een zaklantaarn te gebruiken: die hielp anderen meer om jou te zien dan jou om de wereld te zien. Zijn ogen werden vanzelf scherper, en als je ze de tijd gunde om zich aan te passen vingen ze andere schijnsels en contouren op: zo ontwaarde hij die avond het karkas van een gems op de oever van de bergbeek. Het was een plek waar verschillende lawines elkaar 's winters kruisten, je zag de sporen ervan nog op de hellingen, en in eerste instantie dacht Santorso dat het een van die dieren was die erdoor werden verrast en meegesleurd, vervolgens onder de sneeuw werden geconserveerd om in de lente weer aan de oppervlakte te komen, waarna ze voedsel werden voor de vossen en de kraaien. Hij liep ernaartoe om het beter te kunnen zien en maakte uit de hoorns op dat het een jaar of tien moest zijn, een oud exemplaar voor een jachtgebied. Toen zag hij dat het van zijn ingewanden was ontdaan, maar pas net, en dat die er nog lagen, een paar meter verderop. De gems was misschien pas diezelfde dag gedood. Zijn jager had de darmen, die hij niet lustte, verwijderd en een eind verderop gelegd en was daarna teruggekomen om hart, lever en longen op te eten. Hij was halverwege gestopt, wellicht was hij gestoord doordat er iemand aankwam; was het niet mogelijk dat híj dat gewoon was geweest? Santorso keek om zich heen. In het donker zag hij niets anders dan rotsen en het schijnsel van de bergbeek.

Zo, daar ben je dan, dacht hij. Nou, welkom. De een vertrekt en de ander komt terug, niet? De een crepeert, de ander neukt en weer een ander jaagt. De wereld is van wie hem zich toe-eigent.

Binnen een dag zou er niets van de gems over zijn, en dus leek het hem een goed idee zichzelf ook iets toe te eigenen. Misschien die mooie zwarte, gekromde hoorns. Vroeger had hij ermee kunnen volstaan ze stevig vast te pakken, rond te draaien en hard te trekken: de holle huls van de hoorn zou loskomen van de botkern, er waren geen weefsels die hem tegenhielden. Nu was hij amper in staat zijn vingers rond de hoorn te sluiten. Met zijn linkerhand hield hij de kop van de gems tegen en met zijn rechter probeerde hij te trekken, en hij voelde hoe zijn vingers weggleden.

22. De nachtbraakster

Die nacht liep Silvia's wekker om drie uur af. Ze sliep niet echt en zette hem uit nog voordat Dufours dochter, met wie ze een kamer deelde, er last van zou hebben. Ze pakte haar hoofdlamp en tandenborstel van het nachtkastje, trok haar broek en jas aan en ging naar buiten. Het was nogal een schok, de overgang van haar warme donsdeken naar de kou op vijfendertighonderd meter, een paar graden onder nul, en de op die hoogte altijd gierende wind. In de washokken werd ze vergast op een sterke lucht van latrines, ammoniak en industriele luchtverfrisser, maar de wind hield zich daar tenminste gedeisd en deed alleen de golfplaten klapperen – al voelde ze hem toen ze haar broek liet zakken en boven de wc hurkte door het gat omhoog blazen. De afvoer was niet meer dan een buis die uitkwam op de gletsjer, en de kou die erdoor naar boven trok dwong haar alles snel te doen. Ze poetste haar tanden met het ijskoude water, waste haar gezicht en oren, zette de hoofdlamp af en richtte hem op zichzelf zodat ze in de spiegel kon zien hoe ze eruitzag. Wat een wallen heb je onder je ogen, dacht ze. Ja, nogal wiedes op dit tijdstip.

Haar gezicht leek in een maand tijd tien jaar ouder geworden, door de hoogte, de onregelmatige slaap, de wind en de brandende zon.

Toen ze uit de washokken kwam leek de gletsjer wel licht af te geven. Hij absorbeerde het schijnsel van de sterrenhemel en stuurde dat terug de nacht in. Bij die aanblik had Silvia, als ze alleen was, altijd het gevoel zich tegenover een hemellichaam te bevinden, een voortdurend door de wind gepolijste planeet. Er kwam geen enkel geluid van af, het was een onbeweeglijke, volmaakte, witte woestijn. Ze wendde zich naar het dal en zag de lichtjes van de dorpen tweeduizend meter onder zich. Kijk, de oude, blauwe planeet. Ze voelde een acute steek van nostalgie. Hij was zo dichtbij dat je de straatlantaarns, de zeldzame auto's op de weg en de benzinepompen kon zien. Ze bedacht dat de jeugd daar nog maar even eerder rokend en kletsend bier had staan drinken op het plein, met muziek die uit de cafés kwam. Op die oude blauwe planeet, op die planeet waar het zo'n zooi was, was de zomer net begonnen. Daarna kreeg ze het weer koud en liep ze naar binnen.

In de keuken zette ze de grote pan op het vuur en ging naast het fornuis zitten opwarmen tot ze haar windjack kon uittrekken. In de tijd die het water nodig had om aan de kook te komen at ze een paar koekjes. Ze had het boek van Fausto beneden in het dal gekocht: ze las een verhaal waarin een man en een vrouw op het huwelijk van iemand anders besloten om uit elkaar te gaan. Ze vond het goed, zij het een beetje gekunsteld, duidelijk beïnvloed door de schrijvers die hij toen las. Hier en daar was een stem te horen die tevoorschijn trachtte te komen: nauwkeurige observaties, kleine waarheden over de liefde, en ze stelde zich een driestere Fausto voor dan de huidige, minder ironisch, minder weifelachtig. In het verhaal kwamen glazen bier, autowegen, wegrestaurants en sigaretten voor, en geen enkele berg. Het was eigenaardig om aan een tijd in Fausto's leven te denken waarin er geen bergen waren.

Tegen vier uur gooide ze een hele doos theezakjes in de grote pan, voegde er een halve kilo suiker aan toe en begon met een soeplepel en een trechter de thermosflessen te vullen. Iemand startte het aggregaat en het licht in de keuken ging aan. Daarna kwam Pasang binnen, slaperig, rillend van de kou.

Werk je in het donker?

Ja, dat is rustiger.

Is er al thee?

Jazeker. Met heel veel suiker, zoals jij het lekker vindt.

Er kan nooit genoeg suiker in zitten.

Wat je gelijk hebt.

Boven begonnen er wekkers af te gaan, het plafond begon te kraken. De eerste gasten die opstonden waren degenen die die dag de twee toppen van de Lyskamm over wilden, de slaperige gezichten van mensen die uren hebben liggen woelen. Alleen de gidsen lukte het om te slapen aan de vooravond van de 'menseneter'. Ze ontbeten, wisselden een enkel woord in het Duits,

Pools, Vlaams, en stopten de thermosflessen in hun rugzak. In de hal hesen ze zich in hun klimkleding en vervolgens liepen ze naar het terras om hun stijgijzers onder te doen en hun klimgordels aan te trekken. Ze gingen in touwgroepen van twee of drie man de gletsjer op, lichtslierten die zich verwijderden in het duister.

Op dat moment was iedereen al bezig met opstaan. De alpinisten die de Naso op wilden, daarna degenen die richting de Castor gingen, en ten slotte de paar mensen die nergens heen gingen en die, als ze niet gewekt waren door alle herrie, gewoon door hadden geslapen. Ook de dochter van Dufour kwam naar beneden: ze heette Arianna, was dertig en bracht al sinds ze een klein meisje was de zomers in de hut door, die voor haar een soort familierestaurant was. Maar ze had ook gestudeerd, was naar India en Nepal geweest en was 's winters yogalerares, en ze had zich meteen over Silvia ontfermd.

Hoe gaat het met je hoofdpijn?

Wat beter.

Ik drink een kop koffie en dan help ik je.

Doe maar rustig aan.

Heb je je al gewassen? Hoe is het daar?

Tamelijk verschrikkelijk, het was een heftige nacht.

Toen Arianna haar kwam aflossen, kon ze een luchtje gaan scheppen. Buiten was het inmiddels licht, maar de opkomende zon ging schuil achter de oostelijke toppen van de Monte Rosa en de gletsjer lag nog in de schaduw, vaalblauw als de lucht. Alleen hoger, tegen de vierduizend meter, zette de zonsopgang hem plotseling in brand: daarboven, op de Felikjoch, zag je de eerste touwgroepen, in de volle zon. Op het door generaties stijgijzers toegetakelde terras streken sneeuwvinken neer, samen met de zwarte alpenkauw de laatste levende wezens op de gletsjergrens. Met opgebolde veren tegen de kou pikten ze schrikachtig de kruimels van het houten plankier, door god weet welk instinct tot die hoogte geraakt.

Pasang kwam met een emmer en een dweil de washokken uit. Slechts een van de vele taken die je tijdens je dienst moest vervullen, maar Silvia was elke keer dat het haar beurt niet was weer blij. Hij daarentegen leek altijd in een opperbest humeur.

Pasang, mag ik je iets vragen?

Zeker wel.

Jij bent er zo vaak geweest: snap jij waarom ze erheen gaan? Wat is er daarboven?

Wind.

Wind?

En sneeuw.

En verder?

Misschien zon. Als er geen wolken zijn!

De Sherpa lachte. Tweemaal de Everest, maar het was onmogelijk hem een of andere filosofie te ontlokken. Als je met hem sprak leek alles op de wereld er domweg gewoon te zijn: emmer, dweil, wind, zon, sneeuw.

Om zeven uur hadden de laatste alpinisten eindelijk

hun hielen gelicht. Nu was het tijd om even uit te rusten, en Arianna riep haar voor het ontbijt. Ze had de radio aangezet en een tafeltje voor twee gedekt: een koffie verkeerd, een stuk taart, wat muziek, dat aardige meisje – zo leek zelfs die poolbasis een gastvrije, bijna huiselijke plek.

Negenentachtig, vanochtend, zei Arianna. Ze eten, kakken en zijn weer weg.

Wat je zegt.

Zeg 'ns eerlijk: dit verwachtte je niet, hè?

Nee, maar ik ben blij dat ik er ben.

Zweer het.

Ik zweer het. Een beetje trots op mezelf, dat mag toch? Weet je, af en toe denk ik: als mijn moeder me eens kon zien.

Wat is je moeder voor iemand?

Wat was ze voor iemand. Ze is er niet meer.

O, sorry.

Nee, hindert niet. Ze was een vrolijke vrouw. Ze is twee jaar geleden gestorven.

Was ze ziek?

Al een tijdje.

Wat deed ze daarvoor?

Ze gaf les. Italiaans op de middelbare school. De kinderen uit onze buurt herinneren zich haar allemaal. Ook die paar die het wat verder geschopt hebben, gelukkig.

En jij?

Ik was jaloers, wrong me in allerlei bochten om maar

door haar gezien te worden.

God weet waarom ze dat nu zat te vertellen, aan een meisje dat ze nauwelijks kende, om zeven uur 's ochtends in een hut op de Monte Rosa. Kwam door de hoogte, waarschijnlijk. Buiten veranderde het licht van kleur terwijl de eerste touwgroepen zich op de slotklim van de vierduizenders stortten.

23. Moerasland

Daarna kwam de zon op achter de Parrotspitze en de Piramide Vincent en bestookte tijdens de lange zomeruren onophoudelijk de gletsjer, zodat de sneeuwlaag die erop lag met de dag dunner werd en er scheuren en seracs zichtbaar werden, en stroken grijzig ijs waarop in de loop van de middag een laagje water kwam te staan. Inmiddels was hij niet meer dan een oude, zich terugtrekkende gletsjer, maar in zijn hoogtijdagen was hij aangegroeid, en hoe! Hij had angst ingeboezemd, in plaats van het huidige medelijden: bergpassen die werden gemeden omdat ze onbegaanbaar waren geworden, dalen die in legendes voortleefden als verloren paradijzen. Het was niet bekend hoeveel van de mensen die zich er toch op hadden gewaagd dood onder het ijs lagen. Er werd gezegd dat het zeventig jaar zou duren voordat hij alle mensen had teruggegeven die hij had verzwolgen: toen ze verdwenen waren ze jong en sterk geweest, ze waren gevallen op weg naar een of andere top, en toen hun kinderen al oud waren kwam er opeens een kapotte bergschoen tevoorschijn, of een houten pickel, en in lagere gebieden waar ze naartoe waren meegesleurd nog meer museumstukken. De Monte Rosa was bezaaid met kruisen en plaquettes ter herinnering aan deze doden, met namen, data, soms foto's. Elke zomer klom er een priester naar die begraafplaats in het hooggebergte om er de mis op te dragen; hij zegende de hutten, hun beheerders en de alpinisten die naar boven gingen, en memoreerde met een gebed degenen die niet meer beneden waren gekomen.

Op een julidag vond ook Fausto zijn bedevaartplaats. Hij stuitte op een kom op drieduizend meter waar de eerste smeltriviertjes samenkwamen en moerasland vormden, ingebed tussen door het glijden van de terugtrekkende gletsjer gepolijste granieten bulten en een rotsstrook waarover allemaal kleine watervalletjes liepen. Een aantal zwerfkeien die bij een verschuiving dalwaarts waren gestuwd of gerold, staken in bizarre posities uit de grond omhoog.

De plek stond niet op de kaart, en Fausto had er ook geen herinnering aan. Het was daar dertig jaar terug nog allemaal gletsjer geweest, en zijn vader had hem er mee naartoe genomen. Hij had het gevoel dat de terugtrekking recent had plaatsgevonden, want de steenbrokken waren nog niet gekoloniseerd door mossen en lichenen, en het zand was nog geen vruchtbare grond geworden, er groeide nog alleen een enkel pioniersgrasje. Fausto besefte dat hij stond te kijken naar een stukje aarde dat nog maar net het daglicht had gezien, dat nog geen naam had gekregen en nog op geen enkele kaart was ingetekend.

Even verderop stond nog het oude, met geel zink afgedekte bivak dat de vorm had van een langs de lengteas doorgezaagde ton. Hij liep erheen om zijn rugzak binnen te zetten. Er was niemand. In het gastenboek was de laatste vermelding drie dagen oud. Mensen die hadden geschreven: Gelukkig bestaan er verloren plekken! De hele ruimte werd ingenomen door zes aan de wanden bevestigde britsen. In het midden stond een tafeltje, plus een klein kastje waar je naar goed gebruik iets achterliet voor degenen die na je kwamen. Maar er was nog tijd genoeg voordat hij aan het avondeten moest gaan denken. Hij trok een ander T-shirt aan en legde het bezwete shirt buiten, op het zink dat nog warm was van de zon en met een steen erop om te voorkomen dat het weg zou waaien. Daarna sloot hij het deurtje van het bivak en liep terug naar de kom.

Lopend door het moerasland zag hij vlinders waarvan hij de naam niet kende. Kikkers hadden klompjes gelatineachtige eieren in de modder gedeponeerd. Hij zag sneeuwvinken die neerstreken om te drinken en dacht terug aan hoe hij zich die plek herinnerde: het front van de gletsjer en de machtige bergstroom die zich vanuit de gletsjermond omlaag stortte, de metalige kleur van het smeltwater. Zijn vader en hij hadden ooit berekend wat de capaciteit ervan was en hoeveel ijs er per minuut, per uur, per dag smolt, een hoeveelheid die Fausto uiteindelijk onwaarschijnlijk was voorgekomen: hoe kon hij in dat tempo smelten en toch altijd hetzelfde blijven? Toen geloofde hij nog dat de gletsjer eeuwig en onveranderlijk was, een onlosmakelijk deel van de berg dat hij daar tussen de rotsen en de hemel altijd zou terugvinden. Maar zijn vader had begrepen wat er aan de hand was: iets verdwijnt en er komt iets anders voor in de plaats, zei hij tegen hem. Dat is nu eenmaal 's wereldsloop. Het is de mens die altijd terugverlangt naar wat er vroeger was.

Het is echt waar, papa, dacht Fausto, en hij benutte die plek en de laatste uren dat het nog licht was om aan hem te denken.

24. Twee harten en een hut

En zo zag Silvia hem bestoft en bezweet bij de hut aankomen, zijn slaapzak opgerold boven op zijn rugzak en in zijn groene geruite overhemd – jonger en knapper dan ze zich hem herinnerde. Die winter had ze nooit het idee gehad dat hij knap was, hooguit wat gekweld, wat ze aantrekkelijk vond in mannen. Maar nu was hij knap: doordat het zomer was, omdat hij twee dagen gelopen had en in het bivak had geslapen, omdat zijn plannetje was geslaagd: vanuit Fontana Fredda te voet naar haar toe komen in de Sella. Spontaan kuste ze hem, buiten, tussen de alpinisten die zich omkleedden na de vierduizenders. Het was lunchtijd, ze had geen tijd voor plichtplegingen, maar ze kuste hem een volle minuut, met tanden, tong, handen en de hele mikmak. De alpinisten applaudisseerden.

Dat is wat je noemt een kus, zei hij.

Waar was je al die tijd? zei ze.

Ik ben aan het werk in de bossen.

O ja? Vertel me later maar. Heb je honger?

Als een wolf.

Kom binnen.

Rond het middaguur was het een komen en gaan van mensen die vertrokken dan wel terugkeerden. Fausto herkende de eetzaal, de oude foto's aan de muren, de geur van de keuken, en van zweet en oud hout. Maar er was wel iets veranderd sinds zijn jeugd. Ooit zaten er uitsluitend mannen van middelbare leeftijd die Italiaans, Frans of Duits spraken, en waren alle instructies gesteld in de drie talen van de Monte Rosa. Nu zat het er vol jonge mensen, een populatie die je ook in wereldsteden zou kunnen aantreffen, en waren de instructies alleen nog maar in het Engels.

Silvia installeerde hem aan een tafeltje bij het raam, bracht hem een bord tagliatelle met gesmolten kaas en een halve liter wijn.

Ik heb nog wat te doen, zei ze, maar over een uur ben ik klaar.

Prima. Hoe is de chef?

Het is een Nepalees. Een genie in het maken van verse pasta.

Goh, wat ben je toch mooi.

Nee, echt niet. Mijn haar is vreselijk vies.

Onder het eten observeerde Fausto de mensen aan de andere tafeltjes, en hij keek door het raam naar de touwgroepen die van de gletsjer kwamen. De alpinisten waren half losgekoppeld, liepen kreupel, waren uitgelaten, er zaten uitslovers bij en mensen die doodop waren. Eentje stond achter de washokken over te geven. Een oude alpengids in een rode trui met gidsenspeldje kwam terug met drie kinderen die elkaar met sneeuwballen bekogelden. Aha, zie je, kinderen zijn er nog steeds. Hij leegde zijn glas wijn dat op vijfendertighonderd meter dubbel telde, het was een Barbera maar had op hem de uitwerking van port. Hij zag Silvia die aan de andere kant van de eetzaal een tafel bediende, terugliep naar de keuken en iets tegen een collega zei, waarna het betreffende meisje naar hem keek en lachte. Hij kon wel raden waar ze het over hadden. Hij glimlachte terug en deed net of hij beleefd zijn hoed afnam. Zelfs Dufour, de beroemde gids, herkende hem toen hij langsliep met drie borden pasta.

Ah, zei hij, je bent er.

Ja, lopend vanaf huis.

Waar is dat?

Fontana Fredda.

Niet slecht! Dan had je aardig wat brandstof.

Nou, die was op het laatste stuk wel op, dat was nog even afzien.

Eet, eet. Als je nog meer wilt, er is nog.

Fausto maakte met wat brood de rest van de gesmolten kaas soldaat en schonk zich een laatste glas wijn in, daarna leunde hij met zijn rug tegen de muur en ontspande. Door het raam zag hij hoe de namiddagwolken zich samenpakten. De wijn, de warmte in de hut, de opkomende mist, zijn vermoeide benen: hij viel bijna op zijn stoel in slaap. Hij sloot zijn ogen en voelde zich weer net als vroeger. Maar nu was het beter dan vroeger, want nu had hij zijn herinneringen. Zo moet een hut zijn, dacht hij. Die is waardevoller als je er iets van jezelf terugvindt.

Silvia wekte hem uit zijn halfslaap door zijn hand te pakken. Haar dienst zat erop en ze nam hem mee naar haar kamer, deed de deur op slot en kleedde hem uit. En zo konden de geliefden van Fontana Fredda doorgaan waar ze aan het einde van de winter waren gebleven. Zij vond hem magerder en gespierder; hij was deels gebruind en rook naar hars. Hij vond haar afgetobder en dat vertederde hem. Hij had het gevoel dat hij voor dat lichaam dat de laatste tijd zo was afgebeuld moest zorgen. Silvia liet zich liefkozen.

Later zei ze: Ik weet niet hoe het met me gaat. De plek is van een absolute schoonheid. Maar het is ook zwaar.

Dat wil ik wel geloven.

Als ik naar de kabelbaan loop om het brood op te halen blijf ik altijd even naar de bloemetjes kijken, hierbeneden. Weet je wel, die bloempjes die op het mos groeien, heb je ze gezien op de kam?

Ja, die heb ik gezien.

Hoe kunnen die in godsnaam groeien op vijfendertighonderd meter hoogte? En als ik naar het dal kijk, ziet het er zo groen, zo fris uit. Wat ruik je lekker naar bos.

Ze snuffelde aan zijn hals en zijn baard, en terwijl ze dat deed sloot Fausto zijn ogen. Hij had het gevoel dat het kussen het zachtste was waar hij ooit zijn hoofd op had gelegd. Hij zei: Weet je, ik heb deze week mijn eerste boom geveld.

O ja?

De bosarbeiders zijn op me gesteld geraakt. Probeer het maar, chef! Ze hebben me de mooiste motorzaag gegeven en het kleinste boompje, een zielig, krom gevalletje.

Is het je gelukt?

Ja, moeilijk is het niet.

En vond je het een fijn gevoel?

Helemaal niet. Volgens mij ben ik te teerhartig om bergbewoner te worden.

Hoezo, wilde je bergbewoner worden dan?

Ik wel, ja. Jij niet?

Silvia stak haar been tussen de zijne en trok hem naar zich toe. Ze greep zich aan Fausto vast en omstrengelde hem op haar dwingende manier, alsof hij een deken was die ze over zich heen wilde trekken. Hij had zo'n ontzettende slaap dat hij zich niet verzette.

Ze zei: Sorry, ik heb behoefte aan menselijke warmte.

Ga je gang.

Ik ben te kouwelijk om poolreizigster te zijn.

Is het zo beter?

Een beetje. Slaap je?

Nee, nee.

Wat niet waar was, want een tel later was Fausto diep in slaap. Zij had nog graag wat willen kletsen maar hij lag zo rustig te snurken, en hoe belangrijk was het eigenlijk? Ze legde haar voorhoofd tegen zijn slaap en sloot haar ogen. Ook zij was altijd moe. Ten slotte sliepen ze twee uur aan één stuk, terwijl buiten de mist verder oprukte, zij met haar vieze haar en hij die naar zweet, zaagsel en wijn rook.

25. Een reddingspoging

Terwijl boven de geliefden sliepen, kwamen beneden een jongen en een meisje naar de toog en vroegen naar de huttenwaard. Dufour was bezig de accu's van de elektrische installatie te controleren omdat de panelen die dag geen zon meer zouden vangen en het dieselaggregaat over een tijdje moest worden aangezet. Hij liet de klus voor wat hij was en hoorde de twee jongeren aan die net van de Castor waren afgedaald: ze vertelden dat ze op de top een man hadden ontmoet die helemaal alleen was. Hij was enigszins op leeftijd, misschien een jaar of zestig, en had de twee verteld dat hij die tocht elke zomer maakte, dat hij de weg blindelings kende. Voor die jongeren daarentegen was het de eerste keer, ze waren net getrouwd en hun huwelijksreis voerde langs berghutten. Op de top van de Castor hadden ze wat gegrapt over het huwelijk, de man had gezegd dat hij de jongen benijdde omdat zijn eigen vrouw al een tijdje niet meer met hem mee de bergen in ging, en hij had het meisje gecomplimenteerd met het tempo waarmee hij haar omhoog had zien komen. Kort daarna was hij weer vertrokken. Hij had gezegd: We zien elkaar straks wel weer, jullie halen me vast in op de afdaling. De twee waren nog een kwartier bovengebleven, ze hadden wat gegeten, hadden de obligate topfoto's gemaakt en waren weer op pad gegaan omdat ze mist zagen opkomen. De mist was inderdaad heel snel opgekomen, op de kam liepen ze er al middenin. Hoe dan ook, het spoor was een snelweg en ze waren in flink tempo afgedaald – maar de man waren ze niet meer tegengekomen. Ze hadden verwacht hem in de hut te treffen, maar daar was hij niet. Misschien is hij alweer vertrokken, zei de jongen. En het meisje zei: Maar we kunnen het beter maar melden, zo hoort dat toch?

Ja, zo hoort dat, zei Dufour. Hij veegde zijn handen af aan een doek en dacht bij zichzelf: Daar gaan we weer.

Hij bekeek de gastenlijst van de vorige avond, er waren maar twee eenpersoonsreserveringen. De ene was een Nederlander, de andere een Italiaan, die hij opbelde, maar zijn telefoon was uitgeschakeld. Daar konden in theorie verschillende redenen voor zijn, maar in werkelijkheid kwam het nou nooit eens een keer voor dat iemand met zijn minnares naar Zwitserland was gevlucht en zijn mobieltje in een gletsjerspleet had gegooid. Hij pleegde nog wat telefoontjes, de twee jongeren stonden er nog en luisterden mee, en hij had geen zin om ze weg te sturen: hij belde het bovenstation van de stoeltjeslift, belde de dichtstbijzijnde hut, voor het geval dat die vent in de mist aan de verkeerde kant was afgedaald, en belde ook de helikopter, dat ze stand-by moesten zijn om zodra het maar even opklaarde te vertrekken. Maar hij wist al dat er die dag geen opklaringen zouden zijn. Ten slotte keek hij de eetzaal in. Tussen de mensen aan de tafeltjes zat een jonge berggids; het was een pientere, snelle knul en hij riep hem samen met de jongeren naar de keuken, waar Pasang de pannen stond af te wassen. Hij vertelde wat hij net had gehoord en vroeg de twee: Hoe was hij gekleed?

Dat weet ik niet meer, zei de jongen.

Hij droeg een geel windjack, zei het meisje. Wit haar en een witte baard. Een blauwe muts.

Kijk of jullie boven kunnen komen, zei Dufour. De helikopter kan nu niet opstijgen, maar misschien trekt het straks open.

Pasang en de gids schoten er als een speer vandoor, in de zachte middagsneeuw. Dufour zag dat ze op twintig meter van de hut al door de mist werden opgeslokt. In de keuken, het enige vertrek waar het rustig was en dat uit de loop lag, posteerde hij zich voor het raampje dat uitkeek op de gletsjer en de mist. Er restte niets anders dan wachten.

Ga maar ergens zitten, zei hij tegen de jongelui. Er is thee.

Volgens mij is hij al beneden, zei de jongen.

Misschien. Laten we het hopen.

Moeten we de reddingsbrigade niet bellen?

De reddingsbrigade, dat ben ik.

De jongen schaamde zich, ging zitten en zei niets meer. Het meisje pakte twee kopjes en schepte met de pollepel thee uit de grote pan.

Terwijl hij wachtte, dacht Dufour: Hoe kun je nou in godsnaam op je zestigste in je eentje die kam afgaan? Wie was die man? Hoe kan het dat ik me nooit iemand herinner?

Zo gaat dat, wittebroodsweken in berghutten, zei hij.

We hadden het al heel lang in ons hoofd, zei het meisje.

Waar zijn jullie geweest?

Eerst Gran Paradiso, en daarna hier. Volgende week gaan we naar de Dolomieten.

Goed zo. Een beetje zon. Klaar met het ijs, hè?

Hij belde nog twee keer naar het nummer dat geen gehoor gaf. Hij checkte het Zwitserse weerbericht dat tot aan de avond dichte bewolking en lage druk voorspelde. Er kwamen mensen de eetzaal binnen en hij bedacht dat hij de shifts moest omgooien. Wat stond er voor die avond op het menu?

Er waren drie kwartier verstreken toen Pasang belde via de portofoon. Hij zei: Baas, er is hier een spoor dat omlaag loopt.

Waar zijn jullie?

Halverwege de kam. Weet je wel, waar die een bocht maakt.

Tja, het was altijd dezelfde plek. Pasang en de gids hadden drie kwartier gedaan over een afstand waar een goede alpinist twee keer zo lang over deed.

Aan welke kant loopt het omlaag, onze kant op of richting Zwitserland?

Onze kant.

Kun je zien tot hoe ver het omlaag loopt?

Ik zie niets.

Terwijl Dufour in de portofoon sprak, keek hij naar buiten. Ook hij zag niets. Vanuit de dikke mist bereikte hem Pasangs stem.

We gaan proberen af te dalen, baas.

Hebben jullie ijsschroeven?

Ja, ja.

Pas wel op, hè!

In feite was het niet nodig hem te zeggen wat hij moest doen: die Sherpa was de beste gids die hij ooit had gekend. Hij was precies, snel, verloor nooit zijn kalmte. En hij was zo sterk als een beer. Toen hij hem in Nepal leerde kennen droeg hij vrachten van wel tachtig kilo op zijn rug, op de ijswanden van de Everest vond hij instinctief zijn weg. Dufour had tegen zichzelf gezegd: die neem ik mee naar de hut, hij is goud waard.

Een spoor? zei het meisje. Hoe kan het dat wij dat niet hebben gezien?

Ik probeerde niet te verdwalen, zei de jongen.

Dat is normaal, zei Dufour. Jullie hebben het goed gedaan.

Pasang zei: Ik ben bij de rotsen, baas.

Zie je het spoor nog?

Het houdt hier op. Ik denk dat hij is gevallen.

Lukt het je je te laten zakken?

Ja, ik ga het proberen.

Het was nou niet zo dat die wand heel wat voorstelde; Dufour ging hem in zijn geheugen langs, op zoek naar een plek waar iemand met een beetje geluk wellicht kon zijn blijven liggen, met gebroken botten, maar wel levend. Anderzijds, er was maar dít voor nodig: viel je verkeerd, dan kon je het wel vergeten.

Toen zei Pasang: Ik heb hem gevonden, baas. Hij is dood.

Waar ben je?

Onder aan de rotsen.

Het meisje barstte in huilen uit. De jongen trok wit weg. Dufour zei: Hoe weet je dat hij dood is?

Dat zie je.

Hoe ver ligt hij van je af?

Hij ligt vlakbij. Ik ben vlak boven hem.

Kun je bij hem komen?

Ik denk van wel.

Hij wachtte met de portofoon in zijn hand, het gesnik van het meisje in zijn oren. Het was een vergissing geweest ze niet weg te sturen. Huwelijksreis verpest. Toen zei Pasangs stem: Ik ben er, baas. Hij is met zijn hoofd tegen de rotsen geklapt.

Pasang had heel veel doden in de bergen gezien, hij was er niet meer van onder de indruk. Ook Dufour herinnerde zich de Himalaya-doden, ten tijde van de achtduizenders-koorts: ze waren gevallen of waren gestopt omdat ze niet meer konden, het ijs had ze geconserveerd en niemand haalde ze weg. Wat heeft het voor zin je leven te riskeren om een dode naar beneden te brengen? Hij herinnerde zich een Japanner die op een steen zat, op de klim naar de Kangchenjunga. De wind hield hem vrij van sneeuw. Hij had alleen een laag ijzel op zijn gezicht en zat daar al iets van twee jaar.

Haal ik hem omhoog, baas?

Hoeveel ben je gedaald?

Iets van tweehonderd meter. Het lukt me wel, als je wilt.

Ja, daar twijfelde hij niet aan. Een lijk vastsnoeren en het tweehonderd meter naar boven slepen: dat zou Pasang wel lukken. Dufour dacht aan die vrouw, die echtgenote die niet meer met haar man de bergen in ging. Ze zou rustig thuis zitten, nog een paar minuten. Wat een klotebaan, dacht hij. Waarom smelt die gletsjer nou niet eens een keer helemaal? Dan is het over en uit.

Hij zei: Ligt zijn rugzak er ook?

Ja.

Kijk in de vakken. Misschien vind je zijn papieren.

Zijn portefeuille zit erin. Ook zijn telefoon, maar die is kapot.

Neem alles mee. Kom maar terug.

Laat ik hem hier?

Ja, kom terug. We halen hem morgen wel op met de helikopter.

Oké.

En voorzichtig, hè!

De portofoon viel stil en Dufour keek hoe laat het was. Vier uur 's middags. Nu moesten er, los van het avondeten, allerlei dingen worden gedaan. Allerlei telefoongesprekken worden gevoerd.

Hij zei: Ga maar een beetje uitrusten. Moeten jullie naar beneden? Jullie kunnen vannacht ook hier blijven als jullie willen.

De jongen zei: Verdomme, had hij zich niet aan ons touw kunnen binden? Waarom hebben we hem dat niet gezegd?

Jullie hebben het goed gedaan, zei de gids.

Het meisje huilde.

26. Een brief van Babette

Het was de eerste brief die Fausto in Fontana Fredda ontving en hij staarde een tijdje naar zijn naam en het adres op de witte envelop. Hij liep naar buiten om hem te lezen op de wei voor het huis, op een avond eind juli, midden in de hooitijd. Het was het tijdstip waarop het hooi, nadat het was gekeerd en in de middagzon goed was gedroogd, in balen werd verpakt, en de hele zomerlucht van die geur was doortrokken.

De brief was met de hand geschreven, en luidde:

Beste Fausto,

Nee, ik kom voorlopig niet terug. De reden daarvoor is dat ik het fijn heb waar ik ben. De zee is groen en er is een zwarte aalscholver die de rots hieronder heeft uitgekozen als zijn huis, ik houd hem al sinds vanochtend in de gaten. Ik voel het soort rust dat een nieuw landschap je kan geven, en dat ik al zo lang niet heb gevoeld. Het landschap waaraan je gewend bent geeft je een ander gevoel, van vertrouwdheid, of soms van benauwdheid, maar in werkelijkheid zie je het niet meer, behalve als je terugkomt nadat je lang bent weggeweest, of als je er met de ogen van een nieuwkomer naar kijkt. Dan overvalt je een lichte weemoed als je terugdenkt aan de tijd dat ook jij er nieuw was en je het met nieuwe ogen bekeek. Mettertijd wordt alles normaal, de mooie en de lelijke stukken, je ergert je niet langer aan de slechte smaak van de mensen en dan wordt de charme van het land gereduceerd tot decor.

En toch denk ik ook dat alleen degene die eraan went het werkelijk ziet, omdat die zijn blik heeft ontdaan van elk sentiment. Gevoelens zijn gekleurde brillen, ze geven een vertekend beeld. Ken je die zenspreuk over de bergen? Die luidt: 'Voordat ik kennismaakte met zen waren bergen voor mij gewoon bergen en rivieren gewoon rivieren. Toen ik begon te praktiseren, waren de bergen niet langer bergen en de rivieren niet langer rivieren. Maar toen ik de verlichting bereikte, werden de bergen weer bergen en de rivieren weer rivieren.' Ik geloof dat jij en ik dat goed kunnen begrijpen, omdat die plek daar vol is van betekenissen die wij er zelf aan hebben toegekend. Betekenissen die besloten liggen in de velden, de bossen en de stenen huisjes. Toen de bergen voor mij vrijheid betekenden, zag ik die vrijheid zelfs terug in grazende koeien! Maar op zich hebben de bergen geen enkele betekenis, zijn ze niet meer dan een steenmassa waar water overheen stroomt en waar gras groeit. Voor mij zijn ze nu weer geworden wat ze zijn.

En toch, en toch... Ik moet toegeven dat ik blij ben dat jij daar nu bent. Iemand heeft me ooit gezegd dat Fontana Fredda een treurig oord was voordat ik er arriveerde. Men ging er niet graag heen, er hing een sfeer van vijandigheid en verlatenheid, en ik heb er weer wat vriendelijkheid teruggebracht. Dat was fijn om te horen, maar op een gegeven moment werd het de zoveelste kooi. Als jij er niet was! zeiden ze. Alsof ik de plicht had me over Fontana Fredda te ontfermen. Ik heb de indruk dat jouw komst me daarvan heeft verlost, want ik zag dat je er verliefd op werd. Ik hou nog steeds van Fontana Fredda en ik weet dat ik het hoe dan ook in goede handen achterlaat.

Heb je ander werk gevonden? Het spijt me dat ik je zo abrupt heb laten zitten, maar sommige beslissingen neem je instinctief. Hou je haaks, Fausto: drink niet te veel, voel je niet al te schuldig over de dorre takken die vallen in het leven, laat je dat prachtige meisje niet ontglippen. Je bent een geweldige kok, heb ik je dat ooit gezegd? De beste die ik ooit heb gehad.

Love&Peace

Elisabetta/Babette

27. De verloren stad

Aan het drinken en het schuldgevoel moest hij werken, maar hij ging in de loop van de zomer wel terug naar Silvia. Hij was in vorm, het kostte hem nog geen twee uur om boven te komen en hij holde in een uur naar beneden, en dus ging hij soms na het werk nog op pad, om de avond met haar door te brengen, bij haar te slapen en de volgende ochtend weer in de bossen te zijn. Geweldig toch! Hij ging zijn vriendin opzoeken op de Noordpool. De kaartjesverkoopster van de kabelbaan wende eraan hem even voor sluitingstijd aan te zien komen; terwijl hij instapte, stapten de laatste alpinisten uit de tegenoverliggende cabines. Als de installatie uiteindelijk stilviel, restten Fausto in de late middagstilte alleen het oude pad en alle herinneringen en betekenissen die dat voor hem had; de meertjes werden spiegels in het afnemende licht en de steenbokken waren verbaasd op dat tijdstip een mens te zien: ze stonden op van de rotsen waarop ze waren gaan liggen, een mannetje snoof naar hem, en Fausto was er al voorbij, op de puinhelling, al op de treden van de via ferrata met zijn grote rugzak. Als hij zich haastte kon hij op tijd voor het gidsenaperitief boven zijn. Hij zorgde er altijd voor om brood, een krant, vers fruit en verse groente voor de hutbewoners te kopen en een handje te helpen in de keuken als hij zag dat daar behoefte aan was. 's Avonds verhuisde Arianna naar een andere kamer. Dufour was al een tijdje opgehouden hem de rekening te laten betalen.

Er was iets aanstekelijks aan het plezier dat hij uitstraalde als hij daar was, en op een vroege ochtend liet Silvia zich overhalen om een tochtje over de gletsjer te maken. Ze bereidden zich achter de hut voor, op het stukje keienveld dat verlicht werd door het keukenraam. Ze deden hun stijgijzers en hun klimgordel aan, met tien meter touw tussen hen in, en Fausto maakte touwlussen die hij om zijn schouders hing. Toen ze op weg gingen begon het al licht te worden, en langs de paden van de Monte Rosa doofden de hoofdlampen een voor een.

Maar Fausto was geen Pasang: voor hem was alles een wedstrijdje en Silvia had moeite hem bij te houden. Een halfuur lang deed ze niets anders dan haar blik strak op het spoor in de vaalblauwe sneeuw gericht houden, en op het touw dat haar met hem verbond. De ene keer spande het even aan en trok het haar aan haar klimgordel voort, de andere keer hing het slap en kwam het onder haar stijgijzers te zitten, en in geen van beide gevallen nam Fausto de moeite achterom te kijken. Het was alsof ze stilzwijgend overeen waren gekomen dat het zijn taak was om tempo te maken en de hare om ervoor te zorgen dat het touw tussen hen strak bleef staan, maar niet té. Maar ze voelde zich goed, ze was gewend aan de hoogte en had het niet koud, en ze gebruikte het lange valse plat achter de hut om in haar ritme te komen. Ze merkte amper de twee gletsjerspleten op die ze passeerden, de ene door eromheen te lopen, de andere na een ijsbrug te zijn overgestoken. Haar benen deden hun werk, haar hart en longen stonden in de spaarstand en haar ademhaling werd regelmatig.

Op een gegeven moment stopte Fausto en deed zijn rugzak af. Hij pakte een pickel voor zichzelf en een voor haar.

Alles oké?

Volgens mij wel, wat denk jij?

Je bent in vorm.

Tja, dat komt waarschijnlijk van al dat vloeren dweilen.

Daar ligt je hut, kijk.

Silvia draaide zich om naar het dal: in de verte zag ze de Quintino Sella, de blauwe rook van het aggregaat, de verlichte ramen in de ochtendnevel. Ze hadden aardig wat touwgroepen achter zich gelaten. Het valse plat was hier afgelopen en er stond hun nu een veel straffere klim te wachten. De hele wand lag nog in de schaduw.

Wil je thee?

Nu niet nee, dank je.

Zullen we meteen maar weer gaan?

Prima, ik ben net goed opgewarmd.

Dus: pickel in je linker- en touw in je rechterhand. Het is een beetje lastig hier. We doen het rustig aan, oké?

Ja hoor, ik heb inmiddels begrepen wat jij onder rustig verstaat.

Het spoor over de helling bleek een opeenvolging van in het ijs uitgehakte treden. Ze waren hoog, ze reikten bijna tot Silvia's knieën: ze klom met haar linkervoet en trok dan haar rechter bij. De pickel, die te kort zou zijn geweest voor een vlakke ondergrond, was precies goed van lengte als je hem aan de bergkant in het ijs plantte. Waar het spoor van richting veranderde en naar links afboog, volgde Silvia Fausto's voorbeeld en nam de pickel over in haar andere hand. Ze snapte vanzelf wat het systeem was. Het spoor liep zigzaggend omhoog om zo de steile helling de baas te kunnen, en ze herinnerde zich ineens dat Dufour of Pasang het aan het begin van het seizoen elke keer als het had gesneeuwd weer opnieuw begaanbaar maakte. Twee jongens die halverwege stilstonden lieten hen passeren, de tweede stond voorovergebogen naar lucht te happen, de eerste zei: Volgende week strand! Denk aan meisjes in badpak!

Ja, maar zonder jou, zei de ander.

Silvia was niet bedacht op de zon die hen aan het eind van de klim opeens vol bescheen. De zon, de ochtendhemel en de horizon die zich plotseling vóór hen opende, met weer andere gletsjers en weer andere toppen. Ze liepen verder, eerst over de graat en daarna over een bult, waarna ze afdaalden naar een onverwachts weidse en rustige vlakte. Fausto bleef staan waar het spoor zich splitste: het ene liep westwaarts naar de Castor en het andere oostwaarts naar de twee pieken van de Lyskamm. Het waren beroemde kammen waar mensen van over de hele wereld naartoe kwamen. Recht voor hen liep een veel uitgestrektere gletsjer dan die welke ze hadden beklommen noordwaarts langs de wand van de Monte Rosa omlaag.

Zijn we nu op de Felikjoch?

Jazeker.

Dus we zitten al op vierduizend meter?

Ja, al een tijdje. En ziehier, onder ons: Zijne Majesteit de Gornergletsjer.

Hij is immens, waar gaat-ie heen?

Waar hij heen gaat? Naar de Rhône. En naar het Meer van Genève. En dan door naar Lyon en zuidwaarts naar de Provence.

Jemig.

Mijn vader zei hier altijd: probeer jij me, als je kunt, maar 'ns te vertellen wat het verschil is tussen de sneeuw van de Rhône en de sneeuw van de Po. Hij vond het verhaal van de waterscheiding volstrekte onzin.

Dus dat was de verloren stad Felik. De eerste vierduizend meter in Silvia's leven. Onder hen een wirwar van dalen waar amper zon kwam, de blauwe planeet die zich weer begon te roeren, en rondom het schitterende oppervlak van dat bevroren hemellichaam. De kammen van de Monte Rosa leken met een zwaard gehouwen.

De touwgroepen die omhoogkwamen waren stuk voor stuk duidelijk te onderscheiden. Alles was zo kraakhelder en basaal dat ze Pasangs antwoord in een ander licht begon te zien. Sneeuw, wind, zon.

Hoe laat is het? vroeg ze.

Zeven uur. Tijd om cappuccino's te gaan maken.

Gaan we alweer terug?

Ja, maar nu ga jij voorop.

Ik zou hier nog wel even willen blijven.

De volgende keer. Nu, denk eraan: gewicht naar achteren verplaatsen en je hakken stevig neerzetten.

Wacht, zei Silvia. En voordat ze haar hakken stevig neerzette gaf ze hem een tongzoen, die tirannieke touwgroepleider van haar, waarbij de stijgijzers hen in de weg zaten en het touw in de war raakte, op de plek waar de sneeuw van de Rhône zich vermengde met de sneeuw van de Po.

28. Dronken

Hij noemde het de grote schoonmaak, ook al was het geen lente meer: omdat hij ruzie had gemaakt met zijn dochter, omdat de moeder van zijn dochter weigerde terug te komen, omdat Fausto opnieuw de bergen in was gegaan en hem daar alleen had achtergelaten, en omdat hij vier maanden na het ongeluk nog steeds moeite had met zijn veters strikken, besloot hij terug te grijpen op zijn oude vertrouwde gladstrijkmiddel, zijn oude gedachtenverdrijver. Hij begon met een kopje half gin half Fontana Fredda-water, dat heilige water dat recht van de gletsjer kwam, en ging daar de hele augustusmiddag mee door, waarbij hij allengs elk besef van tijd en dosering verloor, soms was het meer water, soms meer gin, maar het had altijd die heerlijke jeneverbessensmaak en als het naar binnen gleed ontdeed het zijn ziel van alle roest en aanslag. Ex-man, ex-boswachter, en nu waarschijnlijk ook ex-sneeuwkatbestuurder, twee stukken oud ijzer in plaats van handen, en vet dat zijn aderen verstopte: de gin spoelde alles weg in Luigi Erasmo Balma, bijgenaamd Santorso, naar de oude Ierse monnik. Naar verluidt had die man zijn groene eiland verlaten om te midden van de bergbewoners heremiet te worden. Heremiet, waarom niet? Hij keek uit het raam en ontdekte dat hij, als hij zijn kopje hoog genoeg hield, de bergen omgekeerd in zijn gin weerspiegeld zag. Na weer een volle kop begon ook het perspectief op zijn situatie te kantelen. Als hij zo in zijn gin keek, werden al die exen fases van een bevrijding. Ook zonder huwelijk, zonder uniform en zonder vaste baan zou hij het wel rooien, geef me een motorzaag en een aardappelveldje en ik red me wel. Zijn wijze, lieve dochter had hem zijn sigaretten afgepakt, maar ze wist niets van de toscaner die hij in een la had liggen, en dit leek hem de aangewezen gelegenheid. De bevrijding van Santorso, patroon van de heremieten. Geef me een grot, een overhangende rots, het stapelmuurtje maak ik zelf wel – hij trok aan zijn toscaner en de lekkere tabakssmaak vermengde zich met de smaak van jeneverbes die hij nog in zijn mond had.

Op dat moment viel zijn blik op zijn opgezette korhaan. Hij zette zijn kopje neer, haalde hem van de muur en liep naar buiten, de middagzon in. Er liepen toeristen op straat die terugkwamen van een wandeling, kinderen speelden tussen de hooibalen op het land. Een hamer vasthouden lukte Santorso nog wel: hij spijkerde de korhaan tegen de stam van de lariks voor het huis, liep weer terug en ging op het balkon staan om zijn werk te beoordelen, het kopje weer in zijn hand en de toscaner tussen zijn tanden. Alsjeblieft, bevrijd, vlieg maar weg, korhaantje, ga maar lekker vechten met een patser uit het dal hiernaast, vind maar een mooi hennetje en maak een heleboel kuikens. Dat hij er in al die dertig jaar nou toch nooit aan had gedacht hem zijn vrijheid terug te geven! Volgens hem was hij daarbuiten echt op zijn plek. Onder aan het weiland liepen blondines in hemdjes langs. Waar gingen die heen, zonder zelfs maar te groeten? Als die blondines er niet waren geweest, had hij nooit het volgende bedacht: ach, nee, je bent helemaal niet bevrijd. Je zit nog steeds vast aan je lork. Net als deze oude man hier.

Hij ging weer naar binnen, liep naar de stal en kwam weer naar buiten met een kaliber 12. Dubbelloops, hagelpatronen. 's Kijken of ze nog goed zijn, dacht hij, terwijl hij zijn rechterhand opende en weer sloot om zijn vingers los te maken. Hé, haantje, herinner je je dit ding nog? Nog steeds hetzelfde als de laatste keer, ja ja. Hij zette het geweer tegen zijn schouder, en het was maar goed dat hij bij het mikken één oog dicht moest doen, want zo bleef er van de twee hanen die hij zag maar eentje over. Het lukte de wijsvinger van zijn rechterhand aan te spannen wat er aangespannen moest worden. Boem! zei het kaliber 12. Boem! Twee geweerschoten midden in augustus die helemaal tot in Trois Villages te horen waren, waar de doodsbange moeders zich haastten hun kinderen van de weilanden te halen.

29. Een steenstapel

Een paar dagen na Maria-Hemelvaart arriveerden er twee vrouwen in de Quintino Sella. Onder leiding van een ingehuurde gids waren ze langzaam omhooggeklommen: ze hadden er de hele ochtend en een deel van de middag over gedaan. Toppen stonden er niet op hun programma, ze wilden niet verder dan de hut en eenmaal daar stuurden ze de gids naar huis; hij vertrok op een holletje om de laatste kabelbaan te halen en zij gingen op zoek naar hun plek in de slaapzaal. Aan de telefoon hadden ze gevraagd of er tweepersoonskamers met badkamer waren, het soort vraag waar ze in de keuken hard om moesten lachen, en dan was dit nog niet eens de meest komische. Maar de twee vrouwen namen genoegen met een stapelbed, maakten het op en kwamen toen weer terug naar de eetzaal om een kop thee te drinken. De een had opgestoken grijs haar en droeg een coltrui, de ander, die het kopje in haar handen klemde om zich te warmen, was blond, met oorbellen die een schril contrast vormden met de badslippers van de hut. Silvia merkte hen op zodra ze beneden kwam. Wat doen die twee hier? dacht ze. Ze gaapte, bond haar schort voor en zei: Hoi, Vrijdag.

Hallo, Vrouw van de bossen.

Wat wordt er vanavond gegeten?

Pasta met tomatensaus of groentesoep. Als hoofdgerecht ragout met puree of spinazietaart.

Wanneer maak je *dal bhat* voor ons?

In september!

Alles in september, hè?

De hut was overvol en er waren twee shifts voor het avondeten, een om halfzeven en een om halfacht, en tot negen uur had ze amper tijd om adem te halen. Daarna waren de alpinistenmagen gevuld en werd het werk langzamerhand minder hectisch. Sommigen gingen naar buiten om naar de gletsjer en de sterren te kijken, anderen speelden kaart en dronken een slaapmutsje, een paar wilden met alle geweld de uitrusting voor de volgende dag nog nalopen. Toen viel Silvia's oog opnieuw op de twee vrouwen: Dufour zat nu bij hen aan tafel, legde iets uit met behulp van een kaart. Ze had hem nog nooit bij iemand die geen berggids was aan tafel zien zitten, dus wie konden die twee zijn? De vrouw met het grijze haar leek het actiefst deel te nemen aan het gesprek. De blondine bladerde in het gastenboek van de hut, haar ogen waren rood en ze had iets afwezigs. En opeens begreep Silvia het. Er was sinds die dag een maand verstreken, er waren honderden of duizenden alpinisten langsgekomen, maar ze wist dat er in het gastenboek niets te lezen viel, de man van de Castor had zelfs zijn naam er niet in achtergelaten. Er waren mensen die hele bladzijden volschreven en anderen die er het zwijgen toe deden, alsof ze niet wilden storen. Dufour bleef met hen zitten praten terwijl Silvia de tafels dekte voor het ontbijt, en daarna was het tijd om het aggregaat uit te zetten en iedereen naar bed te sturen.

De blonde is de echtgenote, zei Arianna toen ze boven in hun kamer waren. De andere is een vriendin van haar.

Gaat het altijd zo als er iemand verongelukt?

Bijna altijd. Vroeg of laat arriveert er een vrouw of een zoon. Het is nog triester als de ouders komen.

Hij doet het goed, je vader.

Hij heeft het moeten leren.

Toen mijn moeder stierf, kwam de priester. Ik wilde hem niet zien.

Ging ze naar de kerk?

Ben je gek, die twee haatten elkaar. Ze zei dat de kerk onder haar duiven schoot.

Dan heb je er goed aan gedaan.

De volgende ochtend was het rustig en helder weer, de hoge druk van augustus. Zonder wind slaagde zelfs de gletsjer erin een aardse plek te lijken. De twee vrouwen ontbeten en gingen daarna naar buiten om naar de toppen te kijken, en naar de touwgroepen die al een eind weg waren. De blonde liep rond de hut, bestudeerde de oude hut en de bronzen plaquettes, de gletsjervogeltjes en de Tibetaanse vlaggetjes, alsof ze iets zocht wat ze niet vond. Haar vriendin zat op een bank in de zon toen Silvia met de emmer en de dweil uit de wc's kwam.

Hoi, zei de vrouw met het grijze haar.

Goeiemorgen.

Het uitzicht vanaf hier is ongelooflijk.

Ja, hè?

Wat glinstert daar in de verte?

Ze hebben me verteld dat het een fabriek is, in Novara. Hij glinstert altijd op dit uur van de ochtend. Als er geen nevel zou zijn, zou je nog iets verderop Milaan zien liggen.

Milaan?

Silvia zette de emmer neer en wees. Ze wist inmiddels wat indruk maakte op de mensen: op degenen die omhoogkeken en op degenen die omlaagkeken.

Ziet u die bergen daarbeneden? Die eenzame is de Monviso, die kant op ligt Turijn. En die blauwe lijn is geen nevel, dat zijn de Ligurische Apennijnen. Daarachter ligt de zee.

De zee.

Raar hè, om hierboven aan de zee te denken. De vrouw nam haar aandachtig op. Ze leek nu pas te beseffen dat ze met een meisje praatte. Ook dat was Silvia al eerder overkomen. Je kon ze een hele avond aan tafel bedienen zonder dat ze je zagen: je was niet meer dan de serveerster die het eten rondbracht, maar dan plaatsten een woord, een gebaar je soms opeens in een ander licht.

Hoe oud ben je?

Bijna achtentwintig.

En werk je hier al lang?

Sinds juni. Dit is mijn eerste zomer.

Moedig van je.

Silvia tilde de emmer weer op. Inwendig lachte ze. Ja, er was heel wat moed voor nodig om de wc's te betreden nadat die door honderdtwintig alpinisten waren bezocht, het merendeel met buikpijn. Ook zij had er in het begin zo tegenaan gekeken, ze had weinig gesnapt van het huttenleven.

De komst van de blonde vrouw maakte een einde aan het gesprek. Ze had een donkere zonnebril op, goed voor de gletsjer en voor haar rouw, en Silvia maakte aanstalten om weg te gaan en hen alleen te laten. De vrouw hield haar tegen, ze zei: Sorry...

Ja?

Ik vroeg me af wat die stapels stenen zijn. Betekenen die iets?

Ja en nee.

Hoe bedoel je?

De hoogste is gemaakt door een Nepalees die hier werkt. Het is een soort boeddhistisch altaar, de gebedsvlaggetjes worden eraan vastgemaakt.

Zijn dat die gerafelde lapjes?

Ja, maar het is niet erg dat ze gerafeld zijn, integendeel. Voor hen zijn het gebeden die door de wind worden meegevoerd.

En de kleinere stapels?

Die maken de mensen die hier langskomen, ik weet niet waarom.

Maken ze die dan zomaar?

Silvia haalde haar schouders op. Ze zei: Weet u, de middagen zijn lang. Misschien is het alleen maar een tijdverdrijf. Of misschien om te zeggen: ook ik was hier.

Ze realiseerde zich dat ze al net zo begon te praten als Pasang. Ze wou dat ze er iets aardigs aan toe kon voegen, een vriendelijk woord voor die vrouw. Maar de waarheid was dat ze zich haar echtgenoot niet herinnerde. Ze had het geprobeerd, had zich alle gezichten van die avond voor de geest gehaald, maar de dag erop waren er weer nieuwe gezichten gearriveerd, en daarna was het ongeluk al snel een van de vele geworden, er gebeurden voortdurend ongelukken. Sommige zo bizar dat er geen reden was lang stil te staan bij een simpele val in de mist.

Ben jij boeddhist? vroeg de vrouw met het grijze haar.

Ik niet. Maar die vriend van me wel.

Daarna zei ze: Sorry, ik ga weer aan het werk.

Later zag ze hen, buiten, bezig hun stapel te bouwen. Twee vrouwen die stenen van de puinhelling haalden en ze op elkaar stapelden. De betekenis kenden alleen zij. Ze waren er de halve ochtend mee zoet en het werd een mooie stapel, bijna een meter hoog, die misschien wel stevig genoeg was om de winter te doorstaan. Silvia zag ze weer toen ze probeerden de rekening te betalen. Dufour wilde geen cent maar nam wel de fooi voor het personeel aan, en daarna arriveerde tegen elven de gids die hen weer naar beneden moest brengen.

30. Het bivak

Fausto's vader had hem verteld dat bergstromen vijf stemmen hebben, die veranderen naargelang het uur van de dag. Nu ging de derde, de machtige namiddagstem, over in de vierde en bij zonsondergang kwam de bergstroom tot bedaren, alsof er boven een sluis was dichtgezet. In de kom aan de voet van de gletsjer voelde je dat de herfst in aantocht was. In augustus stond het wollegras in bloei en vormde één groot tapijt op het moerasland: witte pluizen op lange stelen die in het stilstaande water groeiden en op drieduizend meter hoogte als een katoenveld op de wind heen en weer deinden.

In het met zink afgedekte bivak had Fausto het campinggasje aangestoken; hij was bezig een ui te snipperen met zijn Opinelmes terwijl de paddenstoelen intussen in lauw water stonden te wellen. Uit zijn rugzak was ook rijst tevoorschijn gekomen, bouillonpoeder, een stuk alpenkaas en een fles Nebbiolo. Silvia zat op het bovenste bed naar hem te kijken en wijn te drinken. Ze hadden daar met elkaar afgesproken: zij was afgedaald uit de eeuwigdurende winter van de hut en hij was naar boven gekomen vanuit de korte zomer van Fontana

Fredda, of wat daar nog van restte.

Ben je het nooit zat om te koken?

Nee, integendeel. Ik vind het heel ontspannend.

Hoezo? Ben je normaal zo gespannen dan?

Gespannen niet. Een beetje bezorgd.

Vanwege je werk?

Ook. Misschien is het gewoon de herfstblues. Of ik moet schrijven, niet moet schrijven, wat ik de komende winter zal gaan doen.

Wil je zeggen dat Babette niet meer opengaat?

Ik geloof het niet, nee.

Heb je de afgelopen tijd een beetje geschreven?

Een beetje, ja.

En als je kookt, ben je dan hier, met mij, of alleen met de ui en de paddenstoelen?

Met de ui en de paddenstoelen en met jou.

Dan is het goed. Mag ik nog wat wijn?

Ze aten toen het buiten al begon te schemeren. In het laatste licht kwamen de gemzen van hun rotsen en graten naar beneden om te drinken. Ze bleven bij het bivak uit de buurt en liepen er met een grotere boog omheen dan ze doorgaans deden. Ook zij waren bekend met de herfstblues: het gras verloor zijn smaak en ze zouden elk moment het eerste geweerschot kunnen horen. De mens werd heel gevaarlijk in dat seizoen.

Fausto opende zijn rugzak en haalde een verfomfaaid pakje tevoorschijn. Hij zei: Gefeliciteerd met je verjaardag. Sorry van de strik.

Chef, toch! Dat verwachtte ik niet.

Des te beter.

Wat zou het zijn?

Een bosje bloemen. Toe, maak open.

Uit het papier kwam een van die zwarte schriften tevoorschijn waar Fausto altijd in schreef. Op de eerste bladzij stond de titel: *Zesendertig gezichten van Fontana Fredda*. En daarna de opdracht: *Voor mijn poolreizigster, met veel liefs, F.* Daarna volgden korte hoofdstukjes, geschreven in een handschrift dat zijn best deed leesbaar te zijn. Silvia bladerde het door: een ging over een boom waar de bliksem was ingeslagen, een ander over een late sneeuwbui, weer een ander over het kappen van bomen, en zo verder.

En of je geschreven hebt!

Tja, ik kan nu eenmaal niet tekenen.

Weet je wel zeker dat het voor mij is?

Natuurlijk is het voor jou. Het is een uniek exemplaar!

Ik weet niet of ik het wel verdien.

En ik, verdien ik wel een kus?

God mag weten waarom ze het toch altijd buiten in de kou moesten doen. Het bivak was klein en ongemakkelijk maar had in zijn lange bestaan ongetwijfeld meer geliefden gezien. Ze waren altijd nog half gekleed, zonverbrand, met moeie benen en vies haar en niet bepaald fris ruikend, de geliefden in bivakken en hutten. De duisternis daalde neer over de kom en de temperatuur daalde een paar graden. Alleen het gesteente straalde de geabsorbeerde warmte uit, lauw in de nachtelijke lucht.

Hoe ging dat verhaal ook alweer van dat door de wind weggeblazen bivak? zei ze.

Dat ging zo. Er was eens net zo'n bivakje als dit. Een man die in de herfst wegging liet de deur openstaan, en in de lente restte alleen nog maar de betonnen fundering. Dat is mijn verhaal.

Maar niet echt gebeurd.

Wat doe jij deze herfst?

In oktober ga ik appels plukken.

O ja, dan is het appeltijd.

Daarna weet ik het niet. Ik ben achtentwintig, ik zou eens moeten bedenken wat ik ga doen met mijn leven.

En als we eens een tentje zochten om te runnen, jij en ik? Zou je dat niet wat lijken?

Een hut?

Ik denk er al een tijdje over na.

Laat horen.

Ik kook. Jij staat achter de bar. Een klein tentje, dat we met z'n tweeën kunnen runnen.

De kok en de serveerster?

Waarom niet?

Je bent te romantisch.

Bivakgeliefden: hij was te romantisch, zij moest bedenken wat ze ging doen met haar leven, en ze praatten erover op een van die aan de wand bevestigde smalle britsen die de naam bed niet verdienden, in een aan weer en wind blootgesteld bivak. En toch, het was waar dat Fausto er al een tijdje over nadacht. Hij had zijn idee zorgvuldig doordacht: nu vertelde hij haar over leegstaande hutten, hutten die al jaren dicht waren, hutten buiten de gebaande paden, kleine hutten halverwege de berg waar hij het bestaan van kende. Ze konden er eentje pachten en die dan samen heropenen. Het vak hadden ze inmiddels wel onder de knie, toch? Het was geen huwelijksaanzoek, maar het scheelde niet veel.

Op haar zij liggend onder een slaapzak die hen beiden amper bedekte, hoorde Silvia hem aan. Daar ging hij weer. Het was net als die keer op de gletsjer, toen hij zonder achterom te kijken zo hard liep dat ze werd meegetrokken aan het touw aan haar klimgordel. Maar de avond was te volmaakt om die met mitsen en maren te verpesten. Ze beeldde zich in dat ze naar een sprookje luisterde, of naar een van die typische hij-en-zij-verhalen van 'm, en nog voordat het sprookje uit was viel ze in slaap.

31. Lawinehekken

’s Nachts had het geonweerd en ’s ochtends stond er twee centimeter water in het glas dat hij op het balkon had laten staan, met een verdronken vlieg erin. Hij keek uit over de velden, terwijl hij de slappe koffie dronk die zijn dochter had gezet: het gras was strokleurig, de lucht weer blauw en zonder nevel. Het licht was aan het veranderen, dacht hij. Tijd om eens flink hout te gaan zagen. Toen hoorde hij de badkamerdeur opengaan en kwam ze naar buiten, in een witte blouse, zwarte broek, het embleem van het hotel op het borstzakje, haar haar in een onberispelijke knot.

Werk je ook zondags? vroeg Santorso.

Zondag, maandag, mij maakt het niet uit. Wat zijn jouw plannen?

Ach, ’ns kijken of ik de motorzaag kan slijpen.

Ga je niet jagen vandaag?

Verplichten ze je om je haar zo te doen? Je hebt zulk mooi haar, laat het toch vrij.

Los heet dat. Ik ga.

Dag, lieverd.

Hij keek hoe ze in de auto stapte, keerde en langzaam, goed rechts houdend, om de eerste bocht verdween, naar haar hotel met zwembad. Van wie was dat meisje in godsnaam een dochter? Daarna pakte hij zijn rugzak en zijn verrekijker en ging ook de deur uit. Hij sloeg het pad in waarlangs de houthakkers nog maar een paar dagen eerder waren afgedaald. Nu de werkzaamheden waren afgerond was het bos veel lichter: aan de voet van de lariksen lagen stapels takken, en de opgetaste stammen waren op kwaliteit gesorteerd. Na een nacht regen lagen ze te stomen in de ochtendzon. Hij passeerde de open plekken met houtspaanders en de beroete stenen waarop Fausto had gekookt, en kruiste de bosweg waar hij de vrachtwagen van een veehouder tegenkwam. De man stopte en vroeg, met zijn elleboog uit het raampje: Ga je de Valnera op?

Als het me lukt.

Zou je kunnen kijken waar m'n runderen zijn?

Heb je die daarboven?

Ik heb er tweeëntwintig. Hopelijk zijn ze niet geschrokken van het onweer.

Oké.

Als je toch die kant op gaat, kun je dan ook een kip voor me meenemen voor de lunch?

Krijg de pest.

Voorbij de boomgrens kwam hij bij de nu miezerige bergstroom, een en al stenen en bodemgrind, terwijl het gras juist groener werd. Hij kon maar niet wennen aan het nieuwe tempo waartoe hij door zijn gebreken werd gedwongen. Het tempo dat een eeuwigheid het zijne was geweest kon hij niet meer volhouden, als hij versnelde, raakte hij meteen buiten adem en een paar keer zei hij tegen zichzelf, hoor 'ns, laat toch zitten, keer om en ga de motorzaag slijpen. Maar hij volhardde. Een vol uur hield hij zijn blik strak op het pad voor zijn voeten gericht. Hij merkte dat hij al tamelijk hoog was toen hij in het gras uitgebloeide gentianen zag. Hij dacht: straks haal ik in dit slakkentempo de Margheritahut nog. Ze zullen wel zeggen, kijk die ouwe die daar omhoogkomt: hij gaat zo langzaam als een grasmaaier maar zijn accu mag er wezen.

Op de Valnera werd hij verwelkomd door het gefluit van de marmotten. Waar de bergstroom een poel vormde trof hij de drinkende runderen van die zeikerd. Het waren eigenlijk koeien, vrouwtjes van een jaar of twee die geen melk gaven en in augustus en september in half wilde staat op de hooggelegen weiden leefden. In het begin waren ze bangig, schrokken ze van iedereen die voorbijkwam. Na een maand waren ze verwilderd, dan konden ze wel eens aanvallen en werd het lastig om ze te laten doen wat jij wilt. Santorso telde ze: het waren er dertien. Waarschijnlijk was er tijdens het onweer een stel van de kudde afgescheiden. Hij liep verder over de op die hoogte helemaal schrale weiden. Aan deze kant glooide het, terwijl het aan de andere kant van de kam een en al rotsspleten en ravijnen was; dat was de plek waar ze een paar jaar eerder al die lawinehekken hadden geplaatst, nadat de huizen beneden op een haar na onder de sneeuw bedolven waren geraakt. Het leken net opengeklapte, op hun kant liggende paraplu's. Hij was terug op de plek van zijn ongeluk, maar hij werd er niet warm of koud van. Voor hem was het alsof hij thuis van de trap was gevallen.

Hij vond het punt terug waar hij zijn ski's was verloren en begon te zoeken: een lag op de puinhelling, het stijgvel aan flarden maar de ski nog helemaal intact en de binding nog in goede staat. De andere was naar beneden gevallen, die moest daar nog ergens liggen. Hij liep naar de andere kant en keek omlaag.

Godskolere, zei hij hardop.

Daar waren de negen koeien, of liever, hun kadavers, omgeven door zwermen kraaien. Een paar waren er verstrikt geraakt in de lawinehekken en van hun achterhand tot aan hun buik opengereten. Het waren half verorberde maaltijden: toen het lekkerste deel op was, was de rest blijven liggen voor de vogels die elkaar nu verdrongen op hun snuiten en in hun openliggende buiken. Hun halsband met bel en hun gele oormerken hadden ze nog; sommige lagen met hun poten stijf omhoog en hun tong uit hun bek. Zelfs dood bewaarden ze nog hun lompigheid, misplaatst op die plek die niet bij koeien paste maar bij gemzen en steenbokken. En nu ook bij wolven.

Jonge wolven, dacht Santorso. Het zijn de jonge dieren die doden om het spel, de oude doen het alleen omdat ze honger hebben. Dit was niet langer een solitaire jager, maar een roedel die de koeien methodisch had opgesplitst, ze eerst de helling af had gedreven en vervolgens het ravijn in. Ze waren erachteraan gegaan en hadden hun tanden in hun buik gezet, in hun achterhand, in hun uiers; met die beesten, tamme dieren in een wilde omgeving die zich niet langer wisten te verweren en niet konden vluchten, was het kinderspel geweest. De wolfjes hadden zich vast dol geamuseerd, daarna hadden ze gegeten tot ze vol zaten en ten slotte waren ze ergens verderop gaan liggen uitbuiken.

Er zouden heel wat helikoptervluchten voor nodig zijn om die bloederige troep op te ruimen, maar Santorso had geen haast om bosbeheer te bellen. O, o, wat hadden ze gelachen toen ze zijn geweer in beslag hadden genomen. Nou, ze zochten het maar uit. Nu zag hij zijn tweede ski liggen, vlak bij een van de kadavers: hij was naar beneden gevallen en opgevangen door een lawinehek. Hij daalde heel langzaam af, houvast zoekend bij plukken hard gras, opnieuw de couloir in waar hij door dat stenensalvo was getroffen. Hij vertrouwde op zijn handen en zijn handen lieten hem niet in de steek, en rondom hem vlogen de kraaien op, uit protest tegen die indringer.

32. De appelpluk

Het waren niet de boom- en wijngaarden: Silvia wist dat ze er was toen ze door het treinraampje de fabrieksmuur voorbij zag komen. Een gele, afgebladderde muur waarachter haar opa zijn leven lang had gewerkt, en haar vader tot de productie naar het buitenland was verplaatst. Na de sluiting had iemand er met een spuitbus DAG KRIJG DE KLERE MAAR WACHT OP ME op geschreven, vermoedelijk niet bedoeld voor de fabriek maar voor een geliefde die op de trein was gestapt, en sinds die tijd was het voor Silvia altijd een welkomstgroet geweest. Ze deed het oortje uit en het liedje waar ze naar luisterde hield abrupt op.

Ik ben er, zei ze tegen de jongen die naast haar zat.

Nou, dag dan.

Bedankt voor de muziek.

Niks te danken.

Ze pakte haar rugzak uit het bagagerek, liep het gangpad door en stapte uit, samen met studenten en forenzen. Het trof haar hoe zacht de septemberavond was, ze zag sandalen en schouderbandjes, terwijl ze nog maar een paar uur eerder door de sneeuw liep. Ze had eigenlijk te voet van de gletsjer willen afdalen en er zo langzaam afscheid van willen nemen, maar die ochtend bracht de helikopter het afval naar beneden en Dufour had zo'n dag dat je maar beter niet met hem in discussie kon gaan, in beslag genomen als hij was door alle einde-seizoenstaken. Op een gegeven moment had hij naar haar en Arianna gewezen en gezegd: de volgende keer dat hij naar beneden gaat, gaan jullie mee, en tien minuten later stond Silvia ineens op de parkeerplaats bij de kabelbaan. Plotseling helemaal geen gletsjer meer: ze had het gevoel dat ze hem haar ontstolen hadden. Arianna en zij hadden telefoonnummers uitgewisseld en half en half afgesproken samen een reis te maken, in de lente.

Ze liep het station uit, een poolreizigster die zich bij elk kruispunt moest voorhouden: wacht, dat is een stoplicht. Het is rood, dat zie je toch? En dat is een zebrapad. Nu was ze aangewezen op de rugzak die ze omhad en waren de voeten in haar bergschoenen haar beste vrienden. Voeten die zich in de bergen een vaardigheid hadden verworven die stoelde op tenen, hakken, enkels, voetzolen, voeten die op rotsen en ijs fantastische evenwichtskunstenaars waren geworden en nu op asfalt weer een vervoermiddel werden dat een stuk minder efficiënt was dan het wiel. Daar was haar buurt. Daar het plein, met de twee cafés, de bankjes van de dealers, daar had je de werklozen die witte wijn en campari dronken, daar het jongerencentrum waar ze zich een tijdje voor had ingezet om van haar buurt een iets betere plek te maken. Toen er een nieuwe gemeenteraad kwam, was het aan anderen toegewezen en nu werd er binnen voetbal gekeken. Waar waren de bloemen, op deze gletsjer? En toch moesten er ook hier bloemen zijn.

Wat ga jij in de herfst doen, Vrijdag?

Ik ga naar Nepal voor het trekkingseizoen, daarna ga ik een tijdje naar huis, naar mijn familie. En jij?

Ja, ik denk dat ik ook een tijdje naar huis ga.

Ze was naar huis gegaan omdat ze voelde dat ze klaar was, klaar na een vlucht die eindeloos leek te hebben geduurd. Dat had ze tegen Fausto willen zeggen: dat ze voordat ze vooruit kon eerst terug moest, omdat ze anders altijd iemand zou blijven die vluchtte. En dus waren ze daar weer, de flats, de balkons, de binnenplaatsen, daar had je de opritten naar de garageboxen waar je als kind niet mocht komen, daar had je de fietsframes zonder wielen en de nog immer stinkende vuilniszakken. Daar had je de poolreizigster die met vochtige ogen haar hele kindertijd hervond, en haar kindertijd die verbaasd was haar te zien.

Silvietta! zei een vrouw die op de eerste verdieping de was ophing.

Hoi, Melina.

Lang niet gezien, ben je terug?

Ja, voor een tijdje.

Waar kom je vandaan met die rugzak?

Uit de bergen.

Zal er wel lekker fris zijn geweest.

Best wel.

Doe je je vader de groeten van me?

Zal ik zeker doen.

Ze nam de trap in plaats van de lift, en het appartement op de vijfde verdieping was haar laatste top voor dat jaar. Vijf verdiepingen, honderdtwintig treden, een dikke zeventien meter hoogteverschil. Haar benen waren sterk geworden en het zou zonde zijn uit vorm te raken. De poolreizigster kwam bij de deur, de deur van wat nu haar vaders huis was, en op dat moment moest ze aan de Felikjoch denken, de met een zwaard gehouwen kammen en de gletsjer die aan de andere kant naar beneden liep. Fausto die zei: probeer jij me, als je kunt, maar eens te vertellen wat het verschil is tussen de sneeuw van de Rhône en de sneeuw van de Po. Ze vroeg die herinnering haar de benodigde moed te verschaffen. Daarna belde ze aan, streek haar haar achter haar oren, keek strak naar het spionnetje en glimlachte, zoals jonge meisjes doen in fotocabines.

33. Het aardappelveld

Fausto leed aan het soort slapeloosheid waar je last van hebt als je een besluit moet nemen. Hij luisterde naar de motregen op het dak, deed zijn ogen dicht en dommelde af en toe misschien even in, maar toen het licht werd had hij er genoeg van de hele tijd te liggen woelen, stond op en vulde de kachel met droge takjes. Buiten vielen lichte druppels, de wolken onttrokken de bossen aan het zicht en door de lage luchtdruk vulde de keuken zich met rook. Toen hij een halfuur later weer naar het raam liep, zag hij achter de oplossende wolken de sneeuw. Daar was hij dan, boven de tweeduizend meter, septembersneeuw die in de zon snel zou smelten, maar hij lag er wel. Hij probeerde zich de laatste sneeuwbui van het voorjaar te herinneren, dat moest begin juni zijn geweest, er zat maar net iets meer dan drie maanden tussen. Precies zoals Santorso hem ooit had gezegd: drie maanden koud, negen maanden vorst. Hij bedacht dat de tijd van zwerftochten voorbij was, nu werd het tijd voor de kachel, voor wijsheid en plannen om de winter door te komen, en dus besloot hij een bezoekje aan het bankfiliaal te brengen.

In Trois Villages was er één bankemployé, die twee keer per week het loket opende. Hij was vriendelijk en geduldig en gaf Fausto allerlei informatie over kortetermijnleningen, daarna stelde hij hem een paar vragen over zijn inkomen, over zijn bezit en over de zekerheden die hij kon bieden. Die had Fausto niet, geen enkele. De bankemployé checkte zijn af- en bijschrijvingen, trok voor het scherm een wenkbrauw op, kladde op een vel papier een overzicht van aflossingstermijnen en rente en vroeg hem om zijn identiteitskaart, om er een fotokopie van te maken, en hij schaamde zich voor het woord *schrijver* dat hij erop had laten zetten. Voor de bank was het woord *kok* veel beter geweest. Uiteindelijk was het bedrag dat ze hem zonder al te veel gedoe konden lenen vijftienduizend euro, in vijf jaar af te betalen, hetgeen samen met wat hij nog op zijn rekening had staan uitkwam op zevenentwintigduizend euro. Hij zou zich weer in de schulden steken, maar zo kon hij het zich tenminste veroorloven iets te beginnen zonder dat het water hem meteen aan de lippen stond. Hij liep de bank vrolijker uit dan dat hij er naar binnen was gegaan. Fausto bleef toch altijd een schrijver die zodra hij geld zag, of liever, de mogelijkheid van geld, zin kreeg om het uit te geven, en dus ging hij naar de ijzerwinkel om zichzelf te trakteren. Hij kocht een nieuwe bijl met een essenhouten steel en een zware kloofkop. Toen hij terug was in Fontana Fredda was het nog geen elf uur, de wolken trokken in rafelige flarden op en onthulden hoger, voorbij het natgeregende bos, de door dat vingerdikke laagje sneeuw bedekte weiden.

Gemma was op haar aardappelveld bezig de aanplant te inspecteren. Fausto ging aan de kant van de weg zitten en zei: Hoi, Gemma.

Goeiemorgen.

Hou je van sneeuw?

Ik niet. Ik heb er te veel van gezien.

Maar het is toch ergens goed voor?

In december is het ergens goed voor. In september heb je er alleen maar last van.

Hoe doen de koeien dat, boven op de almen?

Die gaan met die sneeuw heus niet naar buiten. Vandaag eten ze hooi.

Dat wist ik niet.

Hij had haar willen vragen: Gemma, doe ik er volgens jou goed aan een lening van vijftienduizend euro af te sluiten om een verlieslijdend restaurant over te nemen? Als ik kook, een werknemer minder aanneem en de prijzen een klein beetje verhoog, red ik het dan? Gaan ze me een euro meer betalen voor het werkmansmenu?

Maar hij zei: Gaat het goed met de petatten?

Spreek je dialect?

Een paar woorden.

Een schrijver die dialect spreekt!

Aha, je weet dus wel wie ik ben.

Gemma antwoordde niet. Ze keek omlaag en streek over de bladeren van een aardappelplant, alsof ze de regendruppels eraf wilde vegen. Omdat hij zag dat ze zich opgelaten voelde, zei Fausto snel: Zeg, heb jij hout? Moet je zien wat een mooie bijl ik heb gekocht.

Ja, mooi.

Als je wilt, breng ik je twee kruiwagens.

Ik heb, ik heb.

Dat was niet waar, of niet helemaal, want Gemma's schoorsteen rookte die ochtend niet. Ze moest wel flink gehard zijn dat ze de dag doorkwam zonder de kachel aan te steken. Hij besloot dat hij het haar toch zou brengen, stond op en ging weg om met zijn nieuwe bijl te gaan spelen.

34. Een vlam komt terug

En zo ben je een zomer misgelopen, zei ze tegen zichzelf toen ze op de kleine hoogvlakte aankwam. De zomer van Fontana Fredda die eigenlijk geen zomer was, maar een lente die op haar hoogtepunt overging in de herfst. Je wist het, als het gebeurde, want hogerop verdween de sneeuw die de bergstromen van water voorzag en werd het gras van de weidgronden ineens geel. Babette was de junibloei misgelopen waar ze vijfendertig jaar lang altijd trouw naar had uitgekeken. Van de campanula's, de paardenbloemen, de vergeet-me-nietjes en het duizendblad restten nu nog slechts gezeiste en bemeste velden, en van het wilgenroosje de dorre stelen op de oevers. Ze opende de deur van het restaurant en trof het nog net zo aan als ze het in de winter had achtergelaten, met de kopjes zelfs nog in de gootsteen, de laatste bestellingen die naast de kassa hingen en de vertrouwde rotzooi waar ze van tijd tot tijd iets aan had trachten te doen. Uiteindelijk had de rotzooi het altijd gewonnen, haar aard om spullen overal te laten slingeren, ze van gebruiksvoorwerpen om te toveren tot gezelschapsdingen. Ze legde twee sleutelbossen en de envelop met het contract op een tafel. Ze deed het licht, de radio en de espressomachine aan, en het restaurant kwam tot leven. Ze vulde een karaf met water en ging naar buiten in een poging hetzelfde wonder te verrichten met de arme terrasplanten. De afgelopen zes maanden had niemand eraan gedacht ze water te geven. Terwijl ze de rozen en de lupines begoot keek ze naar de dichte vakantiehuisjes, de stoelen van de stoeltjeslift die wiegden in de wind, de rook uit de schoorstenen op de almen en de sneeuwstrepen op de kammen aan de horizon. Ze moest denken aan haar geliefde Karen Blixen, niet vanwege Babette, maar vanwege haar boek over Afrika, waarin ze schrijft: 'Als ik een lied over Afrika ken, over de giraffe en de Afrikaanse op haar rug liggende nieuwe maan, over de ploegen in het veld en de bezwete gezichten van de koffieplukkers, kent Afrika dan ook een lied over mij?' En kende Fontana Fredda een lied over haar, Babette?

Santorso had binnen een kwartier in de gaten dat ze terug was. Hij kwam licht hinkend de trap op die naar het terras leidde. Hij zei: Ben je open?

Nee.

Zelfs niet voor een kop koffie?

Koffie, die krijg je van mij. Maar de bar is dicht.

Zal ik hier dan maar gaan zitten?

Hoezo, wilde je soms binnen?

Nee, nee, buiten is prima.

Ga maar zitten. De machine is aan het opwarmen. Even geduld.

Ik heb totaal geen haast.

Santorso ging aan een van de plastic tafeltjes zitten, naast de dichte parasol. Toen Babette weer naar binnen liep, kon hij het niet laten naar haar kont te kijken. Die kont die vijfendertig jaar eerder, nog maar net uit de bus gestapt, het hele dal in rep en roer had gebracht. Hij vond hem steviger dan in de winter, en terwijl hij haar door het raam heen begluurde zag hij dat ook haar gezicht ontspannener was. Op haar huid waren weer sproeten verschenen. Hoelang had hij die al niet meer gezien, al niet meer sinds hun zomers op de alm? Met die witte huid en dat rode haar verbrandde ze elke keer dat ze de beesten ging weiden. De laatste maanden had hij zich vaak afgevraagd of ze een man had ontmoet, daar waar ze naartoe was gegaan, en nu keek hij hoe ze de kopjes afwaste en speurde hij naar tekenen van iets nieuws. 's Kijken, ouwe juut, of je nog in staat bent een hitsige vrouw te herkennen. Babette draaide de kraan open, vergat hem, schreef iets op een papiertje, liet de espressomachine een keer doorlopen om hem schoon te maken en merkte toen de kraan op, alsof iemand anders hem had opengedraaid. Santorso twijfelde of ze verliefd was of niet. Hij begreep witte patrijzen en hermelijnen beter. Ten slotte kwam ze naar buiten met twee koppen koffie, een glas water en een fles brandy, zette het blad op het tafeltje en ging tegenover hem zitten.

Hoi, Luigi.

Hoi, Betta.

Ik heb gehoord dat het niet al te goed met je ging.

Hebben ze je het verteld?

Ja. Hoe gaat het nu?

Kleine stapjes.

Kleine stapjes vooruit?

Ja, ja.

Hij opende en sloot zijn vuisten. Hij liet haar niet de twee vingers zien die helemaal krom stonden. Ze deed suiker in de koffie en hij gooide er een scheutje brandy bij. Alles net als vroeger: ze waren een oud stel aan het terrastafeltje van een bergcafé buiten het seizoen. Hij zocht naar iets aardigs om te zeggen en zei: We hebben je gemist bij het hooien.

Hooien? Dat heb ik volgens mij in geen tien jaar meer gedaan.

Tien jaar? Wat vliegt de tijd.

En hoe was het?

Een ellende. Overal ratelaars. Als je die niet maait voordat je gaat zaaien, is het het jaar erop nog erger.

Dus je hebt voortijdig gemaaid?

Ja, maar als ik het als enige doe heeft het geen enkele zin.

Hoezo?

Zaad verspreidt zich.

Dat snap ik. Zie de anderen er maar eens van te overtuigen dat ze voortijdig moeten hooien.

Wat je zegt.

Ze nam een slok water voordat ze haar koffie dronk. Waar zou ze die gewoonte hebben opgepikt, vroeg hij zich af. In Griekenland, in Spanje? Waar dronken ze water bij de koffie? Hij dronk zijn kopje leeg en goot er nog een bodempje brandy in om het schoon te spoelen, maar hij haalde geen sigaretten tevoorschijn, en dat viel haar op. Was hij gestopt met roken? Dus hij was niet compleet gek.

Hij zei: Weet je dat de wolven terug zijn?

Dus het is waar?

Ja, en veel ook.

Nou, van mij mogen de wolven deze plek terug hebben, wat jij? Er is toch niemand meer.

Is het waar dat je je restaurant weggeeft?

Ik geef het niet weg, ik verpacht het.

Aan Faus?

Je weet alles al.

En wat ga jij doen?

Ik open een bloemenwinkel.

Santorso keek haar aan. Hij zag een blos onder haar sproeten die hij herkende. Jaren terug was hij getrouwd met een meisje dat niet kon liegen. Je liegt, zei hij. Babette barstte in lachen uit. God, dacht hij, als ze lachte was ze weer zeventien. Hij wilde zeggen: Mag ik je kussen? Maar zij stond op, liet de fles en het kopje staan en liep het restaurant in om er voordat ze het weggaf nog wat rotzooi te maken.

35. De houtveiling

In oktober tooide het bos zich met het geel van de ringboleten en het rood van de vliegenzwammen. De bedwelmende geur van de zomer was zo goed als verdrongen door die van paddenstoelen, mos en verlept gras. De stapels boomstammen waren opgemeten en genummerd, vijf kuub elk, met op de dikste stam het nummer. Ze liepen van een tot ruim tweehonderd, maar op de ochtend van de veiling kwamen er maar zes mensen opdagen. Een van hen was de veehouder van de door de wolven verscheurde runderen. Hij discussieerde met de houtvester die erop moest toezien dat alles volgens de regels verliep.

Als ze mij aanvallen, kun jij me dan uitleggen waarom ik hén niet mag aanvallen?

Ze vallen jou niet aan. Ze vallen het vee aan.

Dat is hetzelfde.

Dat is niet hetzelfde. Hoe dan ook, ik ga daar helemaal niet over. Beschermde diersoort. Je krijgt een schadevergoeding en daarmee is de kous af.

Een schadevergoeding! Daar kan ik net een kop koffie van drinken!

Toe zeg, alsof de wolven het probleem zijn.

Om negen uur kondigde de vrouw van de gemeente aan dat ze konden beginnen. Ze startte met stapel nummer een, die onverkocht bleef. Ook de tweede en de derde bleven onverkocht. De startprijs was vastgesteld op honderd euro de stapel. Ze vroeg: Biedt er iemand op nummer vier? Maar in de eerste dertig of veertig zaten alpendennen die niemand wilde hebben. Het was krom, harsig hout, het koekte aan in de kachelpijpen, en met al die overvloed kon je beter lariks nemen, dat brandde beter. En dus moest de ambtenaar een flink stuk het pad op lopen, waarbij ze ondertussen vruchteloos de nummers afriep.

Voor Fausto was het alsof hij de zomerdagen weer doormaakte. Nu ze rondliepen in hun dikke jassen was het moeilijk te geloven dat het daar zo warm was geweest, moeilijk om de warmte en de lichtheid van die julidagen terug te halen: vuren in de openlucht, handen die onder de hars zaten, de vos die in de aardappelschillen wroette, het haar van de houthakkers vol zaagsel. *Hallo chef!* En de tochten omhoog naar Silvia in de hut. De vraag van de ambtenaar werd een slaapliedje. Biedt er iemand op nummer tweeënveertig? Biedt er iemand op nummer drieënveertig? Een hele zomer werk, en nu was al dat hout nog niet eens twintig euro de kuub waard.

Hoe ga je het noemen? vroeg Santorso. Faus de Keukenpaus?

Nee, nee, het blijft De tafel van Babette.

Ook zonder Babette?

Ik word Babette.

En komt je vriendin dan bij je werken?

Fausto schopte tegen een paddenstoel die iemand had geplukt en omgekeerd had laten liggen. Hij had nooit begrepen waarom mensen dat deden. Een paar dagen eerder had hij met Silvia gebeld, maar haar reactie was niet geweest wat hij verwachtte.

Ach, als ze zin heeft.

Hoezo, heeft ze geen zin dan?

Joost mag weten wat andere mensen willen.

Vertel mij wat.

Ze kwamen in de buurt van de bosweg, en daar wisten de bergbewoners weer wat ze wilden. Biedt er iemand op nummer zevenenvijftig? Ik, zei er een. Biedt er iemand meer? Niemand. Het was geen echte veiling, want ze hadden onderling al afspraken gemaakt. Iedereen kocht voor de startprijs de vijf stapels waar hij recht op had, op de plek die voor hen het best bereikbaar was met de tractor. Santorso kocht de zijne hogerop, in de zon, waar de groeiringen van de lariks smaller werden en het hout rood en hard was, en Fausto nam de honderdacht omdat hij dat een mooi getal vond.

Santorso merkte dat hij weemoedig was. Neem je er maar een?

Ach ja.

Neem er nog vier, vooruit.

Wat moet ik ermee?

Als het gezaagd en gekloofd is, kunnen we het goed

verkopen. Ik help je wel. Zo hebben we wat werk voor het begin van de winter.

Als jij het zegt.

Hij nam er vijf, van honderdacht tot en met honderdtwaalf. Hij vond het een raar idee dat hij bomen bezat, ook al waren het in feite geen bomen meer maar opgestapelde stammen. De vrouw gaf hem een bon die hij op het gemeentehuis moest gaan betalen, waarna de veiling voor gesloten werd verklaard. Er bleven meer dan honderdzeventig stapels onverkocht, die een of andere grote onderneming in het voorjaar voor een schijntje zou opkopen en afvoeren.

36. Lariksen

Ik weet niet of ik wel zin heb om weer een hele winter skiërs te bedienen, zei ze. Dat was niet waar je het met me over hebt gehad.

Het is iets, zei hij.

Als ik dan toch iets moet doen, ga ik wel weer biertjes tappen hier in de buurtkroeg.

Dat is niet Fontana Fredda.

Maar ik héb helemaal niks met Fontana Fredda.

En met mij?

Silvia antwoordde niet. Een maand in het laagland en haar stem kwam al van heel ver. Al eerder had Fausto, zelfs bij zichzelf, gemerkt dat je heel anders over de bergen dacht als je er woonde dan wanneer je er ver vandaan was. Als je ver weg was werd de werkelijkheid een abstractie: de bossen, de huizen, de velden, de bergstromen, de dieren en de mensen werden een driehoek met sneeuw op de top, de berg Fuji aan de horizon op de prenten van Hokusai.

Ik wil wat tijd met mijn vader doorbrengen, zei Silvia.

Natuurlijk, dat snap ik.

Hoe is het daar nu?

Het is stil. Weet je wat triest is als het herfst wordt? Dat je de koebellen niet meer hoort.

En wat doet men zoal in Fontana Fredda in oktober?

Houthakken. Hopen dat het water in de fonteinen niet opraakt. Aardappels rooien. Ik heb Gemma een paar dagen geleden geholpen, we hebben wel tweehonderd kilo uit de grond gehaald.

Wie is Gemma?

Mijn buurvrouw, weet je nog?

Ik geloof het niet.

Het was echt zo: de werkelijkheid van Fontana Fredda vloeide snel uit haar weg. Ze praatten nog door over het restaurant, over het personeel dat aangenomen moest worden en over de openingsdatum, en ten slotte zei Silvia dat ze er nog een paar dagen over na moest denken.

Ik zou met Kerstmis twee weken kunnen komen. Ik hoef toch niet per se de hele winter te blijven? Ik kom je een handje helpen.

Natuurlijk.

Toe, trek het je niet aan.

Nee, nee.

Wat maak je vanavond voor lekkers?

Ik hou niet van koken voor mij alleen. Misschien wat eieren.

Ik hou van je, chef.

Ik hou ook van jou.

Kort daarna hing Fausto op. Daar op het balkon,

waar hij stond, miste hij haar stem meteen al. Hij keek naar het bos en zag dat de buitenste larikstakken al geel begonnen te worden. Het waren de bomen van Fontana Fredda, bomen van de zon, van de wind, van de zuidhellingen, maar ze hielden niet van vorst, en als ze voelden dat die in aantocht was gingen ze in winterslaap. De onverstoorbare sparren behielden hun naalden en verspilden geen energie aan de seizoenswisseling: twee bomen die zo verwant waren, en twee zo verschillende strategieën om de winter het hoofd te bieden. De eerste die verkleurden waren de gehavende lariksen – de een was door de bliksem getroffen, een ander door steenslag, van weer een ander was bij een afgraving een wortel doorgesneden – maar binnen een paar dagen zou het hele bos geel en rood kleuren en zich terugtrekken in een lange slaap, terwijl het donkere sparrengroen de wacht hield.

Fausto had ergens gelezen dat bomen, in tegenstelling tot dieren, zich niet kunnen verplaatsen om elders hun geluk te zoeken. Een boom leefde waar zijn zaadje ooit was gevallen, en om gelukkig te zijn moest hij zich daar zien te redden. Zijn problemen loste hij ter plekke op, als hij ertoe in staat was, en was hij daar niet toe in staat, dan ging hij dood. Het geluk van herbivoren daarentegen hing samen met gras, dat was in Fontana Fredda een waarheid als een koe: in maart in het dal, in mei op de weilanden op duizend meter, in augustus op de almen rond de tweeduizend meter en daarna weer naar beneden voor het kleinere geluk van de herfst, de tweede, bescheiden, bloei. De wolf liet zich leiden door een minder begrijpelijk instinct. Santorso had hem verteld dat het niet precies duidelijk was waarom die zich verplaatste, wat de oorzaak was van zijn ongedurigheid. Hij kwam in een dal, vond daar misschien wel een overvloed aan wild, en toch belette iets hem om er echt te blijven: op een gegeven moment liet hij al die lekkernijen voor wat ze waren en ging ergens anders op zoek naar het geluk. Altijd weer nieuwe bossen, altijd de volgende bergkam over, achter de geur van een vrouwtje aan, of het gehuil van een roedel, of iets onbestemds, met medeneming van het lied uit een jongere wereld, zoals Jack London schreef.

Hoe dan ook, Fausto was er het type niet naar om te zwelgen in zelfmedelijden. Hij hield zichzelf voor dat Silvia al met al wellicht met Kerstmis zou komen. En misschien af en toe een enkele zaterdag en zondag, om hem een handje te helpen. Het was aan hen om een manier te vinden om door te gaan, als ze wilden. Daarna voelde hij de lauwwarme oktoberzon op zijn huid – die kans moet je niet laten liggen, hield hij zichzelf voor. Hij trok zijn wandelschoenen aan en ging op pad, de bergen in.

De dromen van Fontana Fredda

Zoals de lariksen hadden voorspeld, vormde er zich die nacht een laagje ijs op de fonteinen van Fontana Fredda. Er stond een kraakheldere sterrenhemel en aan de grond kristalliseerde de vochtige lucht tot rijp. Gemma was meteen na zonsondergang naar bed gegaan: hoe meer de donkere uren lengden, des te meer lengden ook de uren onder de dekens en begon voor haar het droomseizoen. Het heden verwarde haar, maar het verleden kwam scherp terug als ze sliep. Die nacht droomde ze dat ze nog een kind was, ze droomde van het kalfje dat ze in de oorlog had gehad en van de soldaten die het van haar hadden afgepakt. De soldaten waren gelegerd in de dorpsschool; ze schoten het kalfje dood, slachtten het en vierden de hele nacht feest. In haar slaap hoorde ze het pistoolschot weer, zag het bloed weer in de sneeuw, werd omhelsd door haar moeder en huilde tranen met tuiten, een oude vrouw van tachtig die weer zeven was.

In een kamer met gepakte koffers droomde Babette van haar minnaar uit het zuiden. Het was een man die er wel en niet was, half echt en half verzonnen, maar hij kon er wat je noemt wat van. Hij kuste ruw en was zacht met zijn handen. Ze voelde zich vrij, kon alles vragen en doen waar ze zin in had, en in haar droom werd ze vrolijk van de seks, ze lachten wat af als ze het deden. Ze werd wakker voor het eind: waarom stopten die dromen van haar altijd op het hoogtepunt? Eenmaal wakker probeerde ze haar droom voort te zetten en op een bepaalde manier lukte dat ook wel, al was het niet meer hetzelfde.

Santorso bevond zich in een gin-droom, hij baadde in het koude zweet en zijn ingewanden zaten in de knoop. Hij droomde van de wolf die hij nog steeds niet had gezien. Hij was in de bergen, op hanenjacht, hij volgde zijn hond die vooruit was gerend en opeens zag hij de wolf, voor zich in de sneeuw. Het dier zat hem doodgemoedereerd op te nemen. Santorso maakte aanstalten om zijn geweer te pakken, het hing over zijn schouder zodat hij elk moment kon aanleggen, maar zijn handen graaiden in de lucht. Hij zag dat de wolf naar hem keek als naar iemand die niet goed bij zijn hoofd is en zei: Jezus, ben je niet bang voor me? Pas maar op, ik maak zo een bonthoed van je! Wegwezen! Terug naar waar je vandaan komt!

In haar buitenwijk, op de vijfde verdieping, droomde Silvia van de hut, de gletsjer en de klim naar de Felikjoch. Er liep geen touwgroepleider voor haar. Geen Fausto, geen Pasang, en ook geen spoor dat iemand anders al had gemaakt. En toch kende ze de weg. Ze ging in haar eentje die berghelling op, plantte haar stijgijzers in de bevroren sneeuw, haar pickel die haar passen scandeerde, haar benen sterk en zeker, ze was bijna bij haar verloren stad.

En Fausto droomde die nacht van de oude man, de man die gek was op schilderen. Hij was misschien negentig of daaromtrent. Hij schilderde op de grond, op een bamboe vloer, in een kamer met papieren wanden: hij zag hem van buitenaf maar tegelijkertijd was hijzelf die oude man. Hij was zo oud dat hij inmiddels aan drie of vier penseelstreken genoeg had om te schilderen wat hij in gedachten had. Drie of vier, dacht hij, maar niet één. Ik zal goed genoeg zijn, zei hij bij zichzelf, als ik met één penseelstreek kan volstaan om de Fuji en al het andere te schilderen. Er was een dochter bij hem, of misschien een echtgenote die zo jong was als een dochter, die de bijna voltooide tekening wegtrok en hem een nieuw vel gaf, liefdevol doch streng. Nog een keer proberen, zei ze woordloos. Ze had het mooie lange haar van Japanners, zwart, steil, glanzend en pas gewassen.

Al deze dromen maakten net zozeer deel uit van het landschap van Fontana Fredda als de door de wind verwoeste bossen, de stapels onverkochte stammen, de droge rivierbeddingen in de herfst, de reeën die op de nog onbesneeuwde skipiste kwamen grazen, de donkere vakantiehuisjes, de kwijnende bosbessenstruiken, de lariksen die begonnen te vergelen, de rondzwervende honden van de herders en de dunne laag ijs die zich gaandeweg in de fonteinbakken vormde. Fontana Fredda bestond in gelijke mate uit werkelijkheid en verlangen. En rondom Fontana Fredda had je de bergen, de bergen die zich helemaal niets aan de dromen van die mensenkinderen gelegen lieten liggen en die bij hun ontwaken nog steeds zouden bestaan.

Fontane, 2021

Dit boek is voor Barbara, een huttenkunstenares.
En voor al mijn vriendinnen daar op de poolcirkel.

Als geest
lichtvoetig dwalend
door de zomervelden

B.S.RUTEL

Heiliger Ochs

Das Oktoberfest-Debakel

Amadeus von Waldenbrucks
1. Fall

3. Auflage, Januar 2019

Lektorat Dieter Ringer
Korrektorat Erika Kühn

IMPRESSUM
Brigitte Rutel, Am Moarhof 12
85419 Mauern

B.S.Rutel@gmail.com
newsletter@bsrutel.de
www.facebook.com/B.S.Rutel
www.BSRutel.de

DIE AUTORIN

Brigitte Susanne Rutel, Jahrgang 1947, geboren in Baden-Baden. Nach einem Praktikum beim Südwestfunk studierte sie ›Institutionelle Kommunikation‹ an der Hochschule für bildende Künste in Berlin. Es folgte eine über dreißigjährige Tätigkeit in internationalen Werbeagenturen in den Bereichen Konzeption und Text. Sie war Schöpferin bekannter Kampagnen für große Marken – von der Bierwerbung mit Walter Sedlmayr für die Paulaner Brauerei bis zu Broschüren für Siemens-Software.

Heute lebt sie mit ihrem Mann, dem Künstler Wolfdietrich Hoeveler, in Mauern, einem idyllischen Dorf zwischen Landshut und Freising.

Ihr Erstling »Der gegrillte Koch« erschien Ende 2016. Es folgte die Reihe mit dem ehemaligen Ermittler und Luxus-Aussteiger Amadeus von Waldenbruck. Bisher erschienen: Der Oktoberfest-Krimi »Heiliger Ochs«, der Kunst-Krimi »AB Rhesus negativ«, der Isar-Krimi »Lichtfischer«; der Alpen-Krimi »Totenkirchl« und der Chiemsee-Krimi »Seekönige«. Die Bücher erzielen bei Freunden klassischer Kriminalliteratur hohe Auflagen.

ES LOHNT SICH, MEINEN NEWSLETTER ZU ABONNIEREN

Mehr Informationen, Bilder, die Sie an die Schauplätze meiner Kriminalromane führen und exklusive Gewinnspiele erwarten Sie. Ich informiere Sie regelmäßig über Neuerscheinungen und Sie dürfen mir beim Schreiben über die Schulter schauen.
Einfach eine E-Mail senden an

newsletter@bsrutel.de

DIE PERSONEN

Julius Reindl (69), Wiesn-Wirt, Viehhändler, Multimillionär, Machtmensch – Leiche.

Juliane Reindl (30), seine Ehefrau, Society-Lady – kühle Blonde.

Annabelle Hupfer (34), Schwester von Juliane, Business-Lady – Kumpel-Typ.

Gesine Hupfer (58) Mutter der beiden, ehemalige Frisöse – strebt nach Höherem.

Michael Ehinger (30) Metzger, Erbe einer Metzgerei-Kette – verliebt in Juliane.

Helene Ehinger (56) Stiefmutter von Michael – patente Geschäftsfrau.

Amadeus Freiherr von Waldenbruck (60) Hauptkommissar – frustrierter Ermittler bei seinem letzten Fall.

Babette von Waldenbruck (54) seine Ehefrau – Alkoholikerin.

Amelie von Waldenbruck (83) seine Mutter – schwach auf den Beinen, aber hellwach im Kopf.

Ludwig von Waldenbruck (63) sein Bruder – herzkranker Landjunker und Junggeselle.

Enno von Waldenbruck (23) sein Sohn – studiert Agrarwirtschaft und will seinen Doktor machen.

Dana Crućik (42) seine Geliebte – Kroatin, attraktiv und intelligent.

Adalbert Henfling (39) Partner von Amadeus von Waldenbruck – wartet auf den Posten seines Vorgesetzten.

Tahir Beganović (54) Serbe, Nachtclub-Besitzer – Freund von Julius.

Nach Golde drängt,
am Golde hängt doch alles, ach wir Armen.
Goethe, Faust - erster Teil

1. KAPITEL

Heute fiel ihm beim Frühstück die Kaffeetasse aus der Hand. Platsch, mitten auf den Tisch. Es gab eine Riesensauerei. Seine Frau wird sauer sein, wenn sie um acht Uhr aufsteht und erstmal putzen muss. Die Finger seiner rechten Hand fühlen sich immer noch pelzig an, trotz Kortison. Seit einer Woche bekämpft er die unerträglichen Schmerzen in der rechten Schulter und die taube Hand mit diesem Medikament, aber es hilft jeden Tag weniger. Niemand soll bemerken, dass er nur noch mit unsäglichem Kraftaufwand in der Lage ist, seine Arbeit zu machen.

Andrej Horvat aus Slowenien ist zweiter Metzger im ›Bulli‹, einem der kleineren Wiesn-Zelte mit nur 500 Plätzen. Es ist kurz vor sechs Uhr morgens, als er am Hintereingang ankommt. Noch ist es still rund um die Zelte. Die Wiesn schafft ihn jedes Jahr. Noch vier Tage dieser Wahnsinn, dann macht er erst mal mit seiner Frau Urlaub in seinem Heimatdorf in der Nähe des Bleder Sees. Um ein paar tausend Euro reicher und völlig fertig: körperlich und nervlich. Sobald er sich erholt hat, werden sie ein bisschen herumfahren, Freunde und Verwandte besuchen, spazieren gehen. Was man eben so macht im Urlaub.

Ein scharfer Geruch von Urin steigt ihm in die Nase. Die Holzbalustrade vor dem Hintereingang wird gern zum ›wilden Bieseln‹ missbraucht, was bei Strafe – aktuell 30 Euro – verboten ist. Mit zwei Promille ist das den Burschen in ihren Krachledernen aber wurscht. Die Holztür ist bereits aufgesperrt. Wahrscheinlich ist Michael Ehinger, sein Chef, schon da.

Im Zelt riecht es übel nach abgestandenem Bier, staubigen Holzdielen und Schweiß. Die Toiletten stinken an manchen Tagen schlimmer als die Jauchegrube auf dem Dorf, in das Andrej in vier Tagen zurückkehren wird. So viel können die drei Frauen, die hier zwischen zehn und elf Uhr nachts sauber machen, gar nicht wischen, um diesen Gestank wegzukriegen.

Aber heute Morgen liegt da noch etwas anderes in der Luft. Etwas, das Andrej stutzig macht: Es riecht nach frisch gegrilltem Fleisch. ›Das kann doch nicht sein, dass Michael ohne seine Hilfe den Jungbullen Nr. 36 mit Namen Kevin auf den Spieß über das Feuer gehängt hat?‹

Andrej hat eine feine Nase. In den Bratengeruch mischt sich etwas Eigenartiges, Unangenehmes, Süßliches. Kann es sein, dass das Fleisch überlagert ist?

Mit einem unguten Gefühl und geballten Fäusten, die er in den Taschen seiner alten, rotkarierten Wolljacke versteckt, schlurft Andrej Richtung Spieß. Als er um die Ecke biegt erstarrt er. Er ist als Metzger einiges gewohnt, aber das schlägt dem Bierfass den Boden aus: Was sich da langsam über dem Grillrost dreht, ist kein Jungbulle.

Es ist ein Mensch.

Ein nackter Mann. Arme und Beine hat man ihm mit Metallschellen zusammengebunden. Dazwischen ragen die Spieße hervor. Über dem Leib wurden an vier Stellen Metallklammern verschraubt, die den Körper festhalten, damit er sich drehen kann. Alles ganz ordnungsgemäß. Genau, wie man es auch mit den Jungbullen macht. Übel riechendes Fett tropft aus dem goldbraun gerösteten Leib.

Der Kopf ist zur Seite gedreht, das Gesicht schwarzverbrannt und vollkommen unkenntlich. Die Augen sind nur noch schwarze Löcher. Der Tote bleckt die Zähne, weil die Hitze die Lippen weggebrannt hat. Man könnte glauben, dass die Leiche grinst. Ein unheimlicher Anblick, der dem Metzger das Blut gefrieren lässt.

Andrej wankt zur nächsten Bank. Er ist wie erstarrt. Unfähig, einen klaren Gedanken zu fassen. Als er begriffen hat, was hier gerade passiert, rennt er zur Toilette und übergibt sich. Dann wählt er mit zitternden Händen die Handy-Nummer seines Chefs Michael Ehinger. Es ist schon Viertel nach sechs und der müsste längst hier sein. Er hatte sich noch nie verspätet.

Es dauert eine Ewigkeit, bis Michael völlig verschlafen am Apparat ist.

»Ehinger«, die Stimme klingt heiser.

»Ich bin's, Andrej! Es ist etwas Furchtbares passiert. Etwas Schreckliches. Etwas ganz Schreckliches. Wo bist du?«

»Oh Gott, Viertel nach, verdammt, ich hab verschlafen. Was ist denn los?«

»Leiche hängt am Spieß. Leiche! Verstehst du! Ein Mensch! Tot!«

Andrejs Stimme überschlägt sich. Eine gefühlte Sekunde lang herrscht Stille am anderen Ende.

»Bin sofort da. Lass alles, wie es ist!«

Michael wohnt bei seiner Stiefmutter Helene Ehinger im Herzogpark, Münchens bestem Viertel direkt an der Isar beim Englischen Garten. Er springt, ohne zu duschen, in seine Motorradkluft und ist zehn Minuten später auf der Mauerkircher Straße. Hier sind nur 30 Stundenkilometer erlaubt, aber das ist ihm jetzt egal. Es ist kaum Verkehr, und er schafft es mit seiner 800er BMW, in 16 Minuten vor dem Zelt zu sein.

Als er vor dem Spieß steht, bekommt er weiche Knie. Genau wie Andrej ist er einiges gewohnt als Metzger, aber keine halbverkohlte Leiche. Der süßliche Geruch steigert sich ins Unerträgliche. Michael rennt zum Klo.

Andrej sitzt auf einer Bierbank und starrt regungslos auf den Spieß. Der 54-jährige Slowene mit dem kantigen Gesicht eines geschnitzten Herrgotts und den Pratzen eines karpatischen Bären ist fromm. Er murmelt Gebete und hört nicht auf, sich wieder und wieder zu bekreuzigen. Eine Träne rollt ihm über die zerfurchte Wange. Was hat dieser Mensch bloß falsch gemacht, dass er so sterben musste? Eine Frage, die im Augenblick niemand beantworten kann. Vielleicht war er nur zur falschen Zeit am falschen Ort?

Michael hat sich inzwischen etwas gefangen. Er wählt die 110. Drei Minuten später ist die Wiesn-Wache mit neun Mann da und sperrt das Zelt ab. Der Tatort wird provisorisch mit Bierbänken und weiß-rotem Tape gesichert. Das bedeutet, dass der Spieß weiter seiner Bestimmung folgt: Totes Fleisch braten. Man erreicht jetzt nämlich den Schalter nicht mehr, der den Drehspieß zum Stehen und das Feuer zum Erlöschen bringen könnte.

Michael zittert. Er ist der Gegenentwurf zu Andrej. Sein schmales, fein geschnittenes Gesicht ist sportlich gebräunt. Die honigblonden Haare sind etwas zu lang und hängen in seine hohe Stirn. Schlecht zu schätzen, wie alt er ist: erst 25 oder schon 35. Die Wahrheit liegt in der Mitte: Michael ist jetzt 30 Jahre alt und mit seinen 195Zentimetern Größe ein Riese.

Er nimmt seine randlose Brille ab und putzt mit einem Papiertaschentuch an den Gläsern herum, als wollte er nicht glauben, was er durch diese Brille gerade gesehen hat. Er kann nicht aufhören, den Toten anzustarren. Er ahnt, wer das sein könnte. Sollte seine Vermutung richtig sein, dann wird München bald kopfstehen.

2. KAPITEL

Hauptkommissar Amadeus Freiherr von Waldenbruck hasst es, wenn ihn das Telefon in aller Herrgottsfrühe aus dem Schlaf klingelt. Noch mehr hasst er es, wenn sein Dienststellenleiter, Felix Tauber, am Apparat ist. Und regelrecht kochen könnte er, wenn ihn Tauber fröhlich mit »Hallo Waldi!« begrüßt.

»Du, Waldi, ich hab da einen heißen Fall für dich. Buchstäblich brandheiß.«

Tauber lacht meckernd. Amadeus' Unmut steigert sich in kleinen Schritten.

»Also pass auf, Waldi, auf der Wiesn .... «, Tauber prustet vor Lachen.

»Stell dir vor, im ›Bulli‹ auf der Wiesn hängt eine Leich am Spieß. Eine schöne, fette Männerleiche. Das wär doch ein Fall, mit dem du deine Laufbahn krönen könntest?«

Tauber lacht wieder, und Amadeus hält es für ein hämisches Lachen.

»Also bitte, fahr sofort hin. Die anderen hab ich schon informiert. Ich komm dann später und schau nach dem Rechten.«

Amadeus legt auf. Er muss sich beherrschen, um nicht laut aufzuschreien oder das Telefon an die Wand zu werfen. Mühsam kriecht er aus dem Bett. Heute Morgen spürt er seine 61 Jahre in allen Knochen. Dabei kann er sich glücklich schätzen, dass man ihm sein Alter wenigstens nicht ansieht. Mit seiner römischen Nase und den vollen Lippen wirkt er aristokratisch. Bei einer Größe von 1,78 m ist er zwar nicht der Größte, aber das macht er mit seinem jungenhaften Charme mehr als wett. Freiherr von Waldenbruck hat das gewisse Etwas. Er hat die Fähigkeit, seine melancholischen saphirblauen Augen beim Anblick einer attraktiven Frau regelrecht aufblitzen zu lassen. Als ob man einen Scheinwerfer einschaltet.

Nur, wer genau hinschaut, erkennt in seinen Gesichtszügen die leichte Verbitterung, die nach rund 40 Jahren im Polizeidienst nicht verwunderlich ist.

Er steht vor dem Spiegel. Sein volles, dunkles Haar mit den wenigen grauen Strähnen lässt sich nicht so leicht bändigen. Er verzichtet heute aufs Rasieren. Er ist nicht eitel, aber er findet, dass ihm die Bartstoppeln ganz gut stehen. Sie unterstreichen seine Virilität, die er sich mit regelmäßigem Krafttraining erhält. Die Damen im Kommissariat finden ihn sexy. Sie sind ihm gewogen und tun fast alles für ihn. Sehr zum Ärger von Tauber. Trotzdem wird es Zeit, dass er diesen Ort der Schmähungen für immer verlässt.

Noch 57 Tage bis zum Ruhestand.

Amadeus schimpft vor sich hin: »Was glaubt dieser Tauber, wer er ist. Dieser dahergelaufene … dieser ... dieser Schmierenpolizist. Der hat doch noch nie einen Fall gelöst.«

Er ist sauer, dass ihm kurz vor der Pensionierung noch ein Mordfall aufgehalst wird. Wiesn! Wenn er nur das Wort hört, kriecht ihm der kalte Schauer über den Rücken. Nichts als saufen und raufen.

In seiner Ausbildung hatte er mehr als einmal Dienst auf dem Oktoberfest. Da holte er sich den Ekel: Vor besinnungslos betrunkenen, herumtorkelnden Frauen, die sich die Büstenhalter ausziehen und in ihre Höschen pinkeln; vor volltrunkenen Männern, die mit Maßkrügen zuschlagen und sich anschließend an nichts mehr erinnern; vor vögelnden, kotzenden und scheißenden Menschen, die die ganze Nacht auf der Böschung bei der Bavaria herumlungern, weil sie das Hotel nicht mehr zahlen können. Alles versoffen.

»Drecks-Wiesn!«, sagt er laut und deutlich zu seinem Spiegelbild.

Inzwischen ist Hauptkommissar von Waldenbruck angezogen: wie immer hellgraue Flanellhose, dunkelgrauer Kaschmirpullover, hellblaues Hemd, blauer Blazer. Es könnte regnen, also nimmt er den dunkelblauen Trenchcoat über den Arm. Er verlässt eiligen Schrittes das gemietete Reihenhaus in Waldtrudering.

Im Hinausgehen streicht er noch schnell Gattin Babette, die schnarchend im Sessel vor dem laufenden Fernseher sitzt, eine rotblonde Haarsträhne aus dem Gesicht. Eine zärtliche Geste, von der sie nichts mitbekommt: Vollrausch, wie fast jeden Tag! Die Freifrau, wie sich Babette gerne tituliert, versucht, ihre innere Leere mit Grünem Veltliner zu füllen. Der Liter beim Discounter für 2,49 Euro.

Amadeus hat längst aufgehört, sich für diese Frau zu schämen. Er fühlt sich schuldig, weiß aber nicht genau wofür. Und auch nicht, was er hätte tun können. Vielleicht machen sie heuer ein verlängertes Wochenende Ski-Urlaub am Arlberg. Allerheiligen wäre ein guter Termin. Das hatte er ihr schon vor ewigen Zeiten versprochen. Er könnte ihr das zu Weihnachten schenken oder zum fünfundzwanzigsten Hochzeitstag.

Kurz vor acht Uhr morgens trifft von Waldenbruck im ›Bulli‹ ein, um die Ermittlungen aufzunehmen.

Er ahnt nicht, welch entscheidende Wende in seinem Leben sich mit diesem Fall anbahnt.

3. KAPITEL

Amadeus von Waldenbruck bleibt mit offenem Mund vor der sich langsam drehenden Leiche stehen. Er hat sich schnell gefangen und nimmt das Heft in die Hand:

»Kann mal einer dieses verdammte Ding abstellen!«

»Aber, da darf doch keiner durch?« Andrej widerspricht kleinlaut.

»Jetzt geh‘ schon!«

Andrej wagt sich vorsichtig durch die Absperrung zum Schaltpult und bringt den Drehspieß über dem Rost zum Stehen. Ein paar Sekunden später erlischt das Feuer. Amadeus erkundigt sich bei den Kollegen von der Wiesn-Wache nach Kommissar Henfling. Sein Assistent sollte zeitgleich mit ihm am Tatort sein, aber niemand hat ihn gesehen.

Amadeus entdeckt von weitem ein paar Kleidungsstücke, die auf der Metallplatte vor dem Spieß liegen. Ein schmutziges weißes Trachtenhemd aus grober Baumwolle und eine feine, dunkelbraune lange Hirschlederhose. Hinten in der Ecke sieht er ein paar grüne Haferlschuh, graue Wollsocken und karierte Boxershorts. Im gleichen Augenblick rückt die Spurensicherung mit vier Mann und dem Gerichtsmediziner an.

»Alles absuchen, Fingerabdrücke nehmen, das volle Programm!«

Der Kommissar ist jetzt in Fahrt.

Seine beim Anblick der Leiche schockierten Helfer setzen sich wie in Trance in Bewegung. Nein, so etwas hatte noch keiner je gesehen.

Amadeus geht zusammen mit Metzger Michael in das winzige Wiesn-Büro. Die Einrichtung besteht aus einem

Schreibtisch, einem Bett mit rotkarierter Bettwäsche, die unberührt scheint, einem Stuhl für Besucher und einem abgeschabten, braunen Ledersessel. Über der Sessellehne hängt eine auffällige Trachtenweste aus grobem Leinen. Sie wurde aus einem alten Hopfensack gefertigt. Das kann man an den diversen Aufdrucken noch gut erkennen. Die Weste ist mit blutroter Seide gefüttert, die Ränder mit hellbraunem Wildleder paspeliert. Der letzte Schrei heuer. Hergestellt in Handarbeit in einer kleinen Südtiroler Manufaktur. Jedes Stück ein Unikat.

»Die gehört dem Julius!«

Michael kennt die Trachtenweste des Wirtes. Voller Stolz kam Julius vor ein paar Tagen mit dem prachtvollen Stück, das er beim Trachten-Albrecht ergattert hatte, ins Zelt. Ob er die Weste gestern Abend getragen hatte, wusste Michael nicht mehr genau. Das ›Bulli‹ war wie immer überfüllt gewesen und die Metzger hatten alle Hände voll zu tun.

»Da kann man kaum von der Arbeit aufschauen«,

erklärt Michael, wofür der Kommissar Verständnis hat.

Von Waldenbruck durchsucht die Taschen und findet eine Geldbörse mit Führerschein, Ausweis und Kreditkarten. Ohne Zweifel handelt es sich um die Papiere von Julius Reindl.

Der beliebte Wirt und Lebemann, den sie J.R. nannten, nach J.R. Ewing aus der Fernsehserie ›Dallas‹. Diesem ebenso cleveren wie skrupellosen texanischen Ölmilliardär war Julius nicht unähnlich.

Das Gesicht ist bis zur Unkenntlichkeit verbrannt. Die einst buschigen Augenbrauen und der Bismark-Schnurrbart sind versengt und nur mehr zu erahnen. Aber der Statur nach, die man noch ungefähr erkennen kann, hängt hier der untersetzte, leicht übergewichtige, glatzköpfige Wiesn-Wirt Julius Reindl. Es gibt noch einen letzten Beweis: Die Goldkette mit dem schlichten, schweren Kreuz, die der Chef der Spurensicherung in sein Plastikbeutelchen gleiten lässt und Amadeus reicht. Gravur: ›J&J in Liebe‹.

»Die kenn' ich. Gehört dem Julius. Hat er mir zeigen und sagen, er beten auch.«

Andrej hat für einen Moment seine Sprache wiedergefunden.

Das Münchner Oktoberfest hat seine eigenen Gesetze. Das war schon immer so und wird auch so bleiben. Basta! So gibt es schon immer die ›Großen‹. Das sind die sechzehn Wirte der Brauereizelte, die rechts und links der sogenannten Wirtsbuden-Straße stehen. Diese Monsterzelte haben bis zu 11.000 Plätze und noch einmal einige hundert im Garten. Und es gibt die einundzwanzig ›Kleinen‹. Das sind die Wirte, deren Zelte höchstens 500 Plätze haben.

Es gibt die großen Verlierer, die seit Menschengedenken jedes Jahr versuchen, von der Stadt eine Betriebserlaubnis zu bekommen. Und die kleinen Gewinner, zu denen Julius Reindl gehörte. Nach unendlich vielen Mühen konnte er eines der kleineren Zelte ergattern, weil der bisherige Wirt irgendeinen dummen ›Fehler‹ gemacht hatte.

Möglichkeiten, die Konzession nicht mehr erneuert zu bekommen, gibt es viele.

Es kann sein, dass einer in Ungnade gefallen ist, weil er Steuern hinterzogen hat und sich dabei erwischen ließ. Oder er hat illegale Arbeiter in der Küche schuften lassen. Das machen, wie man hört, alle, aber man darf sich eben – siehe oben – nicht erwischen lassen. Oder – relativ harmlos, aber ziemlich dumm – einer hat seine Bewerbung, die jedes Jahr erneuert werden muss, zu spät eingereicht.

Es könnte auch sein, dass ein Wirt gegen eine dieser unzähligen Regeln verstieß, die nirgends festgeschrieben sind. Protziges Auftreten gehört dazu, oder mehr Champagner als Bier zu verkaufen. Wäre an sich nicht schlimm, aber damit anzugeben, ist fatal. Die Wiesn ist schließlich ein Bierfest. Die Stadt findet dann über kurz oder lang einen triftigen Grund, die Bewerbung abzulehnen. Das Delikt ›Steuerhinterziehung‹ ist mit Abstand am beliebtesten.

Man sollte es auch vermeiden, sich mit fünf Prostituierten in einer Suite im Hotel ›Bayerischer Hof‹ erwischen zu lassen. An sich kein Grund zum Konzessions-Entzug. Es sei denn, das weiße Pulver wird allzu üppig verteilt und genossen, eine eifersüchtige Freundin oder Ehefrau gibt der Drogenfahndung einen Wink, und schon ist es passiert.

Der Wiesn-Wirt kommt in München gleich nach dem Oberbürgermeister und ist noch wichtiger als der Erzbischof. Zumindest während des 16-tägigen Oktoberfestes. Als Aushängeschild der Stadt hat er sich gebührlich zu benehmen. Und zwar ein Leben lang! Basta!

Aus diesem Grund ist dieser Morgen des dreizehnten Wiesn-Tages in einem Licht zu sehen, das greller scheint als die bloße Tatsache des spektakulären Mordes. Etwas Unvorstellbares ist geschehen! Wie konnte es jemand wagen, einem Wiesn-Wirt auf diese respektlose Art das Leben zu nehmen? Auch wenn Julius Reindl nur ein ›Kleiner‹ war, würden die Wellen hochschlagen, bis hinauf ins Rathaus und sogar noch höher in die Staatskanzlei.

Der Skandal ist perfekt. Wer weiß, in welche Machenschaften Julius Reindl verwickelt war? Steckt die Mafia hinter diesem brutalen Verbrechen? Oder handelt es sich um einen Racheakt unter Viehhändlern, zu deren Spezies der Allgäuer gehörte?

Wir schreiben das Jahr 2010 und Julius Reindl ist heuer im 18. Jahr auf der Wiesn.

Er hat sich auf Jungbullen am Spieß spezialisiert. Das Fleisch gibt es in der Semmel. Sonst gibt es nichts. Außer Bier natürlich. Die Maß zu zivilen 8,30 Euro. Das Zelt liegt günstig, nur ein paar Schritte von der U-Bahnstation Theresienhöhe entfernt.

Die jungen Leute stehen Schlange. Es ist ›hip‹, sich hier mit einer Semmel und einer Maß auf die tausend Verführungen einzustimmen, die so ein Wiesn-Bummel verheißt. Wer keinen Bock hat, im ›Bulli‹ herumzusitzen – falls hier überhaupt ein Platz zu kriegen ist – kann die Semmel einfach mitnehmen und unterm Gehen essen.

Natürlich hätte er sich lieber eines der großen Traditionszelte unter den Nagel gerissen. Mit einem jährlich fließenden Reingewinn, der nicht verraten wird. Angeblich kann sich ein Wirt jedes Jahr ein Haus in bester Wohnlage Münchens davon kaufen. Aber selbst ein kleines Zelt wie das ›Bulli‹ wirft, wenn man es ordentlich führt, einen horrenden Gewinn ab. Eine Münchner Boulevard-Zeitung rechnete vor, dass pro Sitzplatz eine Rendite von rund 1.500 Euro vor Steuern erzielt wird. Bei 500 Plätzen wären das 750.000 Euro, die nach 16 Tagen beim Wirt kleben bleiben. Der trägt schließlich die Verantwortung und hat bereits kräftig investiert: in das Zelt, den Aufbau, die Inneneinrichtung, die Toilettenanlagen usw.

Selbstverständlich hält die Stadt vor, während und nach der Wiesn kräftig die Gebühren-Hand auf. Und selbstverständlich hat Julius alljährlich den Eignern und Vorständen der Brauerei etwas zukommen lassen. Freiwillig und legal, aber halt inoffiziell versteht sich.

Amadeus versucht, Michael zu befragen, aber der muss alle fünf Minuten zur Toilette rennen, um sich zu übergeben.

»So viel kann einer doch gar nicht kotzen?«

Der Kommissar schüttelt den Kopf.

Andrej kann ebenfalls nicht weiter befragt werden. Er hat in der Aufregung seinen deutschen Wortschatz komplett vergessen. Amadeus verschiebt die Befragungen auf den nächsten Tag.

Das Zelt bleibt vorerst geschlossen. Mehrere Polizistinnen und Polizisten von der Wiesn-Wache und der private Wachdienst des ›Bulli‹ sichern die Eingänge. Den Angestellten, die nach und nach eintreffen, erklärt man lapidar, dass es einen Unfall gegeben habe. Was ja nicht gelogen ist. Sie sollen nach Hause gehen und auf weitere Anweisungen warten.

Amadeus durchsucht noch einmal akribisch das kleine Wiesn-Büro, findet aber nichts, das einen Hinweis auf den Tathergang geben könnte. Die Chefbuchhalterin und rechte Hand von J.R. in Finanzfragen, Annabelle Hupfer, trifft ein. Nach einer kurzen Benommenheit, von der sie sich mit Hilfe eines großen Cognacs schnell erholt, kann sie Amadeus helfen, sich in dem Durcheinander auf dem Schreibtisch zurechtzufinden.

Annabelle ist die Schwester der prominenten Wiesn-Wirtin Juliane Reindl. Von Waldenbruck findet sie auf Anhieb sympathisch. Sie macht nicht viel Aufhebens um ihr Äußeres. Da stört kein Lippenstift den sportlichen Look. Sie ist füllig und pfeift auf die „Wiesn-Uniform", obwohl sie ein Dirndl gut ausfüllen würde. Stattdessen trägt sie trotz Übergröße Jeans und ein enges rotes T-Shirt mit einer schwarzen Lederweste drüber. Das passt gut zu ihrem hellen Teint und dem kurz geschnittenen schwarzen Haar. Ihre wasserblauen Augen faszinieren Amadeus so sehr, dass er sich kaum auf das konzentrieren kann, was Annabelle ihm an Papieren zeigt. Lieferanten-Rechnungen, Einladungen zu Empfängen und Jagdgesellschaften, Personalpapiere: Nichts Wichtiges. Ein Erpresserbrief ist jedenfalls nicht dabei.

Das Erscheinen ihrer Schwester, der Wiesn-Wirtin Juliane Reindl, muss Amadeus auf jeden Fall abwarten, bevor er sich aufs Gelände begibt. Er wird die Wachmänner befragen, die gestern Nacht Dienst hatten.

Gegen neun Uhr fährt Julianes weißes BMW-Cabrio vor.

Ihr Erscheinen lässt die Gespräche der Anwesenden verstummen. ›Wie ein Engel, der ins Fegefeuer hinabsteigt‹, denkt Amadeus. Die Wiesn-Wirtin trägt ein mit goldenen und silbernen Ranken besticktes Dirndl aus hellblauer Seide mit einer gelben Schürze. Wie jedes dieser Kleidungsstücke bringt es die Figur vortrefflich zur Geltung. Das blonde Haar hat sie zu einem eleganten Knoten im Nacken geschlungen. Ein paar kürzere Haarsträhnen sind kokett über die Wangen gezupft. Trotz der flachen Schuhe überragt sie Amadeus um einen halben Kopf.

Er mag es nicht, wenn Frauen auf ihn herunterschauen, aber er muss zugeben, dass ihn die 185 cm große Juliane beeindruckt. Sie hat etwas distanziert Kühles. Das wäre eine gute Freifrau von Waldenbruck geworden, denkt er und schiebt diesen verrückten Gedanken sofort weit weg. Juliane wirkt trotz ihrer Jugend damenhaft, ein ›Grace Kelly Typ‹. Ihre großen wasserblauen Augen schauen irritiert in die Runde.

»Ist etwas passiert?«

Amadeus fängt sie ab, bevor sie in die Nähe des Spießes kommen kann. Er bittet sie, sich auf eine der Bierbänke im Garten zu setzen und winkt Michael zu sich.

»Bitte, holen Sie Annabelle. Ich glaube, die brauchen wir jetzt!«

Juliane setzt sich brav. Sie atmet jetzt schneller, und ihre Stimme wird leicht heiser.

»Was ist passiert?«

Amadeus holt die Plastiktüte mit der Goldkette aus der Jackentasche.

»Gehört das Ihrem Mann?«

Juliane schaut ihn ungläubig an.

»Ja! Das ist sein Talisman. Ich habe ihm die Kette zur Hochzeit geschenkt.«

»Ihr Gatte ... also es gibt noch keinen DNA-Abgleich, aber wir vermuten, dass er gestern Nacht oder in den frühen Morgenstunden des heutigen Tages verstorben ist.«

Von Waldenbruck legt eine Pause ein. Julianes Augen blicken verständnislos. Annabelle setzt sich neben sie und nimmt sie in den Arm. Amadeus berichtet in dürren Worten, was passiert ist.

»Nein, nein, das kann nicht sein. Er hat doch gestern noch so eine gute Laune gehabt. Das ist nicht Julius. Wer hätte ihn denn ermorden sollen? Er war doch immer so großzügig? Alle mochten ihn.«

Sie starrt vor sich auf den Boden. Offenbar hat sie das Geschehen noch nicht begriffen.

»Was wird denn jetzt?«

Michael und Amadeus tauschen fragende Blicke. Dann bringt Michael die verstörte Frau zu ihrem Wagen und setzt sich ans Steuer.

4. KAPITEL

Michael Ehinger sieht mit seiner randlosen Designer-Brille und dem schmalen Gesicht nicht wie ein Metzger aus, sondern eher wie ein Buchhalter oder ein Lehrer. Dagegen spricht die sportliche Bräune, die er sich in Raglan zugelegt hatte, dem vielleicht schönsten Surf-Revier der Welt, wenn man Hawaii ausnimmt. In Hamilton-Waikato auf der Nordinsel Neuseelands hatte er die letzten sieben Jahre verbracht.

Jetzt ist er zurückgekehrt, um in Kürze die Metzgereikette Ehinger zu übernehmen, die seine Stiefmutter Helene an einen der Angestellten verpachtet hat. Gegründet hat den Betrieb sein Großvater Wilhelm. Sein Vater Konrad kam vor fünf Jahren bei einem Jagdunfall ums Leben.

Der Sohn und Erbe hatte eine Metzgerlehre absolviert und nebenbei im Abendstudium Betriebswirtschaft studiert. Danach wollte er Erfahrungen in anderen Betrieben sammeln, statt zuhause gleich als Chef einzusteigen. Der Vater war dagegen, aber seine Stiefmutter Helene, mit der er sich schon immer prächtig verstanden hatte, unterstützte ihn dabei.

Der gelernte Metzger hätte irgendwo in Bayern in einer Großmetzgerei anfangen können. Stattdessen zog es ihn nach Neuseeland. Er argumentierte damit, dass es dort die größten und modernsten Betriebe der Welt gäbe. Was nicht stimmt: Die sind in den USA. Die Eltern finanzierten ihm die Reise ans andere Ende der Welt. Was sie nicht wussten, war der Umstand, dass Michael aus Deutschland floh; vor einer Frau.

Der Pächter führt die Metzgerei-Betriebe gut, aber irgendwann musste der Sohn und Erbe heimkehren. Er ließ sich Zeit. Als er im August nach Hause kam, stellte er fest, dass die Unterschiede zwischen Neuseeland und Bayern nicht so riesig sind, wie er es damals erwartet hatte. Überall der gleiche Menschenschlag: Trinkfest, sangesfreudig, mit roten Wangen und einem freundlichen Wesen, solange man nicht ihre Kreise stört. Die ›Kiwis‹, wie sich die Neuseeländer selbst nennen, wissen um die vielfältigen geistigen und kulturellen Beschränkungen, die das Leben auf einer Insel, weit weg von anderen westlichen Zivilisationen, mit sich bringt. Australien ist in einer vergleichbaren Situation.

Deshalb gibt es diesen Initiations-Ritus. Eine Art Reifeprüfung, der sie sich nur zu gern unterwerfen: Einmal im Leben, am besten direkt nach dem Abitur, muss der Neuseeländer oder die Neuseeländerin eine Weltreise machen. Am besten nach Europa und besonders gern nach Bayern zur Oktoberfestzeit. Diese Reise soll den Blick für die Welt ›da draußen‹ öffnen. Eine perfekte Übung in Toleranz und Weltoffenheit.

Möglicherweise täte das den Bayern auch gut. Hier pflegt man nach wie vor eine eher eingeschränktere Sicht auf die Welt. ›Mia san mia‹ und ›Do bin i dahoam‹ heißt es. Schlug Michael seinem Vater eine Neuerung vor, wie die Aufnahme von Bio-Fleisch ins Sortiment, prallte er auf dieses Brett vor dem Kopf, das mit den Jahren immer dicker wurde. ›Braucht es nicht, unser Fleisch ist besser als dieses Bio-Zeug‹, hieß es dann. Damit war die Idee vom Tisch.

Die Filialen liefen auch ohne Bio-Sortiment blendend. Das musste er zugeben. Michael wollte nicht als engstirniger ›Bayernseppl‹ enden, obwohl er seine Heimat über alles liebte. Die Jahre in Neuseeland hatten aus ihm einen weltläufigen, aufgeschlossenen Menschen gemacht.

Besonders die älteren Bayern in seiner Umgebung sind ›gestandene‹ Mannsbilder, deren Interesse vorwiegend den beiden schönsten Dingen im Leben gilt: Essen und Trinken. Sie sind gottesfürchtig und streng, wie sein Vater, dem hin und wieder auch mal die Hand ausrutschte. Das ist Teil der christlichen Erziehung. Der Bub war ihm nicht ›männlich‹ genug und saß zu oft hinter seinen Büchern. Auf der anderen Seite bewunderte der Vater dessen Intelligenz und die Bildung, die er selbst nie genossen hatte.

Der alte Ehinger war kein Grobian. Er wusste, was sich gehörte. Aber in der Zunft der Viehhändler und Metzger gibt es einige, die man gut und gern als grobschlächtig oder ungehobelt bezeichnen könnte: Julius Reindl zum Beispiel war so einer. Deshalb hat Michael auch nicht verstanden, dass die schöne Juliane diesen Kerl geheiratet hat. Er war schon in der Schule bis über beide Ohren in sie verliebt. Er hatte Neuseeland gewählt, um möglichst weit weg von ihr zu sein.

Kurz nach seiner Rückkehr trifft er sie ausgerechnet im Haus seiner Stiefmutter Helene wieder. Die Damen kennen sich vom Golfen in Bad Griesbach. Hier hält sich die Münchner Schickeria gern im Dunstkreis von Franz Beckenbauer auf.

Sofort flammt die alte Verliebtheit in ihm auf. Aber er will nicht, dass sie sich mit ihm einlässt. Er hasst Heimlichkeiten und ist nicht der Typ des Abstaubers. Er genießt es, sich nach ihr zu sehnen und davon zu träumen, wie schön es sein könnte, wenn sie frei für ihn wäre. In diesen Träumen ist sie immer noch die kleine Juliane, die er aus der Schule kennt: hübsch, von Mutti fein herausgeputzt, ein bisschen schüchtern und immer Klassenbeste.

Sie hat sich verändert. Das bekommt er ziemlich schnell mit.

Die Frau des mehrfachen Millionärs Julius Reindl ist jetzt eine echte Society-Lady. Sie gehört zu Münchens ›Bussi-Gesellschaft‹. Dazu muss man die richtigen Sportarten betreiben: Tennis, noch besser Golf, am besten Polo. Letzteres ist aber nicht ideal für Frauen. Zu anstrengend.

Man trägt ausschließlich exklusive Designer-Kleidung – auch zum Sport, zuhause vor dem Kamin und im Bett: Escada, Gucci, Prada. Quelle für Trachten ist ein weltbekanntes Lodenhaus. Alternativ shoppt man in den eleganten, überteuerten Boutiquen in Kitzbühel, St. Moritz, Lech oder Gstaad.

Der Frau des prominenten Wiesn-Wirtes öffneten sich die Türen zu den tonangebenden Kreisen der Stadt. Sie lernt, viel Geld auszugeben, und sie bringt sich gekonnt in die Klatschspalten der Boulevard-Presse. ›Juliane Reindl, neue Schirmherrin des Vereins für asthmakranke Bullterrier‹ scherzte Michael, wenn sich die beiden bei seiner Stiefmutter, wo er jetzt wohnte, oder im Yachtclub am Starnberger See trafen.

Von Schüchternheit spürt man jedenfalls nichts mehr. Sie ist selbstbewusst, um nicht zu sagen arrogant. Aber da ist etwas, das ihn irritiert. Er hat den Eindruck, dass sie ihr Leben nicht lebt, sondern spielt. Sie hat eine Glanzrolle in einem Theaterstück bekommen. Jetzt muss sie diese Rolle ausfüllen, auch wenn ihr das manchmal schwerfällt. Lohn der Mühe ist ein angenehmes Leben im Luxus.

Als Juliane ihm vorschlägt, 16 Tage im ›Bulli‹ auf der Wiesn als Metzger zu arbeiten, sagt er zu. Die Ehingerschen Metzgereien kann er erst im Januar vom bisherigen Pächter übernehmen. Durch den Job hat er Abwechslung, darf in Julianes Nähe sein, und von dem bauernschlauen Reindl kann er mit Sicherheit noch etwas lernen.

Sein Lehrmeister hängt jetzt in seinem Wiesn-Zelt vor dem Spieß. Irgendetwas musste schief gelaufen sein im Leben von Julius Reindl.

Im Augenblick ist Michael nicht fähig, ein Konzept zu entwerfen, wie es weitergehen könnte: mit dem ›Bulli‹, mit Juliane, mit ihm und überhaupt.

Eine gute halbe Stunde später kommen sie in der pompösen Reindl-Villa am Westufer des Starnberger Sees an. Juliane hat sich einigermaßen beruhigt.

Er bringt sie zur Eingangstür, einem Eichenholzmonster mit bäuerlichen Schnitzereien, auf das Julius Reindl damals sehr stolz war: Echt handgeschnitzt aus Oberammergau.

»Soll ich noch bleiben?«

»Nein danke! Du kannst gehen! Bitte kümmer dich um das Zelt und unsere Leute. Ich komme schon zurecht. Mama ist ja da.«

Michael weiß inzwischen, dass er diesen Job besser nicht angenommen hätte. Es macht ihn fertig, wie kühl und geschäftsmäßig Juliane ihn behandelt.

Ihre Mutter Gesine, der man immer noch ansieht, dass sie im früheren Leben Frisöse war, hat bereits einen Flügel des schweren Portals aufgestemmt. Sie nimmt Juliane in die Arme. Annabelle hatte sie informiert.

»Mein Gott, so ein Unglück! Du Armes! Das ist ja unfassbar!«

Das alte Mädchen, das aussieht, wie eine in die Jahre gekommene Marylin Monroe, zittert am ganzen Körper. Sie hat feuchte Augen. Die rosa Seidenbluse mit der Schleife passt selbst mit viel gutem Willen nicht zu der giftgrünen Hose und den goldenen Schühchen. Michael trollt sich rasch, um weiteren Fragen aus dem Weg zu gehen. Die Polizei wird die Öffentlichkeit früh genug informieren. Die Gerüchteküche brodelt sicher schon.

Michael denkt an den Wiesn-Wirt Julius Reindl, der vieles besser konnte als andere. Zum Beispiel mit den Gästen umgehen und den Leuten das Geld aus den Taschen ziehen. Jeder Kenner weiß, dass es sich bei Jungbullen um billiges, minderwertiges Fleisch handelt. Die Tiere haben noch nie eine Weide gesehen. Sie werden schnell hochgemästet und können kein intramuskuläres Fett aufbauen, das als Geschmacksträger dient. Das ist nicht nur Tierquälerei, sondern auch Betrug am Verbraucher, der glaubt, für sein gutes Geld einen besonders schönen, mageren Braten zu bekommen.

J.R. konnte mit seiner jovialen Art die Presse für sich gewinnen, was in München viel Wert ist. Seinem Allgäuer Heimatdorf brachte er Tourismus und damit Wohlstand. Für die Menschen dort wird er für alle Zeiten ›der heilige Ochs‹ sein. Warum man ihn so nennt, weiß keiner so genau. Und als Sahnehäubchen gehörte ihm auch noch die schöne Juliane.

Michael muss sich eingestehen, dass ihn der Tod von Julius nicht übermäßig traurig macht.

Er tritt aufs Gas und hätte um ein Haar einen Radler gestreift, der auf der schmalen Seeuferstraße Richtung Starnberg radelt. Julianes kleiner Sportwagen hat mehr Power unter der Haube, als er ihm zugetraut hatte.

In 21 Minuten schafft es Michael zurück zur Wiesn.

5. KAPITEL

Inzwischen ist es kurz vor elf. Michael schickt seinen Helfer Andrej nach Hause. Der Kommissar braucht ihn nicht mehr. Er kratzt sich das Kinn. Rasieren wär jetzt nicht schlecht.

»Das Zelt wird wohl geschlossen bleiben? Zumindest heute?«

Eine Frage, die Kommissar Amadeus von Waldenbruck nicht beantworten kann.

»Das entscheidet das KVR.«

Das Kreisverwaltungsreferat ist die für das Oktoberfest zuständige Behörde.

Aber, wer will denn eine Bullen-Semmel essen, deren Fleisch an einem Spieß gebraten wurde, an dem ein Mensch gehangen hat. Dann war das auch nicht irgendeiner, sondern der stadtbekannte, allseits beliebte Wiesn-Wirt Julius Reindl. Amadeus sieht keine Chance, das Zelt für die drei letzten Oktoberfesttage wieder zu öffnen.

Michael hat Andrej eingebläut, kein Sterbenswort nach außen dringen zu lassen. Seiner Frau soll er sagen, er wüsste nicht, warum das Zelt heute geschlossen bleibt. Man hätte ihn nicht hineingelassen und ihm gesagt, er solle wieder nach Hause gehen.

Hauptkommissar von Waldenbruck und die Damen und Herren von der Spurensicherung haben an den Biertischen eine Art mobiles Büro aufgebaut. Michael und Julianes Schwester Annabelle versorgen sie mit Kaffee und Butterbrezn.

Inzwischen ist auch von Waldenbrucks Assistent Adalbert Henfling eingetroffen. Tauber hatte vergessen, ihn zu informieren. Noch ein Steinchen auf dem Haufen von Kränkungen und echten oder eingebildeten Verletzungen, die sich während seiner Dienstzeit angehäuft hatten.

Gedanken, die Amadeus beiseiteschiebt. Er ist in seinem Element. Die Wachleute der privaten Sicherheitsdienste müssen befragt werden. Auch das Personal der Promi-Zelte, die bis ein Uhr geöffnet haben, könnte wertvolle Hinweise geben. Bis die raus kamen, war es gut zwei Uhr nachts. Genau da konnte es passiert sein. Pech nur, dass das ›Bulli‹ am anderen Ende der Wiesn liegt.

Zwei Wachmänner, die hier nachts ihre Runden drehen, hat man auftreiben können. Sie sitzen nach ihrer Schicht gemütlich beim Frühstück in einem Café in der Goethestraße. Hier ist alles deutlich preiswerter als auf dem Oktoberfest. Von Waldenbruck macht gern einen Abstecher in die ›normale‹ Welt jenseits der Wiesn.

Die Wachmänner – beide um die sechzig, grauhaarig und grau im Gesicht – sind übermüdet und nicht sehr gesprächig. Einer glaubt, einen kleinen weißen Lieferwagen der ›Bullen-Braterei‹ gesehen zu haben, der um drei Uhr morgens hinter den Zelten Richtung Bavariaring fuhr. Er behauptet, dass am Steuer Julius Reindl saß, der ihm sogar zugewunken hätte.

Sein Kollege macht hinter seinem Rücken eindeutige Gesten. Der Wachmann ist der ältere von beiden. Kann sein, dass sein Gedächtnis nicht mehr ganz so gut funktioniert. Seine Augen haben wohl auch nachgelassen. Er feiert heuer immerhin 40-jähriges Dienstjubiläum. ›Genau wie ich‹, denkt Amadeus, behält das aber für sich.

Die Wachmänner tauen langsam auf und werden redselig.

»Du weißt doch, dass der Reindl da manchmal … also das weiß doch jeder … mit den Damen von der ›Mausefalle‹, dem Puff von dem Beganovic oder mit einer vom Personal. Der soll ein ganz bequemes Bett in seinem Büro haben. Angeblich für ein Nickerchen nach dem Mittagessen.«

»Klar, Nickerchen mit ›F‹. Hab ich auch schon gehört«, bestätigt der Kollege.

»Da fällt mir ein, dass ich so eine Schleiereule auf dem Weg zur U-Bahn Schwanthalerhöh getroffen hab.«

»Ja also, da haben wir's doch schon, der Reindl kann das Mausen halt nicht lassen.«

»Obwohl er eine wirklich hübsche Frau hat.«

»Ich hab auch so eine Verschleierte gesehen, aber die war auf dem Weg zum Goetheplatz.«

»Beschreiben Sie mir die Frauen«, bat der Kommissar.

»Tja, ein Kopftuch halt, so ganz rum, türkisch halt, weiß mit Blümchen oder so.«

Der Kommissar wird leicht ungehalten.

»Und sonst hat's nichts angehabt?«

»Hm, einen schwarzen Mantel hat's angehabt.«

»Was für eine Art von Mantel. Wolle, gestrickt, Pelzmantel?«

»Nein, ein Regenmantel war das. Das Wetter war ja bisserl diesig.«

»Ja, die meine hatte auch einen schwarzen Regenmantel an.«

Der Kommissar atmet tief durch. Er wollte auf keinen Fall laut werden.

»Dann könnte das doch dieselbe Frau gewesen sein. Oder?«

Allgemeine Ratlosigkeit.

»Aber die meine war unterwegs in Richtung Schwanthalerhöh.«

»Und die meine war unten am Bavaria-Ring. Die wollte zum Goetheplatz.«

»Vielleicht hat der Reindl ja mit beiden?«

Die Wachleute kichern wie alberne Teenager.

Der Kommissar stößt einen Seufzer aus, bedankt sich und eilt zurück zum ›Bulli‹.

Ein Auto hat man nicht gefunden. Weder hinter dem Zelt noch auf einem der Parkplätze, die für das ›Bulli‹ reserviert sind. Wenn Julius Reindl tatsächlich gegen drei Uhr morgens von der Wiesn wegfuhr, wie kam er dann wieder zurück?

Waldenbrucks Leute haben inzwischen die Wohnwagen der Schausteller abgegrast. Das war die letzte Chance, eine brauchbare Aussage zu bekommen. Aber niemand hatte etwas gehört oder gesehen.

Man trifft sich zur verspäteten Mittagspause im Zelt.

Amadeus berichtet den Kollegen, dass auch seine Befragung kaum Hinweise ergeben hatte.

Eine oder zwei Frauen mit Kopftüchern, in der Art wie sie Muslimas tragen, und schwarzen Regenmänteln wurden gesehen. Sie gingen in verschiedene Richtungen, wobei es möglicherweise die gleiche Frau war. Kleidung und Statur waren jedenfalls ähnlich.

Interessant war die Beobachtung, dass Julius Reindl gegen drei Uhr morgens vom Zelt wegfuhr. Was er so spät nachts auf der Wiesn wollte, konnte niemand sagen. Michael und Annabelle tauschen wissende Blicke, was Amadeus nicht entgeht.

»Ja, man hat mich aufgeklärt: Der Herr Reindl soll im Wiesn-Büro auch hin und wieder Damen-Besuch gehabt haben.«

Amadeus weiß Bescheid, aber das hilft ihm nicht weiter, solange man die Dame weder beschreiben noch identifizieren kann, die in der Mordnacht bei J.R. irgendwelche Liebesdienste verrichtet haben soll. Eine konkrete Spur in diese Richtung gibt es jedenfalls nicht. Das Bett im Wiesn-Büro war unberührt. Die Dame mit schwarzem Regenmantel und Kopftuch, die die Wachmänner gesehen haben, kann auch eine Reinigungskraft aus einem der Zelte gewesen sein, die bis ein Uhr nachts offen haben.

Die Leiche von Julius Reindl liegt inzwischen im verschlossenen Leichensack.

Nach den Leberkäs-Semmeln, die Annabelle aus dem Nachbarzelt geholt hat und dem Schluck Alkoholfreies, das sich die Damen und Herren vom Kommissariat gönnen durften, geht man an den schwierigsten Teil der Aufklärungsarbeit.

»Wie viele Leute sind nötig, um einen schweren Kerl wie Julius Reindl auf den Spieß zu bugsieren?«, fragt Amadeus in die Runde.

Der Jungbulle, der heute dran gewesen wäre, liegt in der Kühlkammer, die Vorder- und Hinterläufe mit Metallschellen festgezurrt. Zwei Polizisten hieven das Tier ins Wiesn-Büro. Dann befiehlt Amadeus dem Kräftigeren der beiden, zu versuchen, den Bullen vor den Grillrost zu schleifen. Der Mann hat größte Mühe.

Michael holt eine Art Schlitten mit vier Gummirollen aus der Küche.

»Die haben garantiert den hier benutzt. Dann muss man den … also den Leib … nur einmal hochheben. Das kann man zu zweit locker schaffen, auch wenn man nicht besonders kräftig ist«, bemerkt Michael.

Amadeus nickt: »Und jetzt?«

Michael erklärt den raffinierten Mechanismus, mit dem der Bulle auf den Drehspieß und den Grillrost kommt. Zu diesem Zweck senkt er das Metallgestänge ab, bis es fast den Boden berührt. Der Fußboden ist hier aus Metall und pieksauber.

»Lass das mal den Kommissar Henfling machen«, meint Amadeus.

Er will testen, ob es jemandem, der so eine Mechanik noch nie vorher gesehen hat, gelingt, den Spieß zu bedienen. Der Assistent von Amadeus denkt kurz nach und begreift sofort, wie das Gestänge funktioniert.

Man klappt die vier Metallbügel auf, senkt sie hinunter zu dem Tier und drückt sie zusammen, so dass sie den Leib bis auf die paar Zentimeter, die das Tier auf dem Boden aufliegt, umschließen. Dann schiebt man einfach den langen Metallspieß zwischen die zusammengebundenen Läufe und hängt ihn auf beiden Seiten ein. Der Bulle wird leicht angehoben und die Bügel schließen sich fest um den ganzen Leib. Alles automatisch.

Die Hydraulik hebt das Tier hoch und bugsiert es im exakt richtigen Abstand über den Grillrost. Jetzt braucht man nur noch auf »Drehen« schalten und das Feuer von OFF auf ON stellen. Man könnte noch die Glasscheibe herabsenken, aber Julius wurde nicht hinter einer Scheibe gebraten. Also verzichtet man, um der Authentizität willen.

Hat der Mörder – oder haben die Mörder – Julius Reindl im Wiesn-Büro getötet, dann war es die körperlich anstrengendste Sache, ihn auf den Schlitten zu hieven und vor den Rost zu fahren. Den Rest hätte sogar einer alleine schaffen können. Dazu brauchte sich der Täter nicht einmal mit der Mechanik auskennen. Es erklärt sich alles von selbst. Ironie des Schicksals: Diese raffinierte Apparatur hatte sich Julius Reindl höchst persönlich ausgedacht und exklusiv für das ›Bulli‹ anfertigen lassen.

Amadeus konstatiert:

»Es waren mit an Sicherheit grenzender Wahrscheinlichkeit mindestens zwei Täter! So viel steht fest!«

Wann genau Julius Reindl zu Tode kam, muss die Gerichtsmedizin klären. Der Leichensack wird in einen Metallsarg gelegt, in den bereitstehenden Kastenwagen geschoben und weggefahren.

Es ist vier Uhr nachmittags.

Die Polizisten von der Wiesn-Wache packen zusammen. Endlich können sie Feierabend machen. Amadeus ist schon halb im Gehen, als er hört, wie Michael telefoniert:

»Nein, wir sollten das Zelt nicht mehr aufmachen. Die Wiesn ist für uns vorbei!«

Am anderen Ende ist man offenbar nicht dieser Meinung.

»Ja natürlich müssen die Leute bezahlt werden. Aber vielleicht ist das ja höhere Gewalt? Da springt die Versicherung ein!«

Es gibt Widerworte. Amadeus ist klar, dass Juliane am Apparat ist. Sie hat sich inzwischen gefangen und denkt ans Geschäft.

»Na gut, dann versuch dein Glück beim Wiesn-Stadtrat«, antwortet Michael ungehalten.

Michael sieht nicht glücklich aus.

»Beim Bürgermeister …. klar, dass der deinen Mann kannte!«

Er rollt mit den Augen und beendet das Gespräch.

Was Michael nicht beachtet hat: Die Zeltwände haben Ohren. Die Boulevard-Presse wird in Kürze ganz gierig sein auf Klatsch und Tratsch rund um diesen spektakulären Mord.

6. KAPITEL

Juliane funktioniert jetzt wie ein Automat oder ein Bergführer, der sieht, wie ein Gewitter aufzieht und seine Gruppe, ohne nachzudenken, in die nächste Senke lenkt. Sie ruft Otto Nickel an. Der Wiesn-Stadtrat ist ein guter Freund des Hauses. Sie weiß nicht, welchen Gefallen Julius ihm getan hatte, aber dieser Gefallen war groß genug, um Otto davon zu überzeugen, das ›Bulli‹ auf keinen Fall für die restlichen drei Tage, die das Oktoberfest noch dauert, zu schließen. Nur der Spieß sollte nicht mehr in Betrieb genommen werden. Aus Gründen der Pietät. Die Mordkommission ist einverstanden.

Man hat den Tatort akribisch untersucht. Ohne Ergebnis. Sollte es Fingerabdrücke gegeben haben, waren sie weggewischt worden.

Am frühen Abend beruft die Polizei eine Pressekonferenz ein. Felix Tauber tritt ans Mikrofon, räuspert sich, schaut in die Runde und beginnt mit getragener Stimme:

»In den frühen Morgenstunden des heutigen Tages fiel der Wirt des ›Bulli‹, also der ›Bullen-Braterei‹, auf der Wiesn einem Gewaltverbrechen zum Opfer. Aus diesem Grund bleibt das Zelt heute geschlossen. Um hier keine Arbeitsplätze zu gefährden, entschied Wiesn-Stadtrat Otto Nickel nach Rücksprache mit dem Oberbürgermeister, das Zelt ab morgen wieder zu öffnen.«

Ein Raunen geht durch die Meute der Journalisten. Alle reden durcheinander, und Tauber hat Mühe, sich verständlich zu machen.

»Hauptkommissar Amadeus von Waldenbruck und sein Team werden alles tun, um den Fall in Kürze aufzuklären. Vielen Dank, meine Damen und Herren!«

Dem daraufhin losbrechenden Ansturm von Fragen entziehen sich Tauber und von Waldenbruck durch raschen Ortswechsel. Was hätten sie auch sagen sollen? Sollte man früher oder später ein Ergebnis vorweisen können, würde sein Vorgesetzter Felix Tauber zusammen mit Oberstaatsanwalt Dr. Herbert Meufert die Presse informieren. Beim Verkünden von Erfolgsmeldungen war Amadeus nicht mehr gefragt.

Kurz nach der Pressekonferenz wird das ›Bulli‹ von einer Fotografen-Meute und Presseleuten jeder Couleur umlagert. Auch das Fernsehen ist da. Nach Einbruch der Dunkelheit zieht die Presse weiter zu den Promi-Zelten. ›Business as usual‹: Wer sitzt wann mit wem am Tisch? Gibt es neben den üblichen ›Adabeis‹ und ›Bussi-Bussi‹ Promis sogar echte Prominente oder international bekannte Persönlichkeiten, die sich in eines der Zelte verirrt haben: Arnold Schwarzenegger? Franz Beckenbauer? Oder Boris Becker?

Es beginnt das abendliche Spiel, das die immer gleichen Nachrichten, bei denen lediglich die Namen der Beteiligten ausgetauscht werden, in die Welt hinausposaunt: Die Frau von Fußballstar X tanzt leicht bekleidet auf dem Tisch. Fußballstar Y, mit 31 in verdienter Rente, führt seine blutjunge Frau, ein rumänisches Model, aus. Die Trainer der Olympiasieger von 1984 treffen sich in der Hausbox vom XY-Zelt. Die Promi-Damen feiern unter sich. Aus gegebenem Anlass schauen sie sich zum Bier eine Dirndl-Modenschau an und so weiter, und so weiter. Was sollte auch schon passieren in diesen Zeiten, in diesen Zelten.

Es ist ein ewiges Rätsel, dass das Münchner Publikum diese sterbenslangweiligen Geschichten alle Jahre wieder goutiert.

Die Journalisten, die sich nicht als Klatsch-Reporter verstehen, kümmern sich lieber um den Mord an Julius Reindl. Hier versprechen sie sich Wolken von Staub, die dieser Tod aufwirbeln wird. Ein grausamer Mord und ein schmutziger Tod, den ein Mensch erleiden musste, der mit Sicherheit Berge von ›Leichen im Keller‹ hat. Es kommt jetzt nur darauf an, den Keller zu finden.

In den Redaktionen laufen die Computer und Telefone heiß.

Wer war dieser Josef Reindl, wo kam er her, womit hatte er sein Geld gemacht? Ein mehrfacher Millionär fortgeschrittenen Alters, eine schöne, fast vierzig Jahre jüngere Frau an seiner Seite, eine Villa am Starnberger See und ein anrüchiges Gewerbe: Viehhandel. Das ist der Stoff, aus dem die guten Geschichten gemacht werden.

Die wesentlichen Daten sind schnell recherchiert: Julius Reindl, 69 Jahre alt, von Beruf Großvieh-Händler und Viehzüchter mit Spezialisierung auf Braunvieh. Außerdem Besitzer von drei Ausflugs-Gaststätten im Umland und einem luxuriösen Sport- und Wellnesshotel in seinem Allgäuer Heimatdorf. In Kürze eröffnet die Reindl-Holding eine neue Art von Hotellerie: das ›Almdorf zu den 17 Hütten‹. Was von außen wie eine bescheidene Berghütte aussieht, bietet dem Gast jeden Luxus, den man in 1.400 Metern Höhe nicht braucht.

Seit achtzehn Jahren ist Julius Reindl Wiesn-Wirt. Seit zehn Jahren ist er verheiratet mit Juliane, geborene Hupfer, 31 Jahre alt, Beruf: Society-Lady.

Natürlich nimmt man auch Juliane unter die Lupe. Der Vater war ein kleiner Gemüsehändler. Er starb vor vierzehn Jahren an Krebs. Die Mutter Gesine ist eine ehemalige Frisöse mit Hang zu Höherem. Sie lebt bis heute in einer einfachen Genossenschaftswohnung im Münchner Stadtteil Giesing. Für ihre Töchter Annabelle und Juliane, die hier aufgewachsen sind, hat sie sich ein besseres Leben gewünscht. Am einfachsten zu bewerkstelligen über eine reiche Heirat.

Die Mutter trimmt ihre Töchter regelrecht auf das Erreichen dieses Zieles hin. Mit Ballettschule, Musikunterricht, Reitunterricht und allem, was Mädchen in der Ehe mit einem betuchten Gatten ihrer Meinung nach brauchen. Juliane nimmt zusätzlich Schauspielunterricht an der renommierten ›Otto-Falckenberg-Schule‹. Dass sie dort angenommen wurde, ist ein Indiz für Talent. Falls das mit der reichen Heirat nicht klappt, kann sie immer noch ein berühmter Filmstar werden. Das Studium der Klatschspalten ist im Hause Hupfer Pflicht. Besonderes Augenmerk: Reiche Junggesellen.

Gesine weiß, dass in erster Linie das Aussehen zählt. Sie stylt ihre Töchter wie Fotomodelle. Auch wichtig: Gutes Deutsch und Fremdsprachen für die Reisen, die man an der Seite des potentiellen Gatten unternehmen muss. Alles andere ist zu vernachlässigen.

Die Hupfer-Mädchen, wie sie in Giesing hießen, sind bereits in frühester Jugend aufs Feinste herausgeputzt. Sie hatten schon mit zwölf zartrosa lackierte Nägel, trugen Lippenstift und sexy Kleidchen. Die Giesinger Jungs freute es, die anderen Mädchen gingen auf Abstand. Im Viertel beim Ostfriedhof sind sie Außenseiterinnen, die Hochdeutsch sprechen. Sie gelten als arrogante Ziegen. Das schweißt die Schwestern zusammen.

Für Annabelle, die nicht so hübsch ist wie Juliane, wird der Ehrgeiz der Mutter zum Verhängnis. Als sie siebzehn ist, wird sie schwanger. Sie geht von der Schule und bringt eine Tochter zur Welt. Der Vater, ein Kleinkrimineller aus Kalabrien, mit Straßenkreuzer und dicker Goldkette auf der behaarten Brust, hatte sich schleunigst aus dem Staub gemacht. Aus der Traum vom reichen Mann. Das intelligente und willensstarke Mädchen entzieht sich daraufhin dem Einfluss der Mutter. Sie lässt sich das lange Blondhaar abschneiden und färbt es schwarz.

Gesine ist entsetzt, wo sie doch immer so stolz auf ihre beiden naturblonden Mädchen mit Haaren bis zur Taille war. Annabelle leiht sich von einem Freund Geld und besucht eine Wirtschaftschule. Nach drei Jahren ist sie eine gut bezahlte Fachkraft und kann ihre Tochter alleine großziehen.

Die kleine Sandy ist Muttis Augenstern. Sie bekommt alles, was sie will. Für die Entwicklung ist das bekanntlich nicht vorteilhaft. Das Mädchen mit dem kastanienbraunen Haar und den dunklen Augen hat viele Eigenschaften von Großmutter Gesine geerbt: Sie ist berechnend, anmaßend und schmeichlerisch, wenn sie einen Vorteil wittert.

Juliane, die vier Jahre jünger ist als Annabelle, wird von der Mutter wie ein Goldschatz gehütet. Egal, wo sie hingeht, Mutti ist immer dabei. Noch so einen Reinfall, wie eine ungewollte Schwangerschaft, kann sich Gesine nicht leisten.

Sie will, dass ihre Tochter als Jungfrau in die Ehe geht. Welcher Mann wünscht sich nicht eine jungfräuliche Braut.

Annabelle genießt ihre Freiheit. Eines Tages präsentiert sie Gesine einen gewissen Julius Reindl. Ein stiernackiger, grobschlächtiger Typ mit Halbglatze und buschigen Augenbrauen, der gerne laut lacht und der Bedienung schon mal einen Klaps auf den Hintern gibt. Der Viehhändler aus dem Allgäu ist fast zehn Jahre älter als ihre Mutter. All das wäre ein Grund, die Nase zu rümpfen, aber Julius Reindl, genannt J.R., ist Millionär und nebenbei auch noch Wiesn-Wirt. Das ist wiederum ein Grund, tätig zu werden. Gesine lenkt die Aufmerksamkeit von Julius systematisch auf ihre jüngere Tochter, die Jungfrau Juliane.

Das Verhältnis mit Annabelle wird von ihm abrupt beendet. Er beginnt, Juliane zu umgarnen. Kein Tag vergeht, an dem er nicht mit protzigen Geschenken aufwartet: Kaviar, Champagner, belgische Pralinen, 20 weiße Orchideen zum Geburtstag. Gesine ist begeistert. Annabelle muss den Verlust verschmerzen. Sie will das gute Verhältnis zur Schwester nicht gefährden.

Mehrfach versucht sie, Juliane zu warnen:

›Der ist brutal der Reindl. Lass dir nichts gefallen!‹ Oder ›Der mag junge Mädchen, ganz junge Mädchen. Wie der meine Sandy gestreichelt hat, da wurde mir manchmal ganz anders.‹

Aber die Mahnungen nützen nichts. Juliane wagt es nicht, gegen die Mutter aufzubegehren. Die will unbedingt den reichen Schwiegersohn. Er will die Jungfrau, die er nur bekommt, wenn er sie vorher heiratet. Das tut er gern. Es wird

Zeit, für einen Erben und Stammhalter zu sorgen. Juliane und Julius werden das Traumpaar des Jahres.

Der Vater von Julius, Josef Reindl, starb vor 40 Jahren hoch verschuldet unter mysteriösen Umständen beim Viehabtrieb von seiner Allgäuer Alm in der Nähe von Oberstdorf. Der Knecht, der dabei war, sagte aus, dass Josef ein vermisstes Stück Vieh suchen wollte. Wochen später fand man seine Leiche in einer Schlucht. Er war abgestürzt und hatte sich dabei Verletzungen zugezogen, die sofort zum Tode führten. Jedenfalls war es damit kein Selbstmord, sondern ein Bergunfall. Die Versicherung musste zahlen.

Mit dem Geld konnte die Mutter den Hof retten. Julius, der bis dahin im Schlachthof in Kempten gearbeitet hat, übernimmt den maroden Betrieb. Fünf Jahre versucht er vergeblich, den Hof auf Vordermann zu bringen. Dann beginnt er schottische Hochlandrinder zu züchten. Prompt wird er Opfer einer Seuche, die ihn die Herde kostet. Wie Phönix aus der Asche taucht Julius Reindl drei Jahre später auf dem Münchner Viehhof auf und handelt mit Braunvieh aus eigener Zucht. Spezialität: Jungbullen. In der Branche fragt man sich, woher er das Geld hatte, um diese Investition zu stemmen.

Noch am Abend nach der Pressekonferenz geben die Münchner Boulevard-Blätter Extra-Ausgaben heraus. ›Der heilige Ochs ist tot‹, ›Geschlachtet wie seine Bullen: Wiesn-Wirt Julius Reindl tot aufgefunden‹, ›Julius Reindl – grausamer Tod eines Heiligen‹ usw. usw.

Die Phantasie der Journalisten ist angeregt wie selten und die Blätter erschlagen sich gegenseitig mit immer neuen

Sensationsmeldungen. In der Morgenausgabe heißt es dann ›Juliane Reindl – die eiskalte Witwe!‹. Die Presse hat einen Tipp bekommen: Der Wunsch, das Zelt für den Rest der Wiesn zu öffnen, kommt nicht gut bei den Journalisten an. Aber die Wiesn-Besucher kennen kein Pardon und keine Pietät. Die Schaulustigen strömen in Scharen zum ›Bulli‹. Das Zelt muss von einem Polizeikordon gesichert werden, sonst hätten es die sensationsgierigen Massen umgerannt.

Am Vormittag setzt sich Juliane mit Michael in Verbindung. Er soll dafür sorgen, dass es etwas zu essen gibt. Die Wirte der zur Reindl-Holding gehörenden Ausflugsbetriebe müssen einspringen und belegte Semmeln liefern. Das Geschäftliche ist geregelt. Damit hat sie nur einen Tag verloren, was zu verschmerzen ist.

7. KAPITEL

Ein herrlicher Spätherbsttag am Starnberger See.

Von ihrer Villa aus könnte Juliane die Alpenkette sehen, aber heute liegt ein Dunstschleier über den Bergen. Der dunkelblaue See ist glatt wie ein Spiegel. Hin und wieder rührt sich ein Lüftchen. Dann ist das leise Rascheln der ersten fallenden Blätter zu hören.

Juliane geht hinaus auf die überdachte Terrasse. Sie hatte geglaubt, jetzt käme die große Erleichterung. Endlich keine Fesseln mehr. Machen können, was man will, ohne ständig den Ehemann fragen zu müssen. Aber im Augenblick fühlt sie gar nichts. Keine Freude, keine Trauer. Einfach nichts. Sie sitzt hilflos wie ein gefangener Vogel in der Ecke der riesigen Sitzlandschaft aus Rattan mit den dicken graubraunen Polstern und kaut an den Nägeln. Genau wie früher, als sie noch nicht die ›große‹ Juliane Reindl war, sondern die kleine Hupfer, Juliane aus Giesing.

»Juliane, hör auf, Nägel zu kauen!«

Sie erschrickt. Ihre Mutter steht vor ihr und droht mit dem Zeigefinger. Genau wie damals. Gesine ist die wahre Nutznießerin des Todes von Julius. Heute Vormittag zog sie mit einem Schrankkoffer in die Villa ein. Haushälterin Antonia ist nicht begeistert. Bisher konnte sie schalten und walten wie sie wollte. Jetzt wird Gesine den Haushalt führen. Sie hat angekündigt, jeden Pfennig, der ausgegeben wird, zu kontrollieren. Sie glaubt, dass Juliane ihr immer noch gehorcht wie das kleine Mädchen, das als Jungfrau hier einzog.

Sie sollte sich täuschen.

Sobald die Leiche freigegeben ist, will Juliane eine Feier zur Bestattung ihres Gatten ausrichten, wie sie die Welt noch nicht gesehen hat. Ein Festakt soll es werden. Prunkvoll wie ein Staatsbegräbnis. Bevorzugter Ort: Julius Reindls Heimatdorf im Allgäu.

Hier verehrt man J.R. wie einen Heiligen. Er hat ein Sport- und Wellnesshotel in die Landschaft gesetzt, das den Naturschützern die Tränen in die Augen trieb. Auf der anderen Seite hat er damit auf einen Schlag rund 120 Arbeitsplätze geschaffen. Es gibt jetzt kilometerlange, markierte Wanderwege, eine bewirtschaftete Alm auf 1.200 Metern Höhe, einen Kinderspielplatz und mehrere Skilifte. Seine Idee des ›sanften Tourismus‹ geht für die Region auf. Der Bau einer Ferienwohnanlage im Stil eines alten Almdorfes mit luxuriöser Ausstattung und einem urigen Restaurant ist seit kurzem abgeschlossen. Nach der Wiesn sollte die große Eröffnung mit viel Brimborium sein. Das wird man um ein paar Wochen verschieben müssen.

Die Presseberichte machen Juliane betroffen:

»Stell dir vor, ›eiskalte Witwe‹ haben sie geschrieben. Wie können die so gemein sein. Dieses Journalisten-Pack hat doch keine Ahnung, wie hart man arbeiten muss, um so ein kleines Zelt mit Gewinn zu führen.«

Ihre Mutter stimmt ihr natürlich zu.

»Du wirst dich schon wehren, mein Schatz.«

Gesine kennt ihre Tochter.

Die letzten drei Abende ist das Zelt, wie schon die ganze Wiesn über, ausgebucht. Der Verzehr auf allen Plätzen war lange im Voraus bezahlt worden. Für einen Tisch mit acht Personen sind im ›Bulli‹ rund 800 Euro fällig. Wenn die Runde in Stimmung ist, kommen noch einmal gut 20 Euro pro Nase für Schnäpse und diverse Kleinigkeiten dazu. Das ist mittleres Preisniveau. Bei einem Ausfall hätte sie das Geld den Gästen zurückzahlen müssen. Nicht alle würden sich auf einen Gutschein für eines der Reindlschen Ausflugslokale einlassen. Als Alternative hätte sie bestenfalls noch Hotelgutscheine für das ›Sport- und Wellnessressort Reindl‹ im Allgäu anbieten können.

Juliane fürchtete einige zigtausend Euro Umsatzverlust.

Die Bedienungen und Kellner sind schon froh, um ein paar hundert Euro, die sie mehr nach Hause tragen, weil das Zelt offen bleibt. Viele kommen für die 16 Tage extra aus dem Umland angereist: aus Gegenden wie der Oberpfalz oder aus Österreich, sogar aus Tschechien. Die meisten dieser Frauen und Männer kommen jedes Jahr wieder – seit Eröffnung des ›Bulli‹ vor 18 Jahren. Sie haben ihre festen Tische im Zelt. Wenn sie aus Altersgründen aufhören müssen, schicken sie ihre Töchter und Söhne. Ererbte Pfründe, die man nicht so schnell aufgibt. Geschickte Bedienung oder clevere Kellner gehen mit 10.000 bis 15.000 Euro nach Hause. Gutes Geld für harte Arbeit. In der Regel ist jeder Cent schon fest verplant. Am letzten Wiesn-Abend sind die Gäste, die man zu 90 Prozent als Stammgäste bezeichnen kann, besonders freigiebig zu ihren geliebten und gehätschelten Stamm-Bedienungen.

Die Wiesn-Wirtin hat sich über die Presse geärgert, aber sie wird die Journaille zum Schweigen bringen. Da ist sie sicher.

8. KAPITEL

Michael ist in seinem Element. Jetzt kann er Juliane zeigen, wie tüchtig er ist. Der ideale Nachfolger für Julius. Nicht nur im ›Bulli‹, sondern auch im Bett, wie er hofft. Seine Stiefmutter vermutet, dass das Eheleben der Reindls nicht so perfekt war, wie es die beiden gerne in der Öffentlichkeit demonstrierten. Bussi hier, Bussi da! Schatzi hier, Schatzi da! Ihm wird übel, wenn er nur daran denkt. Helene hat den Verdacht, dass Juliane eine ungewöhnlich kühle Schönheit ist und in sexueller Hinsicht eher bedürfnislos.

Der verliebte Metzger Michael will das nicht glauben. Er ist gut trainiert und in der Blüte seiner Jahre. Quasi ein ›Jungbulle‹, der es mit einem alten ›Rindvieh‹ wie Julius locker aufnehmen kann.

Er hatte in Neuseeland einige Affären, aber er träumte immer nur von Juliane und davon, dass sie bei seiner Rückkehr wieder frei für ihn wäre. Jetzt scheint die Erfüllung dieses Traums in greifbare Nähe gerückt. Im Augenblick ist sie jedenfalls auf ihn angewiesen.

Das Zelt platzt aus allen Nähten. So viele belegte Semmeln wie gebraucht werden, können die Reindlschen Ausflugslokale kaum heranschaffen. Michael bittet die Betreiber der Imbiss-Buden, auszuhelfen. Dann ist zwar nicht mehr viel verdient am Essen, aber wenigstens geht kein Bierumsatz verloren.

Noch zwei Tage und die Wiesn 2010 ist vorbei.

Michael rechnet fest damit, von Juliane in die Geschäfte eingeweiht zu werden, die Julius Reindl betrieb: Sporthotel, Almdorf, Ausflugslokale, Rinderzucht, Viehgroßhandel und nicht zuletzt das Wiesn-Zelt. Es gibt eine Holding, unter deren Dach alles vonstattengeht. Die Betriebe sind ausgestattet mit großzügiger EU-Förderung und diversen Steuersparmodellen.

Juliane hat ihm nichts versprochen, aber er glaubt, dass sie ihn in Zukunft brauchen wird. Als starken Mann, der sich mit Braunvieh auskennt. Im Büro hat Annabelle alles im Griff. Sie hat sich bereit erklärt, ihm zu helfen. Sie macht ihm schöne Augen. Er bemerkt das, hat aber bestenfalls ein rein freundschaftliches Interesse an einer vier Jahre älteren Frau, die so gar nicht sein Typ ist.

Gegen sechzehn Uhr geht ein Raunen durch die Sitzreihen des überfüllten Zeltes. Ein Drittel der Besucher sind Klatsch-Reporter der Boulevardzeitungen, die keine Sekunde im ›Bulli‹ verpassen wollen. Man kann ja nie wissen … und tatsächlich. Michael schaut aus der Küche, wo er mit Andrej den Jungbullen Nr. 36 zerlegt. Er glaubt, seinen Augen nicht zu trauen, Juliane erscheint im hoch geschlossenen, nachtblauen Brokatdirndl mit passendem Trachtenhut und Tüllschleier. Schnell reißt er sich die weiße Haube zum Schutz der Haare vom Kopf, mit der selbst der hübscheste Mann wie ein Depp aussieht. Sie ist noch blasser als sonst. Sie lächelt ein wenig müde, als sie auf ihn zugeht und ihm ein Küsschen auf die Wange drückt. Als sie den Schleier hochnimmt, wischt sie sich eine verstohlene Träne aus ihren Aquamarin-Augen.

»Du hättest nicht kommen dürfen!«

Michael sagt das mit Nachdruck. Am liebsten hätte er sie auf der Stelle wieder aus dem Zelt bugsiert.

»Aber ich gehör‘ doch hierher!«

Jetzt fließen die Tränen.

Annabelle beeilt sich, vom Wiesn-Büro, wo sie Julius' Stelle einnimmt, zu der Bank zu kommen, auf die Juliane niedergesunken ist. Sie hält sich den Bauch.

Fürsorglich fragt die Schwester:

»Magst ein Schnapserl für den Kreislauf?«

»Nein, nein, um Gottes willen, das Kind?«

Annabelle und Michael sehen sich verständnislos an, bis sie das Licht der Erkenntnis erreicht: Juliane ist schwanger.

»Was, du kriegst ein Kind?«

Annabelle ruft die Neuigkeit förmlich aus wie ein Marktschreier.

»Ein Kind! Das ist ja wundervoll! Wenn das der Julius noch erleben könnte.»

Sie bekommt glänzende Augen. Ihre Freude scheint echt zu sein.

Einige der älteren Stammgäste nähern sich, die Bierfahne voraus, vorsichtig der werdenden Mutter und gratulieren. Sie haben jetzt einen neuen Grund, die Maßkrüge zu heben:

»Auf unseren Julius!«

»Hergottsakrament, in dem Alter noch Vater werden. Sauber!«

»Aber jetzt ist er tot. Ein Jammer!«

Die Nachricht von der Schwangerschaft der frisch verwitweten Wiesn-Wirtin verbreitet sich wie ein Föhnsturm unter den Presseleuten, die das Zelt bevölkern. In den Abendausgaben liest man Schlagzeilen wie ›Arme, schöne Wiesn-Wirtin. Was wird aus dem ungeborenen Kind?‹ oder ›Juliane, sei stark! München freut sich auf dein Baby!‹ usw. usw.

Der letzte Wiesn-Tag ist angebrochen. Das ›Bulli‹ wird regelrecht gestürmt. Die Presse sieht es als letzte Chance, die an dem Fall unmittelbar Beteiligten – wie Juliane, Michael, Annabelle oder Andrej – zu interviewen.

Auch Hauptkommissar Amadeus von Waldenbruck schaut kurz rein. Nur zum »Grüß Gott« sagen, weiter nichts. Schade, Michael hat geglaubt, dass es neue Erkenntnisse zu den möglichen Tätern geben könnte.

»Nein, nichts Neues. Wo finde ich Sie am Montag? Ich hätte da noch ein paar Fragen.«

»Ich werde hier sein, den Abbau überwachen. Vielleicht am späten Nachmittag im Reindl-Büro auf dem Viehhof? Aber besser wär Dienstag!«

»Wir telefonieren!«

Amadeus bestellt sich eine Maß und setzt sich in unmittelbare Nähe des Spießes. Der Tisch ist für spezielle Gäste reserviert. Es sitzen drei Großhändler vom Viehhof auf der Bank. Alle in teuersten Trachtengewändern: samtweiche Hirschlederhosen, bestickte grüne Samtwesten, Janker mit Silberknöpfen, klimpernde Charivaris vor dem Bauch und auf dem Kopf schwarze Trachtenhüte mit handtellergroßen Gamsbärten.

Er stellt sich vor. Daraufhin herrscht eisiges Schweigen. Was hätte man dem Kommissar auch erzählen können. Amadeus macht den Versuch, die Herren aus der Reserve zu locken:

»Wie war er denn so, der Julius? Ich meine als Mensch. Man hört da Unterschiedliches?«

»Hmm, also ein Guter war's. Einer, der kräftig hinlangt.«

»Einer, der da war, wenn man ihn gebraucht hat.«

»Der hat gewusst, wie das Geschäft läuft!«

»Ein hervorragender Jäger war er. Mit einer eigenen Jagd in Ungarn.«

»Ein Ausgschlafener war der Julius!«

»Und: Er hat nichts anbrennen lassen!«

Allgemeines Gelächter. Julius war vor und auch nach seiner Heirat ein Schürzenjäger, der in allen Revieren der Stadt wilderte. Das war bekannt. Und es ist sicher auch seiner Frau nicht entgangen, dass Julius in seinem Büro auf dem Viehhof und natürlich auch im Büro des Wiesn-Zeltes, ein Bett stehen hatte. Schließlich war es wichtig, die Geschäfte ausgeschlafen zu erledigen. Aber, hat das wirklich viel zu bedeuten? Ältere Herren machen ganz gern ein Mittagsschläfchen.

»Frischfleisch war seine Spezialität!«

Wieder allgemeines Gelächter. Die Herren werden langsam zutraulich.

Wie eifersüchtig ist Juliane? Er schiebt den Gedanken sofort beiseite. Solch ein brutaler Mord verlangt stärkere Motive als Eifersucht. Für Amadeus kommt auch keine Frau als Täterin infrage. Ein gehörnter Ehemann vielleicht? Aber eher unwahrscheinlich. Julius bevorzugte laut Aussage seiner Spezln blutjunge, unverbrauchte Mädchen. Die kommen vorwiegend aus dem Ostblock. Hier könnte es schon eher einen Zusammenhang geben.

Vielleicht ist er einem Zuhälter auf den Schlips getreten und der hat sich blutig gerächt. Die Kosovaren und die Albaner sind für ihre Brutalität bekannt. Auch die bosnischen Serben sind nicht gerade zimperlich. Und wenn er sich mit

Gewalt an einem jungen Ding vergriffen hat? In vielen Ländern ist Blutrache an der Tagesordnung.

In Amadeus Kopf formt sich allmählich das Bild des Menschen Julius Reindl. Ein Bild, das genügend Raum für vielfältige Spekulationen bietet. Eines steht für ihn fest: Dieser J.R. war alles, bloß kein Heiliger.

»Hallo Waldi, alte Wurschthaut!«

Ein kräftiger Schlag trifft Amadeus' linke Schulter. Felix Tauber, sein Vorgesetzter, steht neben ihm. Er setzt sich ungefragt ihm gegenüber. Die Dame, die er dabei hat, drückt sich, ohne um Erlaubnis zu bitten, neben ihn auf die Bank. Tauber ist nicht mehr ganz nüchtern.

»Hier findest du garantiert keine brauchbaren Aussagen, lieber Waldi?«, poltert er los, »alles Ehrenmänner!«

Tauber lacht wieder dieses dümmliche Schuljungen-Lachen.

Amadeus wäre jetzt eine kleine Rauferei zwischen mehreren Betrunkenen recht. Dann könnte er dem Tauber versehentlich eine reinhauen.

»Tja, also dann will ich mal zurück ins Kommissariat.«

Spricht's, steht auf und verabschiedet sich von der Dame mit einem angedeuteten Handkuss. Taubers Ehefrau? Jedenfalls gut anzuschauen, aber keine Spur von guten Umgangsformen. Sie wird prompt rot, was Amadeus tierisch freut.

»Herr Freiherr von Waldenbruck, wir sehen uns morgen. Acht Uhr in meinem Büro!«

Alle am Tisch sollen wissen, wer hier der Vorgesetzte ist. Das beherrscht Tauber gut. Amadeus atmet tief durch. Er beeilt sich, an die frische Luft zu kommen. Im Gehen hört er noch, wie die Viehhändler sich zuraunen:

»Ein echter Freiherr? Und Kommissar? Ja, der Wahnsinn!«

Dieser dumme Tauber hat ein Gespräch unterbrochen, das vielleicht etwas Licht in den Fall hätte bringen können. Dazu der Alkohol, der die Zungen löst. Ideale Bedingungen. Aber Amadeus weiß schon, wo er wieder ansetzen kann.

Es wird Zeit, der schönen Wiesn-Wirtin Juliane einen Besuch in deren Villa am Starnberger See abzustatten. Hat sie von den Affären ihres Gatten gewusst? Oder hatte sie keine Ahnung? Gab es überhaupt Affären? Seine Phantasie fährt Achterbahn: vielleicht ein gedungener Mörder. Aber die sind nicht so brutal. Wer ist der Vater dieses Kindes? Ist es Michael? Haben die beiden den alten Reindl um die Ecke gebracht, um füreinander frei zu sein? Gibt es einen Ehevertrag? Was bekommt Juliane im Fall einer Scheidung? Fragen über Fragen.

Er vereinbart mit ihr einen Termin für den nächsten Tag.

»Nein, Sie müssen nicht ins Kommissariat kommen. Neun Uhr morgens bei Ihnen zuhause? Aber gern. Auf Wiederschaun!«

Er stellt sich vor, wie Tauber mit schwerem Kopf um acht Uhr morgens an seinem Schreibtisch sitzt, und wer nicht kommt, ist er. Dann würde Tauber durchs Haus rennen, um ihn zu suchen.

»Waldi!!!! Wo ist dieser verdammte Waldenbruck?«

Seine Assistentin würde ihm dann unfreundlich, wie sie ist, sagen:

»Bei der Vernehmung von Juliane Reindl in der Protz-Villa in Starnberg. Das haben Sie doch gewusst, oder?«

Jetzt gibt es einen Konflikt: Gibt er zu, dass Waldenbruck sein eigenes Ding macht, bedeutet das, dass er von seinem Untergebenen nicht respektiert wird. Also muss er die Kröte schlucken.

»Ah ja, das hab ich vergessen. Natürlich hat er mich informiert!«

9. KAPITEL

Es gibt vieles, worum die Leute Juliane Reindl beneiden, aber an erster Stelle steht die Villa am Starnberger See. Eine Traumlage. Bei Föhn sieht man das Wettersteingebirge, das Zugspitzmassiv und nach Westen bis hinein in die Allgäuer Alpen.

Julius hat die Villa kurz vor seiner Heirat gekauft. Es war eine Art Morgengabe für seine ›Prinzessin‹. Die frisch gebackene Hausherrin hatte nicht den Ehrgeiz, alles selbst einzurichten. Standesgemäß wurde ein stadtbekannter Innenarchitekt beauftragt. Die Inhaber der Firma ›Artus – Exklusives für Ihr Ambiente‹, Georg und Leander Vaross, besitzen ein ausgeprägtes Gespür für den Geschmack der Neureichen.

Die Sachen mussten teuer sein, sehr teuer, und man sollte jedem Kaffeelöffel ansehen, was er gekostet hat. Heraus kam die stets gleiche Mischung aus Protz und Prunk. Eine Art Filmkulisse: artifiziell und das krasse Gegenteil von stilvoll. Für Menschen, die etwas von Innenarchitektur verstanden, war diese Art des Interieurs unangenehm kitschig und peinlich.

Die Ausstattung war in allen Häusern ähnlich: Helle Marmor- oder Granitböden mit dezenter Musterung, hochflorige, meist weiße Teppiche, diverse ausladende, englisch inspirierte Ledergarnituren, Glastische mit verzierten Messing-Füßen, auf denen sich die immer gleichen Magazine stapelten: ›Harper‘s Bazaar‹, ›Madame‹, ›Gala‹.

An den Fenstern schwere Brokatvorhänge wie in Neuschwanstein. Alternativ zarte Organza-Gardinen mit edlen Brüsseler Spitzen. Wer es noch vornehmer mochte, leistete sich Seidentapeten und ließ falschen Stuck anbringen, der durch funkelnde Kristalllüster ins rechte Licht gerückt wurde.

Die Architektur der Villa konnte man mit etwas gutem Willen als klassizistisch bezeichnen. Ein Podest mit zwei Stufen. Zwei Säulen mit einfachen Kapitellen. Ein Vorbau mit einem schmucklosen dreieckigen Fries über dem doppeltürigen Eingangsportal aus schwerem Eichenholz, das ein reiches Schnitzwerk eher verunstaltete als verschönerte.

Amadeus von Waldenbruck muss unwillkürlich schlucken als sich das schmiedeeiserne Tor mit den Initialen J und R im Mittelpunkt eines jeden Flügels, lautlos öffnet und er auf dem Kiesweg langsam die Auffahrt zum Haus hinauffährt. Hellseherei? Nein, eine Videokamera und ein aufmerksames Hausmädchen, das die Automatik bedient.

›Großkopfete‹, schießt es ihm durch den Kopf. ›Alles von unserem Geld. Steuern zahlen die bestimmt keine, die schaffen Arbeitsplätze. Und kassieren uns auf der Wiesn ab.‹

Er wusste, dass das nur zum Teil stimmte, aber es half ihm dabei, den Frust über seinen wenig einträglichen Beruf abzubauen.

Juliane steht im geöffneten rechten Türflügel. Sie trägt ein türkisfarbenes, langes Hauskleid aus weichfließendem Stoff und drüber einen passenden Hausmantel mit cremefarbenem Futter. Die weiten Ärmel sind mit Pelz umsäumt. Ihr Haar hat sie locker hochgesteckt. Das Styling passt perfekt zu diesem Ambiente. Sie sieht aus wie eine Puppe, die vom Innenarchitekten empfohlen wurde, damit das Haus etwas belebter wirkt.

Er begrüßt die Hausherrin ausgesucht höflich. Der angedeutete Handkuss verfehlt nie seine Wirkung. ›Du bist ein verlogener Schmeichler, Amadeus‹, rügt er sich selbst.

Der Kommissar versucht, in Julianes eisblauen Augen zu lesen, aber es gelingt ihm nicht. Sie schaut an ihm vorbei ins Leere. Sie wirkt gefasst. Hat diese Frau ein Herz? Hat sie ihren 39 Jahre älteren Mann geliebt? Oder liebt sie das Geld? Nun gut, es ist ja auch beides möglich: Mann und Geld.

Amadeus stellen sich viele Fragen, die er im Laufe der Ermittlungen klären will.

Die Herrin des Hauses führt ihn durch die große Halle mit Freitreppe in einen Raum, der den Charme einer Hotelhalle versprüht. Hier steht der große Esstisch. Natürlich ein Glastisch aus dem Hause Artus mit Messingrahmen. Die Füße sind aus Edelholz mit Einlegearbeiten aus Elfenbein. Die gepolsterten Stühle im Empire-Stil aus hellem Holz wurden mit einer falschen Patina ›veredelt‹. Bei Amadeus, der umgeben von echten Antiquitäten aufgewachsen ist, ruft die Einrichtung einen leichten Brechreiz hervor. Wie kann man so viel Geld für solche Geschmacklosigkeiten ausgeben.

An den Wänden stehen Kommoden und Anrichten mit Fotos in silbernen Rahmen, Obstschalen, Blumenvasen und riesigen Tischlampen mit seidenbezogenen blauen oder goldfarbenen Schirmen. Die schweren Füße sind aus Messing oder schwarz lackiertem Holz.

Juliane hatte gerade gefrühstückt. Das königsblaue Platzdeckchen mit der Tasse aus feinstem Porzellan und die silberne Kaffeekanne stehen noch an ihrem Platz. Sie bittet ihn, auf einem der putzigen Polsterstühle Platz zu nehmen. Er überfliegt kurz den Tisch und kommt auf 16 Personen, die man hier bewirten kann.

Ein großformatiges Ölgemälde von schätzungsweise 1,50 Metern Breite und 3 Metern Höhe mit Goldrahmen ist der Mittelpunkt des Raumes. Es wurde gegenüber der Fensterfront platziert und zeigt den Hausherrn. Er trägt bäuerliche Tracht in Brauntönen und auf dem Kopf einen Hut mit einem tellergroßen Gamsbart. Eine gute Möglichkeit, die Glatze zu verstecken. Julius war kein attraktiver Mann. Er hatte etwas von einem Raubtier. Auf dem Bild lacht er siegesgewiss, so dass man unter seinem mächtigen Schnurrbart seine gleichmäßigen, ›gebleichten‹ Zähne sieht. Die kleinen, schwarzen Augen werden von den buschigen Brauen fast verdeckt. Sein Teint ist gebräunt. Er sitzt auf einem Podest und hält ein Jagdgewehr mit silbernen Ziselierungen in den Händen. Fast sieht es aus, als würde er jeden Augenblick anlegen und schießen.

»Schönes Bild. Wer hat das gemalt?«

»Das ist ein Foto«, belehrt ihn Juliane.

»Oh? Was es nicht alles gibt.«

Auf der ausladenden Anrichte mit einem auf verblichen getrimmten hellen Anstrich ist ein nettes kleines Frühstücksbuffet aufgebaut. ›Genau wie im Hotel!‹, denkt Amadeus.

Das Hausmädchen in weißer Bluse und einem engen, grauen Rock schwebt herein, um die Tasse abzuräumen.

»Möchten Sie einen Kaffee?«

»Ja, sehr gern!«

Amadeus wartet auf ein Frühstücksangebot, bestehend aus Toast, Marmelade, Schinken, Käse, Ei, Orangensaft. Er hätte nicht nein gesagt, sondern geantwortet ›das Ei bitte im Glas‹.

Aber es gibt kein Frühstücksangebot. Nur einen schlechten Kaffee, der schon halb kalt ist.

Wie soll er anfangen. Er ist in Gegenwart dieser eleganten Frau ein wenig befangen. Das muss er zugeben.

Bei ihrer ersten Begegnung im Zelt war ihm nicht aufgefallen, wie affektiert Julianes Tonfall ist.

»Es hat mich schockiert, was da passiert ist. Wie soll ich das nur unserer Tochter erklären?«

»Sie haben bereits ein Kind?«

»Ja, ein kleines Mädchen. Sie ist im Internat in der Schweiz. Wir schirmen sie ab vor der Öffentlichkeit. Sie können sich denken, dass wir Angst vor einer Entführung haben.«

Es gibt weitaus betuchtere Leute, die ihre Kinder zu Hause aufziehen. Amadeus weiß nicht, was er davon halten soll, dass diese Leute ihre Tochter ins Internat stecken. War das Kind im Weg? Wenn ja, wem und warum? Fragen, die er nicht stellt. Noch nicht. Stattdessen heuchelt er Verständnis:

»Verstehe ich vollkommen, man kann da nicht vorsichtig genug sein.«

»Sie ist jetzt neun und fühlt sich sehr wohl unter den Gleichaltrigen.«

»So klein und schon so weit weg von zu Hause in der Fremde?«

Juliane reagiert leicht ungehalten.

»Das ist das Allerbeste für sie. Julius und ich sind, also wir waren, nicht oft zu Hause. Unsereins hat gesellschaftliche Verpflichtungen. Sie denken vielleicht, ich bin so ein verwöhntes Püppchen, das nur hier im Haus herumsitzt und sich die Nägel lackiert. Ich habe immer mitgearbeitet.«

»Pardon! Ich hatte mich nicht ausreichend informiert. Eine Frage: Hatte ihr Mann Feinde? Ich meine schlimme Feinde?«

Juliane lacht laut auf. Amadeus erschrickt.

»Wenn jemand so erfolgreich ist wie Julius, hat er immer Feinde. Und nicht zu knapp!«

Sie spielt jetzt die vornehme ›Dame der Gesellschaft‹.

»Julius wurde viel beneidet um das, was er sich aufgebaut hat. Aus dem Nichts sozusagen. Aber er war auch sehr freigiebig und hat jedem geholfen, der ihn darum gebeten hat.«

Dann wird ihr Ton schärfer:

»Die standen hier manchmal Schlange, diese Bettler aus seinem lumpigen Dorf.«

»Lumpiges Dorf?«

Sie fühlt sich ertappt.

»Nein, nein, so habe ich das nicht gemeint. Einige Allgäuer Gemeinden sind eben immer noch arm, wenn fremdenverkehrsmäßig nichts läuft. Aber Julius hat investiert. Jetzt schaut's anders aus.«

Juliane triumphiert regelrecht auf. Sie ist offenbar stolz auf ihren Julius.

Amadeus will rasch zu den wichtigeren Fragen kommen.

»Wann haben Sie Ihren Mann in der Nacht vor dem Mord zuletzt gesehen?«

»Das war gegen zehn oder halb elf Uhr nachts auf der Wiesn. Er wollte noch ein paar Büroarbeiten erledigen. Ich bin nach Hause gefahren. Mir hat der Tag gereicht.«

»Ist er nach Hause gekommen in dieser Nacht und vielleicht wieder weggefahren?«

»Woher soll ich das wissen?«

»Sie haben kein gemeinsames Schlafzimmer?«

»Schlafzimmer!!! So etwas Spießiges finden Sie bei uns nicht. Wir haben getrennte Zimmer. Und es gibt Ankleiden. Da hat auch jeder seine eigene. Die Bäder sind natürlich auch getrennt.«

Sie tat so, als ob das vollkommen selbstverständlich wäre.

»Entschuldigen Sie, ich werde jetzt sehr direkt: Jagdfreunde Ihres Gatten haben angedeutet, dass er es mit der ehelichen Treue nicht so genau nahm. Stimmt das? Wussten Sie davon?«

»Immer dieses Gerede! Da ist überhaupt nichts dran. Ich habe keine Ahnung, was Julius in dieser Nacht gemacht hat. Mehr kann ich Ihnen nicht sagen.«

Juliane steht auf und geht langsam zu einem der meterhohen Kassetten-Fenster,.

»Tja, und was wird jetzt aus mir und den Kindern?«

Sie holt ein feines Batist-Taschentuch aus den Tiefen ihres Hausmantels und schnieft leise. Ist diese Verzweiflung echt, oder gehört das zur Rolle der trauernden Witwe?

Amadeus fühlt so etwas wie Mitleid. Es ist das Mitleid, das man mit Menschen hat, die ihre Situation völlig falsch einschätzen. Menschen, die unfähig sind, zu sehen, was um sie herum geschieht. Da hat diese Frau alles, was man sich nur wünschen kann, und macht sich Sorgen, wie es weitergeht. Oder ist das alles nur Fassade und die Reindl-Holding ist bis über die Hutschnur verschuldet?

Seine Mitarbeiter auf dem Kommissariat versuchen seit drei Tagen, das Reindlsche Firmengeflecht zu entwirren. Könnte es sein, dass Julius Reindl sich mit seinen ambitionierten Projekten übernommen hat? Allein der Lebensstil dieser Familie dürfte monatlich eine fünfstellige Summe verschlingen.

Sie behauptet, dass sie schon immer in den Betrieben ihres Mannes und im Büro mitgearbeitet hat, dann wird ihr bestimmt nicht langweilig. Es wird sich nicht viel für sie ändern. Es sei denn, sie hat sich diese Mitarbeit nur eingebildet. Aber dann hat sie Michael, der nach ihrer Pfeife tanzt und alles in ihrem Sinne weiterführt.

»Gnädige Frau, Sie schaffen das!«

Amadeus benutzt gern diesen Satz, wohl wissend, dass die Prognose auch danebengehen kann. Er steht ebenfalls auf und dreht sich in dem palastartigen Wohnraum einmal um die eigene Achse, um die riesigen Glastüren zur Terrasse zu bewundern.

»Und der Schmerz?« Juliane schnieft wieder in ihr Tüchlein.

»Also, erfahrungsgemäß vergeht der nach einiger Zeit.«

Wer Ohren hat zu hören, stellt eine gewisse Häme in Amadeus' Worten fest.

Er beschließt, sich zu verabschieden, als er bemerkt, wie betroffen Juliane reagiert.

»Entschuldigen Sie bitte, gnädige Frau! Auf Wiedersehen, gnädige Frau!«

»Ach, noch eine Frage«, Amadeus dreht sich noch einmal um, „mit welchem Wagen war Ihr Mann in dieser Nacht unterwegs?«

»Das weiß ich nicht. Meistens fuhr er unseren SUV. Oder einen von unseren Lieferwagen?«

»Wo sind diese Autos jetzt?«

»Der SUV könnte hier sein. Und die kleinen Transporter parken auf dem Viehhof-Gelände.«

Sie schickt das Hausmädchen in die Garage, um nachzusehen. Die kommt rasch zurück und bestätigt, dass der SUV da ist.

»Dann bräuchte ich bitte Informationen über den Fuhrpark und die Schlüssel von den Transportern, damit wir die Spurensicherung drauf ansetzen können!«

»Das regelt jetzt alles Michael Ehinger. Den finden sie in unserem Büro im Viehhof. Sie kennen ihn ja bereits.«

Sicher kennt Amadeus den smarten Metzger. Offenbar ist er für die Witwe inzwischen unentbehrlich.

Beim Hinausgehen fällt sein Blick auf die Wände in der Halle, die von oben bis unten mit Geweihen oder ausgestopften Köpfen von Gämsen, Hirschen, Mufflons und anderem Wild bestückt sind. Sogar ein Steinbock ist dabei. Oben entdeckt er einen Birkhahn. In Bayern ein streng geschütztes Wild. ›Widerlich, diese Bambi-Killer‹.

An den kunstvollen Messinghaken der Garderobe hängen zwei Hüte: Einer mit einem mächtigen Gamsbart. Daneben ein zierlicher Damenhut mit einem kleinen Federschmuck. ›Nettes Pärchen‹, denkt Amadeus und wäre auf den Steinstufen draußen vor der Tür beinahe mit einem eleganten, grau melierten Mittvierziger zusammengestoßen. Nach den gegenseitigen Entschuldigungen stellt sich der Herr als Martin Hänsler vor, der Arzt von Juliane Reindl.

»Ach, der Hausarzt. Ist sie denn krank?«

Amadeus kann sich eine gewisse Ironie nicht verkneifen. Ein strafender Blick aus eisgrauen Augen trifft ihn.

»Ich fühle mich auch für das seelische Wohlergehen meiner Patienten verantwortlich. Frau Reindl ist schwanger!«

»Pardon, das ist heutzutage selten geworden, dass Ärzte den ganzen Menschen sehen und nicht nur die Symptome kurieren.«

Dr. Hänsler ist irritiert. Juliane nimmt ihn in Empfang und man tauscht die obligatorischen Bussis. Eins rechts, eins links. Amadeus spürt eine Vertrautheit zwischen den beiden, die über das Verhältnis von Arzt und Patientin hinausgeht. Offensichtlich ist der Herr Doktor hier ein gern gesehener Gast.

Noch ein potentieller Kindsvater?

Julius googelt ihn, sobald er im Auto sitzt. Er erfährt, dass es sich um einen Chirurgen mit größerer Privatpraxis handelt, der in erster Linie Schönheits-OPs durchführt. Warum hat der sich als ›Hausarzt‹ vorgestellt? Amadeus hat einen weiteren Verdächtigen gefunden. Das Klischee scheint ihm aber dann doch zu abgedroschen. ›Schöne, reiche Witwe und gutaussehender Arzt, der ihre Seele retten will, verüben gemeinsam einen Gattenmord?‹

Ein Schönheits-Chirurg als Hausarzt ist Amadeus allerdings noch nicht untergekommen. So viel steht fest.

10. KAPITEL

Um zwölf Uhr mittags ist Amadeus zurück in München. Er beschließt, nicht ins Kommissariat zu fahren, sondern zum Essen in den Fruchthof, der sich in unmittelbarer Nähe von Großmarkthalle, Viehhof und Schlachthof befindet. Hier gibt es ein ausgezeichnetes Feinschmecker-Restaurant. An der hufeisenförmigen Bar und den Bistro-Tischen sitzt um diese Zeit alles, was in der Großmarkt- und Viehhof-Szene das Sagen hat.

Er denkt an die Zeit vor dreißig Jahren, als er im Polizeidienst anfing. Da waren auf den Holzböden der Kneipen rings um den Schlachthof Sägespäne ausgestreut, damit das Blut, das von den Gummistiefeln der Schlachter tropfte, einfach weggefegt werden konnte. Sie standen mit übernächtigten, blassen Gesichtern und Bartstoppeln an der Theke, um vor dem Nach-Hause-Gehen noch ein Bier zu zischen oder ein ›Schmankerl‹ zu verdrücken: Hirn mit Ei zum Beispiel oder Kalbsrahmbeuscherl, hergestellt aus feinster Kalbslunge. Für das Kalbsbries kamen die Feinschmecker aus allen Stadtteilen.

Mehr als einmal im Monat musste die Streife anrücken, um Handgreiflichkeiten zu schlichten. Das waren noch Zeiten! Amadeus hatte einen Heidenrespekt vor diesen Kraftmenschen, die dafür sorgen, dass wir jeden Tag unser Schnitzel auf dem Teller haben.

Und heute? Heute sind sie einfach verschwunden. Sie sind ›sauber‹ geworden und ziehen sich um, bevor sie ins Gasthaus gehen. Wahrscheinlich mögen sie es nicht, dass man ihnen ihr blutiges Handwerk ansieht? Im Restaurant des Fruchthofs saßen allerdings noch nie die Schlachter, sondern die feinen Pinkel aus der Verwaltung und die ›Gespickten‹. Das sind die Viehhändler mit den einseitig aufgeblähten Brusttaschen. Sie müssen flüssig sein für ihr Geschäft. Hier gilt noch die alte Kaufmannsehre. Abschlüsse werden per Handschlag besiegelt. Dann fließt Bares. Julius Reindl war einer von ihnen, wenn nicht gar der Größte und Einflussreichste.

Es könnte sein, dass die Spur zu seinem plötzlichen brutalen Dahinscheiden hierher führt? Dahin, wo reichlich Bares fließt.

Amadeus entscheidet sich nach einem Blick auf die Tafel über dem Eingang zur Küche für eine kleine Fischsuppe. Er mag keine Pasta, und die Hummerkrabben sind ihm zu teuer. Er hievt sich auf einen der schwarzen, lederbezogenen Hocker an der Bar und bestellt zwei Gläser Rheinriesling.

»Wie immer!«

Der smarte Italiener hinter der Theke grinst. Er weiß, dass in wenigen Augenblicken eine attraktive dunkelhaarige Frau mit slawischen Gesichtszügen und einer traumhaften Figur auftauchen wird.

Dana Crucik begrüßt Amadeus mit einem gehauchten Kuss. Kirschrote Lippen, gelocktes, halblanges, dunkles Haar, dunkle Augen, heller Teint und eine Figur fast wie Sophia Loren in jungen Jahren. Sie trägt eine schlichte weiße Bluse und einen engen, beigefarbenen Rock mit einem breiten, roten Gürtel, der ihre Taille betont. Er hätte sie am liebsten gepackt und über den Tisch gelegt. Aber als verheirateter Beamter im öffentlichen Dienst muss er sich zurückhalten. Keine Zärtlichkeiten vor Publikum.

Amadeus hatte Dana kennengelernt, als er im Fall Milos Kirkowitsch ermittelte. Danas Geliebter war damals von heute auf morgen unter Zurücklassung zweier Leichen verschwunden. Das Trio hatte lukrative, illegale Geschäfte wie Glücksspiel, Drogen, Prostitution und vermutlich auch Menschenhandel in großem Stil betrieben. Milos war der Kopf und der Hauptverdächtige. Man vermutete, dass er seine Komplizen im Streit erschossen hatte, konnte ihm die Morde aber nicht nachweisen. Er blieb trotzdem verschwunden. Es könnte gut sein, dass man ihn verschleppt und in der Adria versenkt hat.

Die dreißigjährige Dana fiel auf geradem Weg vom Paradies in die Hölle. Sie stand vor dem Nichts, jobbte in diversen Bars, geriet an einen Zuhälter, der sie als Domina einsetzen wollte und traf im letzten Augenblick durch Zufall wieder auf Amadeus. Die Ermittlungen gegen Kirkowitsch wurden eingestellt. Also konnte er sich mit Dana beschäftigen, ohne Gefahr zu laufen, dass das nicht mit seinem Berufsethos vereinbar wäre.

Er vermittelte ihr einen Job bei dem Gemüse-Großhändler Giovanni Pergolesi. Den kannte er aus dem Fall des verunglückten Ismail Harari, der von einer Steige Melonen erschlagen worden war. Der Verdacht, dass jemand die Hand im Spiel hatte, konnte sich nicht erhärten. Obwohl fast der ganze Gemüsehof bei Harari Schulden hatte. Amadeus vermutete deshalb eine ›Entschuldung auf Italienisch‹. Dana machte ihre Sache hervorragend. Heute betreut sie völlig selbständig die Geschäftsbeziehungen zu ihrem fruchtreichen Heimatland Kroatien.

Kaum hat Dana neben Amadeus Platz genommen, erscheint Giovanni. Polternd und lachend wie immer. Mit seiner volltönenden Stimme hätte er einen herrlichen Operetten-Buffo abgegeben. Amadeus stellt sich vor, wie er in der Badewanne das ›Nessun Dorma‹ von Puccini schmettert und sich dabei seine schwarzen Brusthaare einseift. Kopfhaare sind nur noch rudimentär vorhanden, was er mit seinem Charme aber wettmacht.

Das Restaurant bebt förmlich, als er alle Kellner, Kollegen und auch die anderen Gäste begrüßt. Für drei Minuten ist Napoli zu Gast im Münchner Fruchthof. Giovanni platzt vor Neugier und löchert ihn mit Fragen. Ja, Julius Reindl drehte sich an dem Spieß. Noch eine Stunde und er wäre gar gewesen. Ja, er war splitternackt. Und: Nein, mehr konnte Amadeus nicht verraten.

Pergolesi kennt die Reindls seit Jahren. Er war auch schon des Öfteren zu Gast in der Villa am Starnberger See.

»Oh mein Gott, diese Villa!!!« Er bekam glänzende Augen. »Nur falsche Lage: Golf von Sorrent viel besser! Nun, kann man nicht alles haben. Nimm dich in Acht vor Juliane, hat faustdicke Ohren.«

»Also, du meinst, die hat es faustdick hinter den Ohren. Ja, das könnte durchaus sein?«

»Julius guter Mensch. Hat alles gemacht für seine kleine Prinzessin. Aber … äh … ja, also, sie schwierige Frau. Nix Leidenschaft … na, du weißt schon. Julius gerne wollte noch eine Kind.«

Er stupst Amadeus in die Seite und grinst. Amadeus hat verstanden. Das Sexleben bei den Reindls war problematisch. Dann ist seine Vermutung doch richtig: Die getrennten

Schlafzimmer hatten das Liebesleben keinesfalls am Kochen gehalten. Aber wo war das nach zehn Jahren Ehe noch der Fall? Da gibt es nur wenige Ausnahmen. Dana schien Gedanken zu lesen.

»Werden wir uns in zehn Jahren noch lieben wie heute?«

Amadeus muss schlucken. Ein alter Spruch von seiner Oma fällt ihm ein: ›Nichts kann brennen so heiß, wie die heimliche Liebe, von der niemand was weiß!‹ Was wäre, wenn er und Dana zusammen lebten? Er wusste es nicht. Diese Spekulationen sind auch völlig überflüssig. Er kann sich von Babette nicht scheiden lassen. Seine Mutter und sein älterer Bruder Ludwig würden ihn lynchen oder den schwarzen Hausschweinen vorwerfen, für die das Hofgut der Waldenbrucks in Oberfranken berühmt ist. Ganz abgesehen davon ist Babette eine labile Person. Er kann sich nicht von ihr trennen. Sie würde untergehen, und er wäre schuld. Alles ist gut, so lange seine kleine Affäre unentdeckt bleibt.

Eine trügerische Sicherheit, in der sich Amadeus Freiherr von Waldenbruck wiegt.

Das Schicksal nimmt bereits seinen Lauf. Martha Mayer-Almscheid, eine Nachbarin aus Waldtrudering, arbeitet seit kurzem als Supervisor in dem Spezialitätenmarkt, der dem Restaurant angeschlossen ist. Sie ist hin und wieder bei Babette zu Kaffee, Kuchen und Likörchen eingeladen. Eine Frau, die das Gras wachsen hört. Sie beobachtet ihn schon seit einiger Zeit bei seinen Treffen mit Dana. Es entgeht ihr nicht, dass es zwischen ihm und der Kroatin heftig knistert.

Als sich Dana von dem Barhocker schwingt, fällt sie fast in die Arme eines Herrn mit gegeltem schwarzem Haar und schwarzen Lederhandschuhen. Küsschen rechts, Küsschen links – man kennt sich offensichtlich.

»Dana, wie schön, dich zu treffen!«

»Tahir, man hat dich aus der ›Mausfalle‹ gelassen?«

»Ja, muss doch essen«, lacht er und stellt seinen Begleiter vor.

»Das ist Goran, mein Beschützer!«

Amadeus ist nicht begeistert von Danas osteuropäischen Bekannten. Die ›Mausfalle‹ ist ein stadtbekannter Spielclub, in dem man fast alles kaufen kann, was es sonst nirgends gibt: blutjunge Frauen, harte und weiche Drogen, Hehlerware usw. Dieser Tahir ist offensichtlich der Besitzer. Dana hat eine Vergangenheit. Damit muss er sich abfinden.

Die Warnung Giovannis vor Juliane muss Amadeus ernst nehmen. Trotzdem glaubt er nicht im Entferntesten, dass dieses elfengleiche Wesen etwas mit diesem brutalen Mord zu tun hat. Sie ist schwanger. Es stellt sich die Frage, wer der richtige Vater ist, wenn das Liebesleben der Reindls nicht stattfand.

Er wird ihr den Vaterschaftstest nicht ersparen können.

Die nächsten Tage verbringt Amadeus mit dem Studium der Ergebnisse der gerichtsmedizinischen Untersuchungen. Die Abteilung Forensik hat äußerst genau gearbeitet. Der Grad der Verbrennungen war zwar weit fortgeschritten, aber nicht weit genug. Die Untersuchungen des Gewebes, des Blutes und der inneren Organe brachten einige überraschende Erkenntnisse.

Julius Reindl war vor seinem Tod mit k.o.-Tropfen betäubt worden. Er hatte einiges getrunken. Im Blut wurden

2,3 Promille Alkohol festgestellt. Todesursache waren die starken Verbrennungen, vor allem im Kopfbereich. Er ist vor seinem Tod nicht mehr zu Bewusstsein gekommen.

Leider konnte der genaue Todeszeitpunkt nicht ermittelt werden. Er musste zwischen zwei Uhr und vier Uhr morgens liegen. Das interessanteste Ergebnis: Julius Reindl hatte erst kürzlich eine Operation. Es wurde ihm ein Bypass ins Becken eingesetzt, um seine arterielle Verschlusskrankheit zu beheben. Mit Sicherheit litt er unter einer massiven Erektionsstörung. Die Suche nach einer Dame, die ihn in der Nacht besucht haben könnte, wurde von Amadeus aufgegeben.

11. KAPITEL

Das Allgäu ist selbst bei Regen reizvoll. Die satten Wiesen glänzen, die Luft ist frisch und klar, am weiten Horizont stehen die Berge in allen Schattierungen von Grau. Die liebliche Landschaft hat etwas von der Unschuld eines Kälbchens. Hier wurde Julius Reindl geboren, und hier ist er aufgewachsen. Die Menschen verehren ihn wie einen Heiligen, wobei die Beweggründe eher unheilig sind: J.R. hatte seinem Dorf den verschärften Fremdenverkehr gebracht. Der Schutz der Heimat und ihrer besonderen Eigenheiten blieb damit ebenso auf der Strecke wie der Naturschutz. Jetzt herrscht hier schrilles Werben um Wohlstandsbürger statt erholsamer Stille. Man muss halt Opfer bringen.

Aus dem bescheidenen Gasthof ›Reindl-Alp‹ hat Julius mit viel eigenem und noch mehr fremdem Geld das ›Sport- und Wellness-Ressort Reindl‹ gemacht. Fünf Sterne, 300 Betten und Arbeitsplätze für 120 Einheimische. Gute 400 Meter höher liegt das ›Almdorf zu den 17 Hütten‹. Eine Idee von Juliane Reindl, die diese Idee wiederum einem der Hochglanz-Magazine entnommen hat, die sie jeden Morgen zum Frühstück liest. Siebzehn kleinere, originalgetreu nachgebaute Almhütten gruppieren sich um ein Haupthaus mit Restaurant und Rezeption. Von außen betrachtet könnte das ein großer Bauernhof sein.

Vor jeder Hüttentür ist das Brennholz aufgestapelt, mit dem man den Kamin heizen lassen kann. Eine schmutzige Arbeit, die nichts für zarte Städterhände ist. Das erledigt der ›Hausl‹ für die Gäste. Eine Art Knecht, der vom Putzen der Bergschuhe bis zum Servieren des Frühstücks alles macht.

Und als Bergführer taugt der Einheimische in der Regel ebenfalls. Gegen Extra-Gebühr versteht sich.

Vor dem Kamin liegt stilvoll das weiße Bärenfell, für das eine Bergziege ihre Haut lassen musste. Die Vertäfelung der Wände und die Möbel sind aus feinstem Zirbelholz. Das astreiche honigfarbene Holz verströmt einen betörenden Duft. Alles ist im dezent bäuerlichen Stil gehalten. Wie bei einer echten Almhütte steht vor der Tür ein Holztrog, in den aus einem Metallrohr frisches Wasser plätschert. Waschen muss sich hier niemand. Dafür gibt es ein zwanzig Quadratmeter großes Badezimmer. Nach einer ›anstrengenden‹ Bergtour mit 200 Höhenmetern ist man dankbar für den Whirlpool. Mehr dürften die Herrschaften, die hier absteigen, kaum schaffen.

Die Informationen, entnimmt Amadeus der Website des ›Almdorfes zu den 17 Hütten‹. Für die sommerliche Erfrischung oder zum Eisstockschießen im Winter gibt es einen Pool, Dorfteich genannt, mit einem hölzernen Steg und hohen Gräsern ringsum. Sieht aus wie echt. Der ›Kuhstall zur Tränke‹ in der Nähe des Restaurants beherbergt eine gigantische Bar. Gigantisch sind auch die Übernachtungspreise, die auf Anfrage mitgeteilt werden. Amadeus verzichtet.

Und dieser Kitsch läuft? Der Kommissar schüttelt den Kopf. Erwartete Auslastung 85 Prozent, Sommer wie Winter, behauptet die Website unter dem Button ›Für Investoren‹. Eine tolle Kapitalanlage also, in der man bei Bedarf übernachten kann. Auf seine Email-Anfrage bekommt er eine standardisierte Absage: ›Zur Zeit sind keine Investitionen möglich. Sie werden benachrichtigt.‹

Im richtigen Dorf gibt es zum Glück eine echte Kirche, erbaut 1756, und einen pittoresken Friedhof mit gepflegten Gräbern und schönen schmiedeeisernen Kreuzen, wie sie überall im Alpenraum zu finden sind. Sogar eine normale Gastwirtschaft gibt es. Die Einheimischen sollen einen Platz haben, wo sie ihr Bierchen trinken und über die Touristen herziehen können.

Sechzehn Tage nach dem Mord wird Julius Reindl in seinem Heimatdorf bestattet.

Es ist ein trüber Donnerstag. Rund 300 Luxus-Limousinen, Sportwagen und SUVs begraben das Dorf unter einer Blechlawine. Man hat mit diesem Andrang gerechnet und ein paar Wiesen zu Parkplätzen umfunktioniert, Gebühr 10,- Euro.

Es ist alles da, was in München und insbesondere in Viehhof-, Schlachthof- und Großmarkt-Kreisen Rang und Namen hat. Amadeus ist mit seinem Assistenten, Kommissar Henfling, angereist.

Giovanni Pergolesi hat ihm kurz gewunken. Er ist mit seiner Frau – einer richtigen italienischen Mama mit mächtigem Busen, pechschwarzem Haar und roten Lippen – und seinen Söhnen gekommen. Vier Buben wie die Orgelpfeifen, alle gut anzuschauen und dem Anlass entsprechend in dunklen Anzügen mit schwarzer Krawatte. Die dunklen Sonnenbrillen lassen sie wie Mafiosi aussehen. ›Was uns da noch bevorsteht, wenn die erwachsen werden?‹ Amadeus wird nachdenklich.

Der Münchner Wiesn-Stadtrat ist ebenfalls anwesend und mit ihm fast alle Wiesn-Wirte in vollem Ornat. Ein Gamsbart schöner und größer als der andere; ein Charivari kostbarer und prachtvoller als das andere; eine Frau schöner als die andere. Zumindest von weitem, wie Amadeus feststellt.

Die Mehrzahl der Trauergäste steht draußen vor der Dorfkirche, die einem solchen Ansturm nicht gewachsen ist. Der Dorfpfarrer hält einen Trauergottesdienst, wie er ihn für jeden halten würde, der hier stirbt.

»Julius Reindl war derjenige, der dieses Dorf groß gemacht hat. Er war mehr als ein Arbeitgeber, er war für uns alle ein guter Freund.«

Dann verliert er noch ein paar Worte über den Werdegang von Julius Reindl vom einfachen Bauernburschen zum geachteten Bürger Münchens und Bayerns.

Kein Wort davon, wie Julius Reindl zu Tode kam. Nur ein Appell, dass bitte niemand den Glauben an Gottes Gerechtigkeit verlieren soll. Der da droben wird schon wissen, was er tut, auch wenn das Geschehene uns Menschen noch so grausam, widerwärtig und ungerecht erscheint. Die alte Theodizee-Frage: Wie kann es sein, dass guten Menschen Böses widerfährt?

Sechs junge Burschen in dunkelgrauen Trachtenanzügen mit silbernen Knöpfen und passenden Filzhüten, an denen kleine weiße Adlerfedern stecken, tragen den blankpolierten schwarzen Sarg mit Messingbeschlägen, dessen Deckel mit hunderten von weißen Lilien bedeckt ist. Der Weg ist kurz: Raus aus der kleinen Dorfkirche und einmal um die Ecke zum ausgehobenen Grab.

Es ist die Familien-Grabstätte der Reindls. Hier liegen auch die Eltern Franziska Reindl, Viehzüchtersgattin, und Josef Reindl, Großbauer und Viehzüchter. Amadeus bezweifelt, dass Julius wirklich einer von diesen ›einfachen‹ Bauernburschen war. Als Sohn eines Viehzüchters und Großbauern hatte er auf jeden Fall von Jugend an eine Sonderstellung im Dorf.

Hinter den Sargträgern geht Juliane Reindl, im langen, schwarzen Dirndl, das nur wenig Haut zeigt. Sie trägt ein apartes kleines Hütchen mit Tüllschleier. Ihre Schwester Annabelle und Michael stützen sie. Etwas weiter hinten im Trauerzug entdeckt Amadeus Julianes Hausarzt, Dr. Martin Hänsler mit einer attraktiven Begleiterin, die sich zärtlich an ihn schmiegt. ›Dann ist der potentielle Liebhaber von Juliane doch eher der smarte Metzger und nicht der aalglatte Herr Doktor‹, denkt sich Amadeus, ›im weitesten Sinne sind ja beide ›Metzger‹. Die Dame bevorzugt offenbar Männer, die Blut fließen lassen.‹

Von Waldenbruck fallen drei Frauen auf, die er für Münchnerinnen hält. Keine Dirndl, keine Trachtenhüte, kein Allgäuer Dialekt, den er nur mit Mühe versteht. Sie müssen ungefähr in Julianes Alter sein. Er begibt sich in die Nähe, um den Gesprächen zu lauschen.

»Jetzt gehört alles ihr!«

»Ja, aber da gibt es doch noch eine kleine Tochter. Und schwanger ist sie auch.«

»Von dem uralten Julius ist das Kind bestimmt nicht!«

»Jedenfalls ist die feine Dame jetzt frei für ihren Liebhaber!«

Das war etwas zu laut. So laut, dass es Michael hören musste. Er ballt die Faust und geht auf die junge Dame zu. ‚Wie ein schnaubendes Pferd‘, denkt Amadeus. Sie weicht zurück und starrt ihn erschrocken an.

»Ich hab dich doch gar nicht gemeint!«

Michael entspannt sich. Er öffnet die Faust und atmet durch. Dann schleicht er zurück zu Juliane, die von alldem nichts bemerkt hat. Sie drückt Hände und schnäuzt von Zeit zu Zeit effektvoll in ihr weißes Batist-Taschentüchlein.

Alles nur Gerede! Amadeus beschließt, die Suche nach irgendwelchen Liebhabern von Juliane aufzugeben. Vielleicht sind ja beide Herren ihre Favoriten, aber keiner kam bisher zum Zuge? Vielleicht gibt es einen Dritten, von dem niemand was weiß? Wer der Vater des Kindes ist, ließe sich leicht herausfinden. Aber für einen Vaterschaftstest müsste Juliane ihr Einverständnis erklären. Das hält er für eher unwahrscheinlich.

Die Münchner Presse ist vollzählig anwesend. Sogar das Privat-Fernsehen hat einen kleinen Ü-Wagen geschickt. Amadeus mischt sich unter die Lokal-Reporter und sperrt seine Ohren auf. Eine bessere Quelle für Tratsch gibt es nicht.

»Schau, ist das nicht die Helene, das ›Schwabinchen‹? Sieht immer noch nett aus.«

»Da war doch mal was, mit dem Reindl und dieser Helene, wie hieß die nochmal? Weißbrot! Genau!«

»Richtig, die hat ihn beschuldigt, ihren Mann Konrad beim Jagdunfall ins Gebüsch geschubst zu haben. Ein anderer Jäger hat ihn dann versehentlich angeschossen. Das ging durch alle Zeitungen.«

»Und jetzt läuft's hinter seinem Sarg her. Tss, tsss, tsss!«

Amadeus ist überrascht. Michaels Stiefmutter, Helene Ehinger, ist also eine abgelegte Geliebte von J.R., den sie beschuldigt, ihren Mann umgebracht zu haben. Kann sein, dass sie ihm inzwischen alles verziehen hat. Oder auch nicht?

»Schau, der Heinzinger von den Grünen. Hat der nicht lang prozessiert, wegen dem ›Almdorf‹ drobn auf 1.400 Meter Höhe?«

»Ja, genau, die Grünen haben dem Reindl die Pest an den Hals gewünscht. Aber sie haben den Prozess verloren. Das hat viel Geld gekostet und die Partei fast gespalten, damals vor vier Jahren.«

»Herr Henfling«, Amadeus spricht in einem Ton, der Unheil ahnen lässt. »Hatte ich Sie nicht gebeten, im Polizeicomputer nach irgendwelchen Vorkommnissen in Zusammenhang mit Julius Reindl zu suchen?«

„Jaaaa, äh … schon … äh … aber in den letzten drei Jahren war da nichts.«

»Wirklich nichts? Nicht einmal ein Strafmandat wegen Falschparken?«

»Also nach Verkehrssachen hab ich nicht geschaut.“

Am liebsten würde Amadeus jetzt losbrüllen, aber er beherrscht sich.

»Mein Gott, wenn man nicht alles selber macht!«

Von Waldenbruck hat es eilig, zurück nach München zu kommen. Die Presse! Wie hatte er nur diese unerschöpfliche Quelle von Münchner Klatsch und Tratsch übersehen können. Es ist zwar mühsam, könnte aber lohnend sein. Vielleicht lässt man ihn bei Münchens größter Boulevard-Zeitung noch am Abend ins Archiv. Wenn nicht, dann will er das sofort am nächsten Morgen erledigen.

12. KAPITEL

Es ist eine Besonderheit der Metropole München mit ihrer Bussi-Gesellschaft, dass die Boulevard-Zeitungen eine Art Machtfaktor darstellen. Wer in den Klatschspalten genannt wird und sich sogar mit einem Foto hier platzieren kann, der ist drin und ›in‹. Berichtet wird mit Vorliebe von Events, bei denen irgendwelche Autohäuser und Nobelboutiquen irgendwelchen B-Prominenten Schampus bis zum Abwinken spendieren.

Das höchste ist ein Polo-Turnier. Darüber wird dann sogar mehrfach berichtet. Wer Polo spielt, ist ganz oben angekommen, weit weg vom einfachen Volk. Aber die Mehrzahl der Betuchten golft, obwohl die Bemühungen mancher Clubs, mit Schnupperkursen für 20,- Euro den Plebs zu ködern, inzwischen fruchten. Es reicht, einen Cup zu spendieren, schon ist man im Gespräch, wird geknipst und bekommt seine Presse. Tennis ist out, seit Boris Becker nicht mehr in Wimbledon siegt. Obwohl auch im ›weißen‹ Sport immer noch der eine oder andere private Pokal ausgetragen wird. Besser als eine leere Seite, sagen sich die Reporter, und schreiben ein paar Zeilen.

Zu den beliebtesten Objekten der Klatschpresse gehören Fußballspieler und Fußballer-Frauen, die bis auf wenige Ausnahmen blond, langhaarig, langbeinig und solariumgebräunt sind. Auch interessant: Groupies, von Beruf ›Moderatorin‹, Starlets und andere Filmschaffende. Auch die großen Gastronomen gehören zur Prominenz. Und hin und wieder verirrt sich ein Frisör oder ein Schönheits-Chirurg in die Klatschspalten, was gut fürs Geschäft ist.

Der Leser trifft immer dieselben Figuren, die mit einem Tross sogenannter ›Adabeis‹ überall auftauchen, wo sie ein Blitzlichtgewitter wittern. Für diese Leute gibt es Listen, die von PR-Profis angeboten werden. A-Promis sind teurer als B- oder C-Promis. Ein internationales Unternehmen, das einen Flagship-Store eröffnet, braucht keine eigenen Leute abzustellen, um zu recherchieren, wer in dieser Stadt das Sagen hat. Ein Anruf bei einer dieser PR-Ladys genügt, und der Laden ist zur Eröffnung brechend voll. Und die Klatschspalten auch. Wenn man bedenkt, dass eine ganzseitige Anzeige in einer dieser Zeitungen um die 50.000 Euro kostet, fällt so ein Cocktailempfang unter Peanuts. Eine günstigere Werbung gibt es nicht.

Zur Wiesn-Zeit stehen dann die Wirte der großen Bierzelte im Fokus der Presse. Die sind aber schnell abgehakt, weil sie sich keinen noch so kleinen Skandal leisten dürfen. Es gibt nichts Langweiligeres als anständige Bürgerinnen und Bürger. Lohnender sind die Wiesn-Gäste. Speziell die Gäste in den sogenannten Promi-Zelten, in die der Normalo nur mit einem ›Armbändchen‹ und einem Scheinchen für den Türsteher hineinkommt.

Die Reporter kommen immer rein. Ohne einen Bericht in der Zeitung macht es nur halb so viel Spaß, im Zelt die Sau rauszulassen oder der Frau Direktor eine Weißbierdusche zu verpassen. Die Boulevard-Blätter sind voll von den immer gleichen Bildern hübscher Mädchen, die ihre drallen Brüste im modischen Dirndl über die Biertische hängen, und als Umrahmung für einen Herrn dienen, der – siehe oben – ein A-, B- oder C-Promi ist.

Man sollte erwähnen, dass es auch in München eine Hand voll Superreiche gibt, die lieber unter sich bleiben und ein ›hanseatisches‹ Understatement pflegen. Besonderes Kennzeichen: kamerascheu. Die Arbeitnehmer sehen es vielleicht nicht so gern, dass die Lohnerhöhung ausgesetzt wird, während der Chef sich jeden erdenklichen Luxus gönnt.

Amadeus sitzt im Archiv des Boulevard-Blattes und starrt in den Computer, was er hasst, aber es muss sein. Er blättert für seine Recherche mehrere Jahre zurück. Unter dem Suchwort ›Konrad Ehinger‹ findet er einen nur wenige Zeilen langen Bericht über den Jagdunfall, dem der Besitzer der Metzgerei-Kette erlag. In tiefer Trauer: seine Frau Helene, geborene Weißbrot, und Sohn Michael.

Der Bericht ist nicht besonders ausführlich. Erwähnt wird, dass sich unter den Jägern auch der Allgäuer Viehzüchter und Wiesn-Wirt Julius Reindl befand. Die Witwe erhebt schwere Vorwürfe gegen ihn. Es kommt nicht zum Prozess, weil sich der Verdacht nicht erhärten lässt.

Wie stand Helene Ehinger wirklich zu Julius Reindl? Hatte er das ›Schwabinchen‹ abserviert oder hat sie sich von ihm getrennt? Dann kommt ihr Ehemann zu Tode, und Reindl ist in der Nähe. Amadeus fragt sich, warum Helene als ›gute Freundin‹ von Julius gelten will. Ihre Freundschaft mit Juliane steht auf einem anderen Blatt.

Von Waldenbruck blättert weiter zurück. Julius Reindl steigt zum Wiesn-Wirt auf. Von diesem Zeitpunkt an häufen sich die Berichte über ihn. Sein ›Bulli‹ ist ständig in der Presse. Er investiert vermutlich Unsummen, um der Prominenz seine Bullen-Semmeln ins Maul zu stopfen. Die Rechnung geht auf: Das ›Bulli‹ ist zwar kein Promi-Zelt, aber vom ersten Tag an ›in‹. Wer was auf sich hält, startet den Wiesn-Bummel mit einer Semmel aus der ›Bullen-Braterei‹ in der Hand.

Über die Hochzeit mit der bis dahin unbekannten Juliane Hupfer wird ganz groß berichtet. Von da an liest man hin und wieder etwas über Juliane Reindl und ihre sozialen Aktivitäten. Die Dame wird ihrer Rolle als Wiesn-Wirtin und Society-Lady voll gerecht.

Amadeus will seine Suche gerade beenden, als er zufällig auf einen Artikel stößt, der von einem spektakulären Mord an einem Albaner im Raum Passau handelt. Andri Fishta war brutal ermordet und dann auf einem Spieß über ein Lagerfeuer gehängt worden. In der Art, wie man in grauer Vorzeit das erlegte Wild gebraten hat. Die Polizei vermutete einen Ehrenmord oder eine Familienfehde.

Zurück im Kommissariat fragt Amadeus bei den Kollegen in Passau nach. In der Sache hat man nicht besonders akribisch ermittelt. Die Staatsanwaltschaft legte den Fall nach ein paar Festnahmen, die ins Leere liefen, zu den Akten.

Ist das die entscheidende Spur? Oder zumindest eine vielversprechende? Er lässt sich aus Passau die Namen der Clan-Mitglieder kommen. Könnte es sein, dass der eine oder andere inzwischen in München gelandet ist? Er verschwendet fast einen ganzen Tag, um die Namen der Albaner durch den Computer laufen zu lassen. Fehlanzeige! Die meisten sind gar nicht mehr in Deutschland. Der Rest geht ehrbaren Berufen nach.

Die heißeste Spur führt für von Waldenbruck zu dem smarten Metzger Michael Ehinger, der vor lauter Liebe zu

Juliane schier blind ist. Wie er jetzt weiß, hätte Michael mit dem Mord an Julius Reindl seiner Stiefmutter Helene einen großen Gefallen getan. Sie muss Julius hassen, auch wenn sie es nicht zugibt. Das noch stärkere Motiv ist Juliane, die jetzt frei für ihn ist. Amadeus weiß aus vierzig Dienstjahren, was Männer aus Liebe alles tun. Mord gehört dazu. Michael hat sogar zwei Motive.

Das Wochenende naht. Es verspricht noch unbefriedigender zu werden als die hinter ihm liegende Woche. Von Waldenbruck ist keinen Millimeter weiter gekommen. Er hat das Gefühl, in einem trüben Moorsee herumzufischen, um den einen Hecht zu fangen, der den Karpfen gefressen hat.

Die Abende verbringt er wie immer auf der Couch vor dem Fernseher. Es ist ihm egal, was läuft. Er schaut nicht hin. Babette schläft neben ihm in ihrem Lieblings-Sessel. Wie viel Promille könnte sie haben? Zwei mindestens. Morgen früh wird sie wie immer mit einem Glas Rotwein im Garten sitzen und rauchen. Er tut so, als würde er es nicht bemerken.

Erstaunlich, wie gut sie in diesem Zustand kocht. Ein perfektes Hirschgulasch mit einer hervorragenden Rotweinsauce. So geht es nicht weiter. Er muss ihr reinen Wein einschenken. Je eher, desto besser.

Am Montag will er Michael Ehinger auf den Zahn fühlen.

13. KAPITEL

Michael sitzt in Reindls Büro im Viehhof und führt kommissarisch die Geschäfte.

Von Waldenbruck vereinbart mit ihm einen Termin am späten Vormittag. Danach will er seine heimliche Geliebte Dana treffen; ›zufällig‹ auf einen Kaffee im Fruchthof-Restaurant. Sie ist nicht seine erste Affäre, aber – wie er hofft – die letzte.

Es liegt ihm nicht, sich in fremden Betten herumzutreiben, aber seine Gattin Babette lässt ihm keine andere Wahl. Schon bei dem Gedanken an den Geruch nach billigem Wein und Zigaretten, der ihm entgegenschlägt, wenn sie sich ihm nähert, wird ihm übel.

Die Büros der Viehgroßhändler sind in einem schäbigen, zweistöckigen Gebäude untergebracht. Der graue Putz bröckelt schon. Als er die alte Steintreppe zum Sitz der ›Julius Reindl Holding‹ hinaufsteigt, hört er durch die dünne, hellgraue Holztür einen lauten Wortwechsel. Er erkennt Julianes Stimme, die sich überschlägt. Dann ist da Michael, der immer wieder verzweifelt versucht, sie zu beschwichtigen.

Amadeus klopft mehrmals. Als niemand öffnet, geht er einfach hinein und ist verblüfft. Er steht in einem hocheleganten, mit Art déco Möbeln eingerichteten Raum. Der Boden ist mit geschmackvollen Perserteppichen belegt. So residiert also ein Viehhändler? Amadeus spürt eine leise Aufwallung von Neid, schiebt dieses Gefühl aber sofort als schäbig beiseite. Warum ist er nicht Burgherr geworden? Er hätte das Gut besser bewirtschaftet, als sein bigotter älterer Bruder Ludwig, der es nicht einmal geschafft hatte, einen Erben zu zeugen.

»Entschuldigung, dass ich hereinplatze. Ich hatte geklopft! Ist etwas passiert?«

Michael schaut ihn verdutzt an. Er hatte das Klopfen nicht gehört. Für einen Augenblick zögert er. Dann wechselt er einen kurzen Blick mit Juliane, die sichtlich erregt mit geröteten Wangen vor dem Schreibtisch mit der schwarzglänzenden Platte aus edlem Klavierlack sitzt. Sie nickt, und er dreht den Bildschirm des Computers in Richtung Amadeus. Von Waldenbruck verschlägt es die Sprache.

Auf den Internetseiten, die Michael aufblättert, sieht man Kinder in eindeutig pornografischen Posen. Amadeus ist nicht bei der Sitte und hat von diesen Perversitäten bisher nur gehört. Er ist entsetzt.

Der feine Herr Reindl war also pädophil. Wie weit ging diese Neigung? Hat er sie auch ausgelebt? Oder begnügte er sich mit der ›virtuellen‹ Befriedigung seiner Lust. Diese Entdeckung hat die Situation jedenfalls schlagartig geändert. Er sieht Julius Reindl jetzt in einem völlig neuen Licht. Der war bei Gott kein Heiliger, eher ein Scheinheiliger. Hat er sich den Schürzenjäger nur als Deckmäntelchen umgebunden?

»Haben Sie Ihre Tochter ins Internat gegeben, um sie vor ihrem Vater zu schützen?«

Juliane kann von dieser Frage nicht überrascht sein, aber sie reagiert nicht.

»War das eine Vorsichtsmaßnahme, oder hat er sich an dem Kind vergriffen?«

»Nein, nein, er hat sie nur immerzu gestreichelt. Ich dachte, das ist Vaterliebe. Die Kleine hat ihn dann regelrecht erpresst.«

»Erpresst?«

»Ja, sie ließ es nur dann zu, wenn er ihr vorher ein Geschenk machte.«

Juliane zuckt mit den Achseln, um ihre Hilflosigkeit zu unterstreichen.

»Gegen die tausend Puppen, Barbies und Teddys war ich machtlos.«

Amadeus ist kein Psychologe, aber ihm ist klar, dass das Kind das Verhalten der Mutter imitiert hat. Auch Juliane ›erpresste‹ ihren Ehemann, der sich ihre Liebe und Treue mit teuren Geschenken sicherte.

»Haben Sie denn mit Ihrem Mann über seine Neigung gesprochen?«

Eine einfache Frage, aber Juliane scheint über die Antwort nachdenken zu müssen.

»Nein, nie! Ich habe etwas geahnt. Ich wollte sichergehen und bestand darauf, dass Laura ins Internat kommt.«

»Die Angst vor einer Entführung, von der Sie gesprochen haben, war also nur vorgeschoben?«

»Nein, das spielte auch eine Rolle. Heute weiß man nie, wem man trauen kann. Wir haben drei Hausangestellte. So ein Mädel muss doch nur an den falschen Mann geraten?«

»Ja, ja, immer das Problem mit dem Personal.«

Juliane hat die Augen zu Boden geschlagen und fuchtelt nervös mit den Händen herum. Amadeus ahnt, dass sie lügt.

Sie hatte sehr wohl gewusst, wie es um Julius stand.

An Lauras fünftem Geburtstag war ihrer Mutter aufgefallen, dass er das Kind auf eine andere Art liebkoste, als Väter es mit ihren Töchtern tun. Laura saß auf seinem Schoß, und er befühlte und streichelte ihre nackten Schenkelchen. Sein Atem ging schwer. Die Augen hatte er geschlossen.

Als er spürte, dass er beobachtet wurde, erschrak er und hat sofort damit aufgehört. Er stellte das Kind ganz schnell auf den Boden und stand auf. Seine Hose hatte einen Fleck. Julianes Mutter war entsetzt, aber sie schwieg. Sie wollte nicht gefährden, was sie sorgfältig geplant und aufgebaut hatte. Sie hatte Juliane regelrecht in seine Arme gezwungen. Trotzdem redete sie mit ihrer Tochter über den Vorfall, dem Kind zuliebe.

Julius war zuerst mit Annabelle liiert. Die beschwerte sich hin und wieder bei ihrer Mutter über seine herrische Art und seine Brutalität. Sie deutete auch an, dass er mit ihrer Tochter Sandy ›seltsam‹ umging. Ihr wurde manchmal ganz anders, wenn sie die beiden beobachtete. Sie wollte den Goldfisch aber auf keinen Fall von der Leine lassen. Gesine versprach, mit Julius ein ernstes Wort zu sprechen und lud ihn zu Kaffee und Kuchen ein. Bei dieser Gelegenheit lernte er Juliane kennen. Daraufhin gab er Annabelle, die auf eine Heirat drängte, den Laufpass.

Mutter Gesine war es lieber, dass ihre ›brave‹ Tochter Juliane die gute Partie machte.

Von der Heirat mit dem Wiesn-Wirt profitierte auch sie. Ein höheres Ansehen, Einladungen in die ersten Kreise der Stadt und finanzielle Zuwendungen ihrer Tochter sind der Lohn der Mühe. Hinzu kommt das immense Vermögen, das ihre Tochter eines Tages erben würde. Das alles wollten weder Gesine noch Juliane aufs Spiel setzen. Eine Scheidung oder Trennung kam nicht infrage. Man konnte das elegant regeln.

›Bring das Kind in ein Internat‹, hatte ihre Mutter gesagt, ›am besten in die Schweiz.‹ Und die Tochter gehorchte wie immer.

Sie stellte Julius zur Rede und er schwor ihr, dass er sich nie an einem Kind vergreifen würde. Er gestand ihr, dass er sich zu unschuldigen Wesen hingezogen fühlte, die noch nie von einem anderen Mann berührt wurden. ›Wie sie duften, diese unschuldigen Engel. Wie Ambrosia! Diese Reinheit, dieses Gefühl, der erste zu sein, der ihre Lust weckt: Das kann dir nur eine Jungfrau geben.‹ Es waren also gar nicht Kinder, die Julius magisch anzogen, sondern die Unberührten, die Reinen.

Juliane war als Jungfrau in die Ehe gegangen. Ihre Mutter hatte nicht aufgehört, diesen Umstand zu betonen. ›In einem katholischen Haus haben die Mädchen zu warten, bis sie verheiratet sind!‹ Juliane fiel das nicht schwer. Sie hatte kaum sexuelle Bedürfnisse.

In der Hochzeitsnacht war Julius der zartfühlendste Liebhaber, den man sich vorstellen konnte. Nach drei Monaten wurde sie schwanger. Sie zog in ihr eigenes Schlafzimmer und lehnte jede weitere Berührung ihres Ehemannes ab. In dieser Zeit bekam sie einen Ausschlag, der ihren Rumpf mit nässenden, feuerroten Pusteln, groß wie 50-Cent-Stücke, überzog. Nur das Gesicht, die Arme und die Beine waren nicht betroffen.

Sein bloßer Anblick ließ sie erschaudern. Seine Berührungen, und wenn es nur ein Händedruck war oder ein Bussi auf die Wange, riefen Ekel bei ihr hervor. Die Allergie-Attacke, die nach einer mehrwöchigen Cortison-Behandlung beendet werden konnte, war mit Sicherheit Ausdruck dieses Gefühls des Abscheus.

Also musste er sich andere Jungfrauen suchen. ›Weißt du, Prinzessin, es ist jedes Mal so schön wie in unserer Hochzeitsnacht. Ich schließe die Augen und stelle mir vor, du bist es, die bei mir liegt.‹

Die Jungfrauen wurden Julius von Tahir Beganovic geliefert. Blutjunge Mädchen aus Bosnien, der Ukraine, Russland, Rumänien, Bulgarien – Frauen, die sich verführen und korrumpieren ließen von der Verheißung eines Lebens im Luxus. Der bestand dann aus einer schäbigen Mansarde, einem brutalen Zuhälter und harten Drogen.

›Verlass mich nicht! Bitte!!!‹, flehte Julius Juliane an, aber das Flehen klang wie ein Befehl. Er betrachtete sie als seinen Besitz, und so behandelte er sie auch. Eine Trennung kam für ihn nicht infrage. Er hatte eigentlich nichts zu befürchten. Juliane hatte handfeste materielle Interessen, die sie in dieser Ehe hielten. Laut Ehevertrag stand ihr nach der Scheidung ein lächerlich kleiner Betrag als ›Entschädigung‹ zu. Das Ende des Luxuslebens. Kleine Wohnung in Giesing, statt Villa am Starnberger See. Arbeiten im Büro oder als Verkäuferin in einer Boutique statt repräsentieren als Wiesn-Wirtin.

Aber das Luxus-Leben langweilte Juliane hin und wieder. Sie sah durchaus Chancen, alleine zurechtzukommen. Eine ihrer Freundinnen ließ sich scheiden und wurde Dirndl-Designerin. Eine andere begann eine erfolgreiche Karriere als Schauspielerin. Sprach sie über ihr Leben und darüber, wie sie es ändern könnte, mit ihrer Mutter, hob Gesine die moralische Keule und redete ihr ein, dass es keine größere ›Schande‹ gäbe als eine Scheidung. Die Mutter sprach gern von Sünde und Gottesfürchtigkeit, wenn es ihr um Geld, Macht und gesellschaftlichen Status ging. Sie war gefangen in diesem Ehekäfig.

Nichts von alledem erzählte sie Amadeus, der nicht aufhörte, seine unangenehmen Fragen zu stellen.

»Also, er hat seine – wie man im Juristen-Deutsch sagt – ehelichen Pflichten weiter erfüllt? Oder nicht? Hatte er keine Bedürfnisse?«

Wieder gibt es eine längere Pause, bis sie antwortet.

»Julius war oft verreist, um Wild zu jagen, das bei uns unter den Artenschutz fiel. Mufflons zum Beispiel oder Birkhähne. Im Ostblock ist das alles kein Problem. Wer zahlt, schießt, was ihm vor die Flinte kommt. Ob er dann auch gewisse Etablissements besucht hat, das weiß ich nicht?«

Juliane vermeidet es, Amadeus in die Augen zu schauen. Lügt sie oder sagt sie die Wahrheit?

»Ich hatte Angst, mich anzustecken.«

»Pardon, das ist nicht nachvollziehbar. Hatte er denn Kontakt zu Prostituierten?«

»Das weiß ich nicht, aber das könnte sein!«

Sie betont mit Nachdruck jedes Wort.

»Sie empfanden also eine tiefe Abscheu vor diesem Mann, obwohl sie nicht wussten, ob er mit Minderjährigen oder Prostituierten verkehrte?«

»Ja, genau!«

»Entschuldigen Sie, aber ich muss das fragen: Ist Julius Reindl der Vater ihres ungeborenen Kindes?«

Juliane atmet tief durch und antwortet überzeugend mit »Ja! Er ist der Vater!«

Sie wirft ihm einen siegesgewissen Blick zu.

»Gut, dann werde ich einen DNA-Test durchführen lassen.«

»Das brauchen Sie nicht. Ich werde Ihnen den Beweis zukommen lassen.«

Es gelingt ihm nicht, aus dieser Frau schlau zu werden. Sie spielt zu viele Rollen. Wer ist die echte Juliane Reindl? Sie hat gerade zwischen fünfzehn und zwanzig Millionen geerbt. Leider steckt fast alles in Immobilien und Ländereien. Um große Sprünge zu machen, müsste sie einiges versilbern. Aber sobald das Geld, das ihr die Wiesn eingebracht hat, versteuert und auf dem Konto ist, kann sie ein kleines Freudenfeuer anzünden.

Warum ist sie verzweifelt? Oder spielt sie nur die hilflose, von allen verlassene Witwe. Die Männer reißen sich doch regelrecht darum, ihr zu helfen. Oder die schöne Fassade trügt tatsächlich und die Reindl Holding hat einen Berg Schulden angehäuft.

Juliane verabschiedet sich. Er hat nichts dagegen, weil er weiß, dass es nichts bringen würde, weitere Fragen zu stellen.

Jetzt kann Amadeus das tun, was er ursprünglich vorhatte. Er kann sich Michael widmen. Die Vorstellung, dass dieser sympathische junge Mann ein brutaler Mörder ist, fällt ihm schwer. Aber welcher Mörder sieht schon aus wie ein Mörder. Das gibt es nur im ›Tatort‹.

Michael hatte alle Möglichkeiten, Julius Reindl vor den Spieß zu hängen. Er kam an diesem Tag, was noch nie vorgekommen war, zu spät zum Dienst. Er hatte das Know-how und er hatte starke Motive.

»Für die Mordnacht haben Sie kein Alibi?«

»Nein, ich war allein im Haus. Helene war beim Golfen.«

»Warum kamen Sie zu spät zum Dienst?«

»Ich hatte zu viel getrunken.«

»Allein?«

»Ja! Trinken Sie nie allein, Herr Kommissar, um vom Stress runterzukommen?«

»Selten! Eine andere Frage: Waren Sie befreundet mit Julius Reindl?«

»Nein, ich kannte ihn nicht einmal persönlich, bevor ich angefangen habe, auf der Wiesn für ihn zu arbeiten!«

Michael reagiert fast entrüstet.

»Ich bin nur mit Juliane befreundet. Ich kenne sie noch aus der Schule. Die haben doch früher in Giesing gewohnt; sie und Annabelle und ihre Eltern. Genau wie wir. Jetzt spielt sie Golf mit Helene!«

Michael schüttelt ungläubig den Kopf:

»Kaum zu glauben, wie sich dieses Mädchen entwickelt hat. Ich bin ihr fast zehn Jahre aus dem Weg gegangen. Jetzt treffe ich sie bei meiner Mutter, als ich aus Neuseeland zurückgekommen bin.«

»Stiefmutter«, verbessert ihn Amadeus.

»Für mich ist sie meine Mutter. Helene hat für meinen Vater alles getan. Sie waren richtig gute Eltern und hatten eine gute Ehe.«

»Wussten Sie, dass Helene mal mit Julius Reindl liiert war?«

»Ja, da war was. Sie hat ihn aber schnell wieder verlassen. Der Julius konnte recht brutal sein.«

»Und der Jagdunfall von Ihrem Vater, da war der Reindl doch auch dabei?«

Michael ist jetzt sichtlich erregt. Er bekommt einen roten Kopf, und seine Stimme wird lauter.

»Der Reindl war ein Schwein! Ich glaube, der hat meinen Vater auf dem Gewissen. Und dafür gehört er hinter Gitter. Aber meine Mutter hat sich ja nicht getraut, etwas zu unternehmen.«

»Das klingt ja, als ob Sie den Reindl regelrecht gehasst hätten?«

»Was … ???«

Michael wird blass. Ihm ist schlagartig klar geworden, dass er sich gerade um Kopf und Kragen redet. Er schaltet einen Gang zurück.

„Also gehasst? Ich hab ihn nicht gemocht und den Job nur Juliane zuliebe gemacht. Außerdem hat mich interessiert, wie das läuft auf der Wiesn. Das Geschäft hat eigene Gesetze. Man kann das mit einer normalen Gaststätte nicht vergleichen.«

Amadeus ist sich bewusst, dass Michael nichts Wesentliches mehr berichten wird. Aber der Anfangsverdacht hat sich erhärtet. Es würde dennoch schwer sein, diesen intelligenten jungen Mann zu einem Geständnis zu bringen. Der hat ein Ziel, und das heißt Juliane. Wie weit würde er für diese Liebe gehen? Michael Ehinger ist eher ein bedächtiger Typ. Mord ist immer ein Risiko und erfordert entweder brodelnde Leidenschaft oder eiskaltes Kalkül. Passt beides nicht zu diesem Menschen.

»Zwei unserer Beamten suchen Sie heute noch auf, um die Datei mit den Kinderpornos zu untersuchen.«

»Aber ich kann auf den Computer nicht verzichten.«

»Wahrscheinlich brauchen Sie das auch nicht. Das prüfen unsere Leute vor Ort.«

Zurück im Kommissariat macht Amadeus, was er überhaupt nicht mag: Er sucht im Computernetz der Sittenpolizei nach Anzeigen gegen Julius Reindl in Bezug auf Kindesmissbrauch. Er wird fündig: Hupfer gegen Reindl. Annabelle hat Julius angezeigt, ihrer minderjährigen Tochter Alexandra, genannt Sandy, nachzustellen. Die Anzeige wird von Annabelle aber bereits am nächsten Tag wieder zurückgezogen. Das war vor rund vier Jahren.

Warum hatte das sein Assistent Kommissar Henfling nicht entdeckt? Amadeus kann's nicht fassen.

Das Kind, das ihm auf dem Foto entgegenlacht, ist eine frühreife 13-jährige mit drallen Brüsten und bauchfreiem T-Shirt. Mitarbeiter des Jugendamtes befragten sie. Bei alleinerziehenden Müttern schaut das Amt sehr genau hin. Der Verdacht wurde nicht bestätigt. Im Gegenteil, die Kleine ließ auf ihren ›Onkel Julius‹ nichts kommen. Sie wünschte, er hätte ihre Mutter geheiratet, statt ›Tante‹ Juliane. Einen besseren Vater könnte sie sich gar nicht wünschen.

Drei Monate später bekommt Annabelle Hupfer eine gut bezahlte Bürotätigkeit in der Reindl Holding. Sie ist Chefbuchhalterin und Personalchefin, hat Prokura und spricht mit den Banken.

Für Amadeus sind jetzt die Türen für Spekulationen aller Art weit offen.

Seltsame Zufälle! Damit hatte auch Annabelle mehrere Gründe, Julius Reindl nicht zu mögen. Er hat ihre Schwester vorgezogen und zur Frau gemacht, nachdem er mit ihr fast vor dem Traualter stand. Und er hat sich – was zu vermuten ist – an ihrer minderjährigen Tochter vergangen. Oder das zumindest versucht.

Amadeus spinnt den Faden weiter: ›Nachdem ihre Mutter und ihre Schwester von Julius' Neigung erfahren haben, musste Annabelle keine Rücksicht mehr nehmen. Es könnte sein, dass sie ihren Schwager wegen Sandy zur Kasse gebeten hat. Der wollte aber nicht zahlen. Um ihrer Forderung Nachdruck zu verleihen, hat sie ihn angezeigt. Aber ein Mord-Motiv ist das nicht. Sie hat erheblichen Profit aus der Sache gezogen. Um mehr ging es ihr wahrscheinlich nicht.

Interessanter ist da schon Helene. Die Metzgers-Witwe auf dem Höhenflug zwischen Golfplatz und Yachtclub.‘ Amadeus pflegt seine Vorurteile und greift zum Telefon:

»Hätten Sie morgen ein paar Minuten Zeit für mich, gnädige Frau? Nur ein kleiner Plausch?«

Helene weiß, was sie ihrem Status als begüterte Müßiggängerin schuldig ist und beordert den Herrn Kommissar für den nächsten Tag in den Yachtclub. Inzwischen kann man da ganz passabel Mittagessen, hörte er. Früher hatte das eher Schnellimbiss-Niveau. Aber besser als in der Polizei-Kantine ist es mit Sicherheit.

Am Abend tritt Amadeus den schweren Weg in sein Waldtruderinger Reihenhaus an. Babette sitzt an dem kleinen runden Biedermeier-Tisch im Wohnzimmer und lächelt ihn an:

»Schön, dass du auch mal wieder zu Hause bist, mein Schatz!«

Er geht auf sie zu, um ihr zur Begrüßung einen Kuss auf die Wange zu geben, die sie ihm erwartungsvoll hinhält. Als er sich ihr nähert, riecht er ihre Fahne: Eine fatale Mischung aus Pfefferminz, billigem Wein und Cognac. Er wünscht sich auf den Mond.

Noch 36 Tage bis zur Pensionierung.

Was wird dann? Er muss sich etwas einfallen lassen. Und zwar schnell.

14. KAPITEL

Amadeus kannte den Yachtclub bisher nur von außen. Beste Lage am nördlichen Ende des Starnberger Sees. Bei klarer Sicht kann man am Horizont die Zugspitze sehen. Das ›Starthäusl‹, eine winzige verwitterte Bretterbude mit einem spitzgiebeligen Dach, das auf einer Seite kürzer ist, könnte man fast als ›geheimes‹ Wahrzeichen der Stadt Starnberg bezeichnen. Früher wurde hier bei Regatten der Startschuss abgefeuert, daher der Name.

Mitte Oktober ist die Saison vorbei, aber das Casino hat trotzdem geöffnet. Man schätzt, dass rund 80 Prozent der Club-Mitglieder ihren Jahresbeitrag von mehr als tausend Euro bezahlen, ohne jemals ein Segelboot betreten zu haben. Es geht darum, dazuzugehören. Sehen und gesehen werden! Das gibt dem Casino seine Bedeutung als Dreh- und Angelpunkt des Clublebens. Hier kann man immer glänzen. Auch wenn man vom Segeln so viel versteht wie eine Kuh vom Tanzen.

Helene Ehinger, mit dem bekannten Namen, der auf über zehn Metzgerei-Filialen im Großraum München prangt, gehört zu den wenigen prominenten Mitgliedern, die sogar segeln können.

Amadeus kommt absichtlich eine halbe Stunde früher. Er ist der einzige Gast, außer einem weißhaarigen älteren Herrn in weißer Hose mit einem blauen Blazer, dessen Goldknöpfe so groß sind wie die alten 5-Mark-Stücke. Der Zutritt für das gemeine Volk ist verboten, aber noch hat niemand gefragt, was er hier zu suchen hat.

Der Kommissar geht an die Bar und stellt sich vor:

»Hauptkommissar von Waldenbruck. Ich habe eine Verabredung mit Frau Ehinger.«

Sein Adelstitel ist hier auf jeden Fall angebracht, und der etwas mürrische Kellner ist schlagartig eine Idee freundlicher.

»Sie wollen die Frau Ehinger treffen. Die kommt erst gegen zwölf?«

»Kein Problem! An so einem schönen Fleck wartet man doch gerne!«

Amadeus setzt sich in die Nähe des Traumschiff-Kapitäns, der ihn per Handbewegung zu sich an den Tisch bittet.

»Setzen Sie sich, Freiherr! Es ist alles frei! Gestatten: Hans Trautmann! Die Ehinger Helene ist eine gute Freundin von mir.«

»Trautmann? Sind das die Cafés, die diesen fantastischen Baumkuchen herstellen?«

»Genau die!«

»Kannten Sie denn auch den Konrad Ehinger?«

»Aber natürlich. Der ist ja bei diesem schrecklichen Jagdunfall ums Leben gekommen. Eine volle Schrotladung in den Kopf. Stellen Sie sich das mal vor. Sie sind doch sicher auch Jäger oder?«

Amadeus hasst die Jagd auf unschuldige Tiere. Er hat genug mit der Verbrecherjagd zu tun. Aber er nickt höflich, um die Informations-Quelle nicht zum Versiegen zu bringen.

»Es soll ja nicht alles mit rechten Dingen zugegangen sein, damals?«

»Ach ja?«

Amadeus wird hellhörig.

»Ja, der Reindl, der, den sie vorige Woche tot aufgefunden haben, der hat dem Ehinger eine Menge Geld geschuldet. Schwarzgeld natürlich. Und die Helene hat jedem erzählt, dass der Reindl ihren Mann bei dem Jagdausflug ins Gebüsch gestoßen haben soll, damit er von dem Meindl Rudolf für die Wildsau gehalten und erschossen wird.«

Amadeus verstand immerhin genug von der Jagd, um zu wissen, dass man Schwarzwild niemals mit Schrot jagt, sondern mit einer langläufigen Büchse und 7-mm-Munition. Auf diese Weise wird der dicke Borstenpanzer am effektivsten durchdrungen. Also alles nur Gerüchte. Aber er schwieg.

»Furchtbar, ganz furchtbar! Die arme Frau. Sie hat sich von diesem Unglück nie richtig erholt.«

Herr Trautmann ergeht sich in Mitgefühl.

Die ›arme‹ Helene fährt um Punkt zwölf mit quietschenden Reifen auf den Club-Parkplatz. Ihr bordeauxroter, schon etwas älterer Mercedes 300 SL mit den beigefarbenen Ledersitzen hat hier sogar einen reservierten Platz.

Das Casino ist inzwischen gut gefüllt und Amadeus verabschiedet sich von seinem ›Kapitän‹, um Helene Ehinger zu empfangen, mit einem angedeuteten Handkuss versteht sich. Der marineblaue Hosenanzug mit der königsblauen Seidenbluse passt gut zu ihrem rötlichen Haar und den blaugrünen Augen. Sie ist kaum geschminkt. Er bemerkt die tausend kleinen Sommersprossen auf ihrer glatten Haut. Für ihr Alter sieht sie noch sehr gut aus.

Helene hat breite, fleischige Hände mit kurzgeschnittenen Nägeln. Es sind die Hände einer Frau, die jahrelang mit ihrem Mann im Stammhaus der Metzgerei-Betriebe gestanden hat. Auch wenn sie Millionäre waren, die Ehingers blieben auf dem Boden. Bis zu Konrads Tod wohnten sie in dem Arbeiterviertel Giesing. Erst dann zog Helene in den Herzogpark, wo Münchens Millionäre ihre Villen haben.

Der einzige Luxus, den sie sich leisteten, waren der Yachtclub und die Segel-Yacht. Konrad war ein passionierter Segler: Sieger bei unzähligen Regatten und Stifter des berühmten „Ehinger-Eiswasser-Cups“; einer Regatta, die die Saison beendete und immer sehr spät im Herbst ausgetragen wird, wenn das Wasser des Sees schon recht frisch ist.

»Wann startet denn der ›Ehinger-Cup‹ in diesem Jahr?«

Amadeus heuchelt Interesse.

»Nächstes Wochenende. Dann ist es richtig schön kalt!«

»Hm, bisserl sadistisch ist das schon. Oder?«

»Nein! Das ist Sport und je härter, desto lieber ist das den Leuten. Da können sie dann schön prahlen mit Temperaturen nahe Null und einem Wetter, bei dem man keinen Hund hinaus jagt! Man besiegt, auch wenn man auf den hinteren Rängen liegt, zumindest das Wetter und den inneren Schweinehund!«

Sie lacht ein schönes, melodisches Lachen.

Die Frau ist Amadeus sympathisch. Er ist angenehm überrascht von ihrem Wesen. Sie ist keines dieser Dämchen, die hier ihren Champagner schlürfen, während der Gatte seinen Vorstandsverpflichtungen in der Industrie nachgeht oder mit seiner Sekretärin einen Kongress besucht.

Helene Ehinger ist geradlinig und herzerfrischend ehrlich.

»Suchen Sie sich das Teuerste auf der Karte aus, Herr Kommissar, ich zahle! Ein Beamter verdient ja nichts.«

Amadeus kann sich das Grinsen nicht verkneifen und wählt die halbe Ente mit Hagebuttensauce und Blaukraut.

»Sie denken natürlich, ich hätte den Julius gehasst. Habe ich aber nicht. Zuerst schon. Sie kennen die Geschichte mit dem Jagdunfall?«

Amadeus nickt.

»Sie wissen auch, dass wir mal zusammen waren, der Julius und ich. Damals, als ich noch das ›Schwabinchen‹ war. Eine furchtbare Zeit. Ich fühlte mich wie ein Schaf unter lauter geilen Wölfen.«

Amadeus nickt wieder. Helene macht keine Anstalten, weiter über die Zeit mit Julius zu sprechen.

»Als Konrad dann unter der Erde war, kam Juliane zu mir. Sie war sehr mitfühlend und half mir bei allem, was dann zu tun war. Wir waren beide auf der ›Otto-Falckenberg-Schule‹, um Schauspielerinnen zu werden.“

»Und Ihr Stiefsohn? Warum stand der Ihnen nicht zur Seite?«

»Michael musste zurück nach Neuseeland. Er hatte dort einen Vertrag und hätte bei einem Ausstieg eine Konventional-Strafe zahlen müssen.«

»Juliane und Michael sind etwa gleich alt?«

»Ja, sie waren schon in der Schule befreundet. Mein Sohn war sehr verliebt in dieses Mädel.“

Helene lächelt, wie Mütter lächeln, die über ihre Kinder sprechen. ›Mein Sohn‹ hat sie gesagt. Also ist Michael für sie wie ihr eigenes Kind.

»Juliane brachte mich in den Golfclub. Das hat mich abgelenkt. Stellen Sie sich vor, ich bin jetzt bei Handicap 19. Und das mit diesen Händen!«

Helene hebt ihre Hände hoch und lacht ihr frisches, ehrliches Lachen. Amadeus ist angetan von ihrer Natürlichkeit. Trotzdem wird er das Gefühl nicht los, dass sie ihm nicht die ganze Wahrheit sagt. Wie stand sie wirklich zu Julius Reindl? Der Mann, der sie vermutlich verließ und der vielleicht ihren Ehemann auf dem Gewissen hatte.

Die Frau ist Schauspielerin. Auch wenn sie als ›Schwabinchen‹ nur ein kleines Starlet war, mit einem hübschen Gesicht und Kurven an den richtigen Stellen. Jeanne Moreau oder Elisabeth Taylor hatten auch mal klein angefangen.

15. KAPITEL

Julius Reindl ist jetzt seit etwas mehr als vier Wochen tot.

Das Leben in der Villa am Ufer des Starnberger Sees beginnt sich zu verändern. Es gibt keine geschlossenen Türen mehr. Juliane hat die schweren blauen Brokat-Vorhänge an den Fenstern im Erdgeschoss durch moderne Alu-Jalousien und Organza-Stores ersetzen lassen. Alles ist heller, luftiger, freundlicher.

Es stört die angenehme Atmosphäre nicht, dass eine bleierne, graue Wolkendecke über dem Starnberger See hängt. In kurzen Abständen fährt ein scharfer Ostwind über die dunklen Wellen, der das Wasser zum Schäumen bringt. Die Berge haben sich hinter den Wolkenvorhang zurückgezogen.

Die neue Musikanlage beschallt das ganze Haus. Juliane sitzt im weißen Kaschmir-Pullover und silberfarbenen Leggings auf dem Ledersofa im Salon. Sie hört das ›Blumen-Duett‹ aus der Oper ›Lakmé‹. Dabei streichelt sie ihren Babybauch, der jetzt schon deutlich sichtbar ist.

»Ich habe gelesen, dass ein Ungeborenes alles wahrnimmt, was außen herum vorgeht. Und klassische Musik hört es besonders gern.«

Annabelle zieht die Augenbrauen hoch. Sie steht am Fenster und schaut auf den See.

»Lass dir doch endlich mal sagen, was es ist. Mädchen oder Junge. Dem Jungen könntest du dann mit den Rolling Stones eine größere Freude machen.«

»Nein! Der kriegt dann Wagner oder Beethoven von mir zu hören.«

Mutter Gesine kommt vom Einkaufsbummel aus München zurück. Sie ist beladen wie ein Packesel.

»Die ganze Maximilianstraße hat reduziert. Ich habe tolle Schnäppchen gemacht.«

Sie lädt ihre Beute auf dem Teppich ab.

»Juliane, wie läufst du denn herum? So kannst du doch nicht nach Zürs. Man kennt uns da!«

Die Schwestern schauen sich an. Sie sind sich einig: am besten nicht reagieren.

Juliane wird unruhig.

»Wann wollte Michael da sein? Ich kann es kaum erwarten, ich will endlich weg!«

Im selben Augenblick läutet es, und Michael stürmt herein. Er hatte sich bereit erklärt, die Damen nach Zürs am Arlberg zu fahren. Im ›Landhotel Angerhof‹, wie sich das vornehme 5-Sterne Wellness- und Sporthotel ganz bescheiden nennt, wollen sie sich ein paar Tage erholen.

Die letzten Wochen waren aufreibend. Ständig standen Reporter vor dem Haus oder riefen an, um etwas Neues über den Mord an Julius Reindl zu erfahren. Oder einfach eine nette Homestory zu schreiben. Titel ›So geht es der Witwe vom ›heiligen Ochs‹ heute‹ oder weniger nett ›Kaum ist J.R. unter der Erde, lässt man in der Villa am See die Puppen tanzen.‹ Ein Reporter hatte sich nachts um elf mit einem Kanu der Villa genähert und laute Musik aus Julianes neuer Anlage gehört. Den Rest reimte er sich dann zusammen.

In dem 350-PS starken SUV mit Allradantrieb, auf den Julius so stolz war, haben alle bequem Platz. Das Wetter ist immer noch trocken und der Wettervorhersage nach würde es auch in den nächsten Tagen nicht schneien. Am Arlberg kann man trotzdem Skifahren. Die Schneekanonen feuern die ganze Nacht ihre winzigen Eiskügelchen aus vollem

Rohr auf die Pisten. Juliane will in erster Linie spazieren gehen und Wellness machen. Annabelle hat ihre Carver-Ski dabei, weiß aber noch nicht, ob sie auf dem Kunstschnee fahren möchte. Helene wird am späten Abend erwartet. Sie muss noch einiges für die Übernahme der Metzgereien vorbereiten.

Die Autobahn Lindau ist an diesem Donnerstag angenehm leer. Michael fährt eher verhalten. Er hat eine schlechte Nachricht für Juliane.

»Ich hab im Schreibtisch von Julius einen Schuldschein gefunden.«

»Von wem? Wer hatte bei ihm Schulden?«

»Nein, umgekehrt, Julius hatte Schulden. Der Schein ist eine Kopie und lautet über 25.000 Euro Spielschulden bei Tahir Beganovic. Unterschrieben von Julius.«

»Oh Gott! Bei dem? Wenn ich nur an diesen brutalen Typen denke, wird mir übel.«

Der bosnische Serbe und seine Gang sind bekannt dafür, ziemlich brutal zu sein.

»Vielleicht haben sie ihn deshalb umgebracht?«,

spekuliert Annabelle.

»Kann sein. Ich frage mich nur, warum er diesen lächerlichen Betrag nicht bezahlt hat?«

Michael runzelt die Stirn.

»Lächerlich? Ich finde, das ist eine große Summe!«

Juliane ist bodenständiger, als man auf den ersten Blick glaubt. Sie weiß, dass sie den Serben bezahlen muss. Und zwar schnell. Seltsam ist nur, dass Tahir nicht sofort nach der Wiesn zu ihr gekommen ist, um ihr den Schuldschein unter die Nase zu reiben. Es kann sein, dass diese Schulden längst bezahlt sind. Aber Tahir würde niemals zweimal kassieren. Diese Leute haben einen gewissen Ehrenkodex. Jedenfalls will sie sich sofort nach ihrer Rückkehr darum kümmern. Sie hat ein seltsames Gefühl. Etwas stimmt hier nicht. Julius hat nie gespielt.

Annabelle spekuliert weiter:

»Der Schuldschein ist der Beweis, dass Julius mit diesen Leuten zu tun hatte. Vielleicht haben sie ihn ja wegen etwas anderem umgebracht?«

»Auf jeden Fall musst du Waldenbruck davon erzählen.«

Aus Michael spricht der Realist.

»So oder so werde ich diesen Tahir bezahlen. Der Mann ist gefährlich. Ich denke da an mein Kind. Oder besser, an meine Kinder.«

Juliane streicht sich über ihr Babybäuchlein. Michael lächelt leicht gequält. Er konnte sich noch so bemühen, er kommt bei ihr nicht über dieses Kumpel-Verhältnis hinaus.

Annabelle versteht ihre Schwester nicht. Für sie ist Michael der ideale Mann und mit Sicherheit ein hervorragender Liebhaber. Das sieht man an seinen schmalen schlanken Händen. Und diese schönen braunen Augen mit den langen Wimpern. Und die sportliche Figur. Annabelle schwärmt für Michael wie ein Teenager. Speziell für ihn trägt sie heute die hautenge Jeans mit der lässigen grünen Daunenjacke und schwarzem Pelzbesatz an der Kapuze. Damit sieht sie allerdings noch ein paar Kilo schwerer aus.

Nach weniger als drei Stunden fahren sie beim ›Landhotel Angerhof‹ vor. Das 5-Sterne-Haus ist im November nicht ausgebucht, obwohl man in Zürs ab Anfang November Skifahren kann. In diesem Jahr hatte es sogar zwei Mal richtig geschneit. Die Mehrzahl der Gäste kommt um Weihnachten und Silvester herum. Und dann wieder im Februar, wenn es die Chance auf Sonne und Schnee gibt.

Der Tag ist grau und diesig. Aber die Damen interessieren sich nicht für einen Aufenthalt im Freien. Es gibt hier eine 2.500 qm große Sauna- und Wellness-Landschaft mit verschiedenen Pools, Fitnessräumen, Kosmetiksalons und Massage-Angebote zu jeder Tages- und Nachtzeit. Natürlich wird gemunkelt, dass die Damen, die hier um diese Zeit ohne ihre Ehemänner abstiegen, einer besonders intimen Art der Massage nicht abgeneigt sind.

Was ist auch schon dabei. Männer gönnen sich dieses Vergnügen schon immer. Die meisten Frauen schämen sich und tarnen das ›Sex gegen Geld‹ Geschäft als Flirt. Es soll sogar vorkommen, dass sie sich verlieben. Das bedeutet, dass außer Geld auch noch Tränen fließen.

Juliane ist immun gegen die österreichischen Muskelmänner. Annabelle ist da schon eher gefährdet. Helene, die am späten Abend eintreffen will, hofft eher auf einen einsamen Ehemann, wie man sie hier an der Bar häufiger antrifft. Die sind gebunden und wollen die Beziehung garantiert nicht in München fortsetzen. Sie machen in der Regel eine Kurzreise zur Eröffnung der Skisaison mit dem Skat-Klub oder dem Kegel-Klub.

Es werden sogar ›feste‹ Kurzurlaubs-Liebschaften gepflegt, quasi von Klub zu Klub. Man bucht immer zur gleichen Zeit – Anfang November ist es noch nicht allzu teuer – und trifft immer die gleichen Leute. Von den Seitensprung-Partnern wird dann unbedingte Treue erwartet, sonst gibt es die grausamsten Eifersuchtsdramen. Das dient den übrigen Gästen als Unterhaltungsprogramm.

Michael bleibt auf einen kurzen Imbiss, um dann wieder zurück nach München zu fahren. Er muss sich in die Geschäfte der Holding einarbeiten, was nicht einfach ist. Das Firmengeflecht diente unter anderem der Steuerersparnis. Michael muss viele seiner Prinzipien, die Ehrlichkeit und Korrektheit betreffen, überdenken. Ihm schwant, dass in dieser Richtung noch mehr auf ihn zukommen wird, wenn er erst einmal durchblickt. Annabelle kann ihm hier nicht helfen. Diese Art von Geschäften hatte Julius ohne sie erledigt. Juliane hatte ihm in Aussicht gestellt, einen Teil der Firmen zu übergeben. Dafür lohnt sich die Mühe.

Im Foyer, das mit beigem Marmor, goldfarbenen Tapeten und Kronleuchtern eine Idee zu protzig für das eher schlichte Gebäude ist, trifft Michael seine Mutter. Er staunt mal wieder, wie gut sie aussieht. Sie passt mit ihrer sportlichen Eleganz wie maßgeschneidert in diesen eleganten Ski-Ort. Während Juliane, seit Julius unter der Erde ist, gerne etwas zu viel des Guten tut. Das weiße Nerzjäckchen und die silberfarbene Hose, die sie heute trägt, sind nicht sein Geschmack. Dazu noch silberne Stiefeletten. Zu auffallend, zu neureich, zu vulgär. Das würde Juliane alles lernen, wenn sie erst seine Frau ist, denkt er, und beeilt sich, zum Auto zu kommen.

Er ist wirklich blind vor Liebe.

16. KAPITEL

Als die drei Damen zum Abendessen im großen Speisesaal erscheinen, nimmt die relativ kleine Gästeschar kaum Notiz von ihnen. Fast jeder hier kennt die Wiesn-Wirtin und ist über den Fall aus der Presse informiert, aber man ist ›unter sich‹ und entsprechend diskret.

Juliane hat keine Lust, die trauernde Witwe zu mimen. Das Trio ist bestens gelaunt und lässt den Champagner fließen. Die Anspannung der letzten Wochen ist abgefallen. Jetzt wird der Sieg über die männliche Hybris gefeiert. Das Ableben eines Tyrannen, der jede der drei Frauen auf eine andere Art gedemütigt hat.

Julius Reindl war kein Heiliger. Er war ein Machtmensch und Egomane. Einer, der den Menschen in seiner Nähe seinen Willen aufzwang, und – sollte es nötig sein – auch zuschlug. Nur Juliane hatte er nie geschlagen. Sie war seine ›Prinzessin‹. Die Jungfrau, die er der Mutter abgetrotzt hatte.

Hier irrte er, weil Julianes Mutter Gesine genau kalkuliert hatte, wer ihre Tochter heiratet. Er war ihr auf den Leim gegangen und hatte begierig den Honig geleckt, den sie ihm ums Maul schmierte.

Für Juliane hatte sich Julius Reindl sehr viel subtilere Methoden ausgedacht, um sie folgsam und gefügig zu machen. Aber sie war stärker, als man es bei ihrer fragilen Zartheit vermutete. Sie ließ es sich gefallen, dass er jeden ihrer Schritte kontrollierte.

Sie bestach ihren Frisör, der bestätigte, dass sie bei ihm unter der Trockenhaube saß, während sie in der Tanzschule ›Feuerl‹ am Stachus Rock ‚n‘ Roll tanzte. Sie verkaufte ihre Seiden-Dirndl, die sie nur ein einziges Mal getragen hatte, in einem der Secondhand-Läden in Schwabing oder hinter der Oper. Damit hatte sie immer genug Geld, um sich mit dem smarten Golflehrer an einer Hotel-Bar zu einem kleinen Flirt zu treffen.

Aber betrogen hatte sie ihn nie. Die Besuche bei Dr. Hänsler waren in ihren Augen kein Ehebruch. Es war ein Akt der Sexual-Hygiene. Sie empfand für diesen Mann nichts. Es ging ihr um Freiheit und Selbstbestimmtheit. Nur hätte er das niemals verstanden.

›Du hast doch alles, mein Liebling. Brauchst du etwas? Soll ich dir etwas Schönes kaufen?‹ Was sie gebraucht hätte, wäre jemanden zum Reden, einen Mann, der sie herausforderte; einer, mit dem sie Pferde stehlen und in die Oper gehen konnte oder ins Konzert.

Stattdessen musste sie sich auf dem ›Kocherl-Ball‹, der alljährlich am Chinesischen Turm im Englischen Garten stattfindet, in einem Jahrhundertwende-Kostüm einer klatschenden Viehhändler-Meute präsentieren. Dieser Ball wird zur Erinnerung an die Tanzvergnügen der unteren Schichten veranstaltet und beginnt morgens um sechs. Um acht mussten die ›Kocherl‹, wie man in Bayern die Köchinnen nannte, wieder bei der Herrschaft antreten. Zur Abwechslung durfte sie mit ihm bei der Fastnachts-Gaudi der Metzger-Innung den Eröffnungs-Walzer tanzen.

›Du wirst mich nie verlassen! Sag es. Sag es laut und deutlich: Ich werde dich niemals verlassen!‹ Ein Spiel, das Julius fast täglich mit ihr spielte. Dabei hielt er ihre Handgelenke mit seinen Pratzen umklammert. Sie musste ihm in die kleinen, mausgrauen, blutunterlaufenen Augen unter den buschigen, schwarzgrauen Augenbrauen schauen und diesen

Satz wiederholen. Wieder und wieder. Dabei roch sie angewidert seine ständigen Begleiter: Zigarrenrauch und Bierdunst. Manchmal schnupfte er Tabak, gemischt mit Menthol. Die Reste klebten dann unter seiner fleischigen, roten Nase.

Sie hatte überhaupt nicht vor, ihn je zu verlassen. Sie konnte sich etwas anderes als ein Leben in diesem überbordenden Luxus nicht mehr vorstellen. Lieber erschlich sie sich die wenigen Freiheiten und genoss sie dadurch umso mehr. Ansonsten langweilte sie sich. Vor allem an den Abenden, die Julius in der Regel ohne sie verbrachte.

»Jetzt nehmen wir eine Nase, und dann gehen wir an die Bar!«

Annabelle reicht der Champagner nicht, sie braucht eine Prise Koks, um richtig in Stimmung zu kommen. Das fürstliche Gehalt, dass ihr die Reindl Holding zahlen muss – so die Vereinbarung der Schwestern – wird bis zu einem gewissen Betrag in Kokain investiert. Sie schnupften beide gern. Zur Steigerung der Genussfähigkeit. Helene macht mit, um keine Außenseiterin zu sein. Alle in ihrer Umgebung sind der Modedroge verfallen – die Freunde aus dem Golfclub und die aus dem Yachtclub sowieso. Nur die Bridge-Spielerinnen machen eine Ausnahme. Sie sind in einem Alter, wo man solche Torheiten bereits hinter sich hat.

In der schummrigen Bar des Hotels empfängt man das Trio wie alte Bekannte. Die drei kamen jedes Jahr um diese Zeit für ein paar Tage. Julius kannte die Besitzer und Juliane wusste, dass sie auch hier unter Beobachtung stand. Die Skilehrer der Vorarlberger Skischule, um die man in Zürs nicht herumkommt, geben auf der Tanzfläche ihr Bestes.

Der DJ spielt den Sound der 80er und 90er und alle wiegen sich in Glückseligkeit.

Wie immer hängt Annabelle zu vorgerückter Stunde an einem der jungen Naturburschen mit roten Wangen und starken Armen. Sie himmelt ihn an, obwohl sie kein Wort von dem versteht, was er ihr erzählt. Helene schreitet ein und man beschließt, den Abend zu beenden, ohne einen der österreichischen Gaudi-Burschen mit aufs Zimmer zu nehmen. Die Damen wissen einfach, was sich gehört.

Amadeus ist um zehn Uhr morgens in München losgefahren. Ohne Stau und ohne Schneetreiben ist man relativ schnell am Arlberg. Er hatte vor, noch einen Nachmittags-Skipass zu nehmen. Den VW Passat parkt er etwas abseits. Als Babette meckert, meint er, sein Auto würde sich zwischen den protzigen Karossen nicht wohl fühlen.

Das Ski-Wochenende am Arlberg hat er seiner Frau zum Hochzeitstag geschenkt. Sie freute sich schon seit Wochen, endlich eine Bühne für ihre Pelze und ihre eleganten Skianzüge zu bekommen. Leider hat ihr nichts mehr gepasst, und sie musste sich neu einkleiden. Eine Ausgabe, mit der er nicht gerechnet hatte.

Gleich beim Eingang steht ein älterer bordeauxroter Mercedes 300 SL mit beigen Ledersitzen und der Nummer M-HE 333: Helene Ehinger! Amadeus ist gespannt, wen er im ›Landhotel Angerhof‹ noch treffen wird. Als er gegen dreizehn Uhr die Halle betritt, sieht er drei ihm gut bekannte Damen vorbeihuschen, die ins Restaurant zum Mittags-Imbiss gehen. Er bugsiert Babette in Richtung Lift. Er will nicht gesehen werden. Jetzt noch nicht.

»Was hast du es denn so eilig? Mehr als zwei Stunden fahren wir sowieso nicht Ski. Also ich nicht!«

»Ich brauche jetzt einfach frische Luft. Ganz schnell, ganz viel frische Luft.«

Der Kunstschnee ist schwierig zu fahren. Babette hat es nach dem ersten Ausrutscher vorgezogen, sich an die Schnee-Bar mit Pistenblick zu verziehen. Nach drei Abfahrten hat Amadeus genug Übung, um das Skifahren zu genießen.

Am Abend lässt er sich dann vom Oberkellner so setzen, dass er die drei Damen beobachten kann, ohne dass sie ihn sofort bemerken. Die drei tuscheln und lachen. Offensichtlich sind sie bester Laune. Den Tod ihres geliebten und verehrten Julius Reindl haben sie recht schnell verschmerzt.

›Wie drei Verschwörerinnen‹, denkt er. ›Und wenn sie entgegen aller Wahrscheinlichkeit die Täterinnen sind? Alle drei zusammen hätten das geschafft. Ohne Probleme.‹ Er spürt den kalten Schweiß auf der Stirn. Was hat er übersehen? Nichts! Er kann nichts beweisen! Es sei denn, eine der Damen gesteht.

»Das Boeuf Bourguignon ist einfach zum Dahinschmelzen.«

Babette reißt ihn aus seinen Gedanken. Sie hat Recht, das Essen ist ausgezeichnet. Nach dem Dessert entschließt er sich, das Versteckspiel zu beenden. Er steht auf und geht auf den Tisch der Damen zu. Juliane erschrickt und wird rot wie eine ertappte Schülerin, die ihrem Lehrer einen Streich gespielt hat. Annabelle starrt ihn mit offenem Mund an. Nur Helene macht eine gute Figur. Sie begrüßt ihn wie einen alten Freund.

»Herr Kommissar, dass Sie sich und Ihrer Frau so etwas gönnen wie den ›Angerhof‹, das finde ich großartig! Ist ja doch recht teuer hier.«

Er bemerkt den leisen Spott.

»Gnädige Frau, noch haben wir Vorsaison! Die ist für die billigen Gäste reserviert. Es wundert mich, dass Sie und Ihre Freundinnen hier sind.«

Er grinst und Helene lacht.

Amadeus ist ein guter Beobachter. Er registriert die glänzenden Augen und die geweiteten Pupillen der Damen. Ihr Lachen scheint ihm gekünstelt. Er ist sicher: Die sind alle drei auf Koks. Und sie haben etwas zu verbergen. Sein Jagdinstinkt ist geweckt.

Er nimmt Babette am Arm und geht an die Bar im hinteren Teil des Foyers. Hier wird nicht getanzt, und die Musik ist leise genug, um sich noch unterhalten zu können. Er hat fest vor, Babette zu sagen, dass es eine andere Frau gibt. Sobald er im Ruhestand ist, wird er sie verlassen. Als er bemerkt, wie sie strahlend das kitschig-luxuriöse Ambiente genießt und die mit Gold und Glas auf antik getrimmten Möbel bewundert, bringt er es mal wieder nicht fertig, ihr reinen Wein einzuschenken.

Den Schwachen kann man nicht weh tun. Wie sollte man jemanden angreifen, der sich nicht wehren kann? Wäre sie eine starke Frau wie Helene, hätte er ihr längst die Wahrheit gesagt. Er hat Angst davor, dass sie zusammenbricht, weint, schluchzt, ihn anfleht, sie nicht zu verlassen, mit Selbstmord droht oder ihn einfach nur beschimpft. Ganz laut, vor allen Leuten. Er ist feige, also belügt er sie weiter, was er eigentlich nicht will. Seine Lage scheint ausweglos.

Zwei Tage später brechen die Waldenbrucks auf. Sie sind weg, noch ehe die drei Damen beim Frühstück erscheinen. Das Wetter ist schlechter geworden und die Autobahn Lindau ist wie immer recht voll. Amadeus hat es eilig, Babette zuhause abzuladen und ins Kommissariat zu kommen. Das Zusammentreffen mit den drei Damen hat eine Kette von Gedanken bei ihm ausgelöst. Seine Nase sagt ihm, dass hier etwas stinkt. Er muss schleunigst seinen Vermutungen nachgehen.

Wie kann er eine der Damen dazu bringen, zu reden? Und welche sollte er sich als erste vornehmen?

17. KAPITEL

Eine der stärksten Formen der Liebe ist die Mutterliebe. Das weiß Amadeus aus vielen komplizierten Fällen, die er in der Vergangenheit gelöst hatte. Er hat eine Idee, die ihm helfen könnte, die Phalanx des Trios zu durchbrechen?

Die erste Amtshandlung des Kommissars, als er aus seinem verlängerten Wochenende zurückkommt: Er nimmt eine Festnahme vor. Das geht formlos und schnell. Am Mittag setzt er sich mit Kommissar Adalbert Henfling in seinen Dienstwagen und fährt zum Büro der Reindl-Betriebe in den Viehhof.

»Herr Ehinger, ich muss Sie in Gewahrsam nehmen wegen des Verdachts, in der Nacht von 29. auf den 30. September Julius Reindl getötet zu haben!«

Michael ist völlig perplex. Amadeus merkt an seiner Reaktion, dass er damit nie und nimmer gerechnet hat. Weil er nicht der Mörder ist?

»Herr Ehinger, Sie werden nicht verhaftet, sondern nur vorläufig festgenommen, aber man weiß nie, was noch kommt.«

Auf dem Revier nimmt Amadeus Michael in die Zange.

»Sie sind an dem Morgen zu spät gekommen. Das war noch nie der Fall. Warum gerade an dem Morgen?«

»Weil ich verschlafen habe. Das wissen Sie doch.«

»Warum haben Sie verschlafen?«

„Ich hatte abends zu viel getrunken. Hab ich Ihnen auch schon gesagt.“

»Und dann sind Sie noch mit dem Motorrad nach Hause gefahren?«

»Nein, ich habe zuhause getrunken. Der Stress!«

»War ihre Mutter anwesend?«

»Nein, ich hab doch schon gesagt, sie war in Bad Griesbach zum Golfen.«

»War sonst jemand im Haus. Das Hausmädchen oder andere Mieter vielleicht?«

»Nein, ich war allein.«

»Also kein Alibi.«

»Nein, aber ich war's nicht.«

»Sie lieben Julia Reindl?«

Michael schweigt und denkt nach.

»Ja, ich war mal in sie verliebt.«

»Jetzt nicht mehr?«

Michael windet sich.

»Ja, also eigentlich immer noch ein bisschen. Aber ich hab da keine Chance.«

»Aha! Aber Sie sind doch recht, sagen wir mal, fesch. Im Vergleich zum alten Reindl, mein ich.«

»Ja, aber sie will nicht.«

»Das Kind, das sie bekommt, könnte von Ihnen sein?«

»Wieso das denn? Ich sag doch, dass da nichts läuft. Ich habe diese Frau noch nie angefasst.«

»Ich stelle mir vor, wenn das Kind von Ihnen wäre, dann musste Julius Reindl aus dem Weg geräumt werden, damit Juliane nicht als Ehebrecherin dasteht. Im Ehevertrag der beiden steht, dass sie dann bei der Scheidung leer ausgeht. Das ist so üblich in diesen Kreisen.«

»Aber … aber … ich war das nicht. Auch wenn ich Juliane liebe. Das Kind ist nicht von mir. Und wenn, hätte ich genug Geld, um die beiden durchzubringen. Oder?«

Ein schlagendes Argument.

»Von wem das Kind ist, werden wir anhand der DNA feststellen. Frau Reindl ist mit dem Test einverstanden. Ich werde das umgehend veranlassen.«

»Ich möchte jetzt meine Mutter anrufen. Sie soll unseren Anwalt herschicken.«

Michael ist verzweifelt, weil er kein Alibi hat. Er wäre nicht der Erste, der unschuldig verurteilt wird, weil die Polizei sich unter Druck gesetzt fühlt.

Die Presse macht den Kommissaren zu schaffen. Untätig, unfähig, unintelligent … die Vorwürfe reißen nicht ab. Es ist gerade mal wieder Saure-Gurken-Zeit. Keine Schickimicki-Scheidung, kein Seitensprung in besseren Kreisen, keine Promi-Ferkelei. Nicht mal ein schäbiger Immobilien-Skandal. Da ist der Boulevard dankbar für den nach mehr als vier Wochen immer noch ungeklärten Fall des Mordes an dem Promi-Wirt Julius Reindl.

Während Michael in seiner Zelle auf und ab geht wie Tucholskys Panther, vergnügen sich die Damen im Kunstschnee.

Es ist ein schöner, sonniger Tag am Arlberg. Das Trio aus München zeigt sich sogar auf der Piste und an der Schnee-Bar, die vor dem Hotel Post in Lech aufgebaut ist. Als Helene am Abend in ihr Zimmer im ›Landhotel Angerhof‹ zurückkehrt und die Mailbox ihres Handys abhört, ist sie für ein paar Sekunden wie gelähmt. Das kann doch nicht wahr sein, dass man ihren Sohn festnimmt. Dieser Waldenbruck! Sie könnte ihn umbringen!

Nachdem sie sich gefasst hat, packt sie ihre Sachen und checkt aus. Dann ruft sie aus dem Auto Juliane an:

»Dieser Wicht von Kommissar hat Michael festgenommen.«

»Was??? Das ist nicht dein Ernst?«

Juliane ist entsetzt.

»Wir müssen etwas unternehmen.«

Helene ist verzweifelt, was sonst nicht ihre Art ist.

»Bitte mach dir keine Sorgen. Ich hab da ein Ass im Ärmel. Alles wird gut!«

Michaels Stiefmutter atmet tief durch und gibt Gas. Jetzt nur keine Schwäche zeigen. Es ist wichtig, die Nerven zu behalten. Sie weiß, dass sie sich auf Juliane verlassen kann. Aber sie weiß nicht, was sie meinte mit dem Ass im Ärmel. In dieser Situation wird ihr schmerzhaft bewusst, wie sehr sie an Michael hängt. Mutterliebe!

Nein, natürlich ist er nicht ihr Sohn, aber sie liebt ihn abgöttisch. Weil er ein liebevoller, aufrichtiger Mensch ist, weil er sie immer als Mutter akzeptiert hat. Schon damals, vor fünfundzwanzig Jahren, als Konrad ihr mit weichen Knien seinen einzigen Sohn vorstellte. Da war Michael gerade mal sechs und ein stilles, intelligentes Kind mit schönen braunen Augen und honigfarbenem Haar.

Es war Liebe auf den ersten Blick. Er war ihr kleiner Prinz und sie seine Königin. Helene hat keine Verwandten und nach Konrads Unfall wäre Michael selbstverständlich in München geblieben, wenn sie ihn darum gebeten hätte. Aber das wollte sie nicht. Sie wollte immer nur sein Bestes.

Jetzt ist sie krank vor Sorge. Noch in der Nacht ruft sie den Familienanwalt an, der gleich am nächsten Morgen alle

Hebel in Bewegung setzen soll. Mehr kann sie im Augenblick nicht tun. Das Schlimmste für Helene Ehinger ist, zur Untätigkeit verdammt zu sein. Sie verbringt eine unruhige Nacht mit Jack Daniels.

Am nächsten Tag treffen Juliane und Annabelle im Leihwagen in München ein. Annabelle geht als erstes in die Firma, um nach dem Rechten zu sehen. Juliane greift zum Telefon.

Ursprünglich wollte sie Zeit gewinnen und warten, bis Tahir auf sie zukommt, um seine Schulden einzufordern. Aber jetzt ist Eile geboten.

»Hallo, Tahir! Machen wir's kurz: Ich habe einen Schuldschein von Julius gefunden und bin bereit, zu zahlen. Am besten, du kommst zu mir an den Starnberger See. Antonia kocht einen ausgezeichneten Türkischen Kaffee. Das weißt du doch noch von früher?«

»Ja, kommen gern. Morgen Vormittag. Okay, Lady!«

Tahir Beganovic ist ein untersetzter, athletischer Typ von Mitte 50 mit kleinen listigen Augen von undefinierbarer Farbe. Seine gegelten, schwarzen Haare hat er straff zurückgekämmt. Er ist blass, wie alle Nachtarbeiter, die nie an die frische Luft kommen. Die schwarzen Bartstoppeln geben seinem Gesicht einen düsteren Ausdruck. Die penetrante Knoblauch-Fahne, die ihn umweht, trägt nicht dazu bei, ihn sympathischer zu machen.

Sein Markenzeichen sind schwarze Handschuhe aus dünnem Leder, die er immer trägt. Man vermutet, sogar nachts.

Er verkörpert in Reinkultur das Klischee des kriminellen, skrupellosen Osteuropäers. Einer, der – man weiß nichts

Genaues, munkelt aber dies und das – während des Bosnien-Krieges den Befehl gab, Frauen und Kinder abzuschlachten. Vielleicht hat er sogar selbst die Gräueltaten verübt, von denen man bei uns erst lange nach Beendigung des Krieges hörte. Auf diese Weise soll er auch zu seinem Reichtum gekommen sein: Waffengeschäfte, Plünderungen, Raub und Gelder, die für die humanitäre Hilfe gedacht waren; alles ganz ausgezeichnete Geldquellen.

Juliane hatte nie verstanden, dass sich Julius mit solchen Leuten abgab, sie in die Villa einlud und im Partykeller Saufgelage mit ihnen veranstaltete. Dann schlug das Pendel um: Julius sprach davon, dass diese Leute gefährliche Verbrecher sind. Er ging sogar so weit zu sagen, man sollte sie vernichten.

Tahir ist überpünktlich. Goran, sein Chauffeur, Leibwächter und Kampfgenosse, fährt mit dem knallroten Ford Mustang direkt vor die Freitreppe und bremst so scharf, dass die Hinterreifen blockieren und die kleinen Kieselsteinchen davon stieben. Juliane ist schon wütend, bevor sie ihre Gäste überhaupt begrüßt hat. Die sind entgegen ihren Erwartungen ordentlich frisiert, frisch rasiert und gut gekleidet. Dunkle Maßanzüge, Mohair mit Seide, das sieht sie an dem feinen Glanz, dazu schwarze Seidenhemden.

Tahir umarmt sie zur Begrüßung. Sie hält die Luft an, aber es ist kein Knoblauch, es ist ein teures Herrenparfum, das sie riecht.

»Schönes Haus, schöne Frau! Und furchtbar traurig wegen Tod von Mann. War guter Mensch, Julius. Ganz guter Mensch!«

Tahir überschlägt sich förmlich. Juliane kommt rasch zur Sache und präsentiert den Herren die Kopie des Schuldscheines über Spielschulden in Höhe von 25.000 Euro. Unterschrieben von Julius, drei Tage vor seinem Tod. Tahir hat das Original bei sich. Wäre die Schuld bezahlt gewesen, hätte Julius das Original gehabt. Oder längst vernichtet.

Tahir grinst.

»Hat sich immer wohlgefühlt bei uns im Club. Nein, keine Angst: War nix mit Frauen, war treue Seele.«

Juliane schluckt ihre Wut über diese Lüge hinunter. Was weiß dieser Tahir? Hat er Julius die kleinen Mädchen besorgt, drüben in Tschechien oder sonst wo im Ostblock, wo die Leute so arm und verzweifelt sind, dass sie ihre Organe verkaufen? Sie will nicht fragen. Es geht um 25.000 Euro, und die sind in dem kleinen Safe, der in einer Ecke des riesigen Wohnzimmers steht.

»Das Geld ist im Safe. Der stand im Büro auf der Wiesn, aber ich komme mit meiner Zahlenkombination nicht weiter. Vielleicht kann Goran das Ding öffnen?«

Goran kann. Ein gezielter Schlag mit dem Hammer auf den genau platzierten Meißel und die Tür springt auf. Es sind 29.300 Euro in gebrauchten Scheinen im Safe, die Tahir, immer noch grinsend, an sich nimmt und Goran überreicht. Der zählt flüchtig nach und stopft die Scheine in ein schmales Köfferchen aus feinem, hellbraunem Leder.

»Alles bezahlt?«

»Danke! Dann alles bezahlt, was Spielschulden war, gnädige Frau.«

Juliane schluckt, wagt es aber nicht, zu widersprechen. Offenbar betrachtet der Serbe die 4.300 Euro, die er mehr kassiert hat, als Zinsen. Oder Lohn für das Öffnen des Safes.

»Gut, dann sind wir quitt!«

Juliane steht auf, um sich von den Herren zu verabschieden. Gerade will ihr ein Stein vom Herzen fallen.

»Quitt?«

Tahirs Miene wird noch eine Spur finsterer.

»Haben Sie noch andere Schuldscheine?«, fragt sie mit unschuldigem Augenaufschlag.

Sie spielt die Ahnungslose. Es könnte um mehr Geld gehen. Um viel mehr, das ahnt sie.

Tahir lacht meckernd wie eine bosnische Ziege.

»Nein, hab ich nicht, gnädige Frau. Ich hab etwas Besseres.«

Er winkt Goran, der das kleine Lederköfferchen noch einmal öffnet und aus einem Seitenfach einen mit diversen Unterlagen gefüllten Schnellhefter herausholt. Tahir reicht Juliane die Papiere mit einer leichten Verbeugung und verabschiedet sich.

»Wir telefonieren, gnädige Frau!«

Sein Ton hat an Schärfe zugenommen. Juliane weiß, dass etwas Übles auf sie zu kommt.

Julius und die Serben waren Geschäftsfreunde der besonderen Art. Tahir hat jede Menge Geld zu waschen, und die Reindlschen Gastronomie- und Hotel-Betriebe waren ideale Waschmaschinen. Sie wusste, dass es um große Summen ging. Sehr große Summen. Aber was sie in dem Schnellhefter vorfindet, verschlägt ihr den Atem und verdirbt ihr den Appetit auf das liebevoll von der Köchin zubereitete Abendessen, bestehend aus geräucherter Renke, Sahnemeerrettich, ein wenig rosa Kaviar und geröstetem Weißbrot.

Sie hatte es geahnt und in ihre Planung einbezogen. Wenn alles klappt, schlägt sie zwei Fliegen mit einer Klappe: Michael wird reingewaschen und Tahir des Mordes angeklagt. In diesem Fall könnte sie den Schnellhefter einfach ins Kaminfeuer werfen.

Juliane konzentriert sich kurz. Dann greift sie zum Telefon, um mit tränenerstickter Stimme Amadeus von Waldenbruck zu sich in die Villa zu bitten. Die drei Semester Schauspielschule an der ›Otto-Falckenberg-Schule für darstellende Kunst‹ zahlen sich aus.

Sie geht in ihr Schlafzimmer, um ›Maske‹ zu machen. Ihr Auftritt soll dem Kommissar einen Schrecken einjagen.

18. KAPITEL

Amadeus hat ihren Anruf erwartet. Denkt aber, es ginge um ihre Einverständnis-Erklärung für den Vaterschaftstest, mit dem sie Michael entlasten will.

»Ich könnte in zwanzig Minuten bei Ihnen sein.«

»Gut, Sie können gern mit mir zu Abend essen. Wenn ich jetzt überhaupt etwas essen kann.«

Juliane muss den Herrn Kommissar gewogen stimmen. Sie weiß, dass Amadeus von Waldenbruck aus ihr die Wahrheit über den Mord an J.R. herauspressen will. Was für ein dummer Zufall, dass er zur gleichen Zeit wie sie, Annabelle und Helene in Zürs auftauchte.

Amadeus zuckt zusammen, als er sie sieht. Das hätte er nicht erwartet. Ihr rechtes Auge ist blau geschlagen und die Wangen sind feuerrot. Sie presst ein feuchtes Handtuch auf das Auge, was aber nicht viel hilft. Die Farbe ist wasserfest.

»Nehmen Sie einen Eisbeutel, das ist besser. Was ist passiert?«

Juliane präsentiert ihm die Schuldscheine und zeigt ihm den aufgebrochenen Safe.

»Tahir Beganovic war hier und hat kassiert. Der Safe ist von der Wiesn. Der stand im Büro. Dieser Goran hat ihn einfach aufgebrochen, als ich ihnen die Kombination nicht geben konnte.«

Amadeus ist außer sich. Aber nicht wegen des blauen Auges.

»Wieso haben wir diesen Safe nicht untersucht. Von dem stand nichts im Bericht. Ist doch gut möglich, dass die beiden am Abend des Mordes bei J.R. im Büro waren und es Streit um Geld gab?«

»Das kann gut sein. Es waren fast 30.000 Euro drin. Das hätten wir am Ende der Wiesn für verschiedene Lieferanten gebraucht. Julius hätte dieses Geld niemals Tahir gegeben.«

»Gab es für solche Fälle nicht eine besondere ›Kasse‹?«

Juliane wird ärgerlich:

»Natürlich gibt es eine ›schwarze Kasse‹. Woher hätte ich denn das Geld für die offenen Rechnungen nehmen sollen, als ich den Safe nicht auf bekam?«

Jeder Wirt hatte Schwarzgeld. Viehhändler wie Julius Reindl hatten viel davon, um beim Handeln flexibel zu sein. Aber das blieb unterm Teppich, solange einer nicht übertrieb, brav seine Steuern zahlte und ab und an mal etwas an eine ›Öffentliche Einrichtung‹ spendete.

Der Fall hat jetzt eine Wendung genommen, mit der Amadeus nicht gerechnet hat, die ihm aber sehr recht ist. Die Serben-Clique hatte er bereits im Visier. Der Zeitungsartikel über den Mord in Passau setzte ihn auf diese Spur. Aber außer einer vagen Vermutung hatte er nichts in der Hand. Tahir und Goran waren die Männer, die Dana für seinen Geschmack etwas zu herzlich im Fruchthof-Restaurant begrüßten. Er konnte diese Typen nicht ausstehen, durfte sich aber nichts anmerken lassen. Jetzt will er keine Zeit verlieren und die beiden festsetzen.

Er informiert die Spurensicherung, damit der Safe noch am Abend abgeholt wird. Die Fingerabdrücke sind nicht verwertbar. Tahir trägt immer Handschuhe. Niemand weiß, wann die Abdrücke an und in den Safe kamen. Trotzdem will er eine Untersuchung.

»Bevor ich mich verabschiede, gnädige Frau, noch eine andere Frage ...«

»Der Vaterschaftstest, stimmt's?«

»Ja! Wie Sie wissen, mussten wir Michael Ehinger festnehmen.«

»Das Kind ist einer In-vitro-Fertilisation zu verdanken.«

Juliane trumpft auf. Sie geht zu einer der Kommoden und holt einige Papiere raus.

»Hier, überzeugen Sie sich selbst. Sie können die Unterlagen mitnehmen und alles in Ruhe prüfen.«

Er fasst sich an den Kopf.

»Dass ich daran nicht gedacht hab. Unverzeihlich!«

»Ja, Herr Kommissar. Das ist unverzeihlich. Genau wie die Verhaftung von Michael!«

Diese Runde geht an Juliane. Das muss Amadeus zugeben.

Am nächsten Tag herrscht Jubel auf dem Kommissariat. Es spricht sich wie ein Lauffeuer herum, dass Amadeus die Serben zum Verhör gebeten hat. Michael war bereits am frühen Morgen auf Betreiben seines Anwalts freigelassen worden.

Die Serben erscheinen mit vier Anwälten. Alle aus einer prominenten Kanzlei in der Maximilianstraße. Das allein genügt schon, um in Amadeus eine gewisse Abneigung hervorzurufen.

»Die Herren haben Frau Reindl einen Besuch abgestattet?«

Antwort: »Ja, haben wir!«

»Die Herren haben einen Safe aufgebrochen?«

Antwort: »Ja, haben wir!«

»Sie haben fast 30.000 Euro erbeutet und Frau Reindl geschlagen.«

Antwort: »Die Euros ja, aber nein, niemand hat Frau geschlagen.«

»Sie hat ein blaues Auge.«

»Vielleicht Treppe gefallen?«

»So? Und das Geld?«

»Julius Reindl hatte Schulden in meine Club. Hab Schuldschein gehabt. Alles ganz legal.«

»Spielschulden? Herr Reindl hat nie gespielt, das wissen wir definitiv. Also wofür war der Schuldschein. Für Mädchen?«

»Hmm, hatte spezielle Vorlieben, der Julius.«

»Welche? Jetzt reden sie schon! Kinder?«

In diesem Fall wäre Tahir dran. Er beugt sich zu Amadeus über den Tisch und senkt die Stimme:

»Jungfrauen!«

Der Serbe grinst breit.

»Julius wollte Frauen rein und schön. Nix Kinder! Jungfrau ist teuer. Hat gern bezahlt!«

Amadeus bleibt kurz die Luft weg.

Die Serben sind die Ruhe selbst. Sie bleiben völlig gelassen, egal, was Amadeus vorbringt. Sie hören nicht auf, unverschämt zu grinsen, während der Kommissar zusehends ins Schwitzen kommt. ›Da stimmt etwas nicht, aber was?‹ fragt er sich.

»Sie behaupten, in der Mordnacht bis sechs Uhr morgens in ihrem Club ›Mausefalle‹ gewesen zu sein. Ohne Unterbrechung! Alle beide! Und die Zeugen sind Ihre Angestellten. Das kennt man?«

»Nein, Polizei ist Zeuge.«

Amadeus bleibt für eine Sekunde der Mund offen stehen. Er schüttelt den Kopf.

»Wieso Polizei? Gab es eine Razzia?«

»Herr Siebenwirt und Herr Raubel haben bei uns gefeiert. Mit Freunden. Geburtstag von Raubel. War der Fünfzigste.«

Die Kommissare sind Amadeus gut bekannt. Er hat sie schon länger im Verdacht, auf der Gehaltsliste der Serben-Mafia zu stehen. Aber man kann ihnen nicht das Geringste nachweisen. Solange sie zusammenhalten, ist da nichts zu machen.

Amadeus ist nicht zu beneiden: Er hat seinen Vorgesetzten im Nacken, dazu den Staatsanwalt, die Presse natürlich und auch noch den Wiesn-Stadtrat – ein alter Freund von Julius Reindl, der nicht begreifen kann, dass die Polizei bisher versagte.

Freiherr Amadeus von Waldenbruck, Hauptkommissar und in zwei Wochen und sechs Tagen im Ruhestand, ist mit seinem Latein am Ende.

Auf der Heimfahrt geht Amadeus noch einmal den Kreis der Tat-Verdächtigen durch. Michael war es mit hoher Wahrscheinlichkeit nicht. Viel zu weich. Er hatte ihn festgenommen, um Helene aus der Reserve zu locken. Das ging schief!

Die Serben waren es wahrscheinlich doch nicht. Der aufgebrochene Safe und die Schulden reichen nicht. Das sind Peanuts für diese Leute, dafür bringt man niemanden um.

Die Polizisten, die im Club gefeiert haben, würden nicht so weit gehen, Tahir und Goran ein wasserdichtes Alibi zu verschaffen, wenn es um einen brutalen Mord geht. Aber wenn es die Serben nicht waren und Michael auch nicht, dann bleibt am Ende nur das zugekokste Damen-Trio.

Warum ist Juliane so sehr darauf erpicht, die Serben zu belasten. Es muss da noch um etwas anderes gehen. Zum Beispiel um sehr viel mehr Geld. Jedenfalls ist sie außer sich, als er ihr am Telefon mitteilt, dass er Tahir und Goran wieder freilassen musste.

Am Arlberg hatte er eine Vision.

Er stellte sich vor, wie Juliane mit Unterstützung ihrer Busenfreundin Helene und ihrer Schwester Annabelle den fettleibigen Julius vor den Spieß hängt. Für eine schwache Frau ein Problem, aber nicht für drei. Ein ›Trio infernal‹ im Koksrausch.

Welchen Grund sollte Juliane haben, den goldenen Käfig zu zerstören, der ihr hohes Ansehen, Geld und Sicherheit bietet? Das Kind ist von Julius, auch wenn es nicht auf normalem Weg gezeugt wurde. Also warum hätte sie ihn so bestialisch umbringen sollen? Annabelle und Helene hatten jedenfalls mit ihrem Hass auf Julius jeden Grund der Welt, ihr zu helfen. Seine Theorie steht auf wackeligen Beinen.

Er beschließt, dem Trio noch einmal auf den Zahn zu fühlen. Obwohl er nicht den Schimmer eines Beweises hat. Alles nur Spekulation. Aber es könnte ja sein, dass sich am Ende doch eine der Damen verrät?

19. KAPITEL

Als er die Tür zu seinem Reihenhaus in Waldtrudering aufschließt, kann er die dicke Luft förmlich riechen. Babette ist nüchtern, was in den letzten zehn Jahren nur einmal vorkam, an ihrem 50. Geburtstag. Ist sie krank?

»Amadeus, du betrügst mich. Du betrügst mich mit dieser Kroaten-Schlampe aus dem Viehhof. Mit so einer! Das ist furchtbar.«

Es liegt ihm auf der Zunge, zu antworten, ob es ihr lieber wäre, mit einem 18-jährigen blonden Model oder mit einer reichen Witwe aus den besseren Kreisen betrogen zu werden.

Er geht jetzt vor wie ein Kriminalist:

»Hast du Beweise?«

»Ja! Meine Freundin Martha arbeitet seit einem halben Jahr im Fruchthof-Feinkostmarkt. Sie hat dich im Restaurant gesehen.«

»Wann hat sie mich gesehen?«

»Fast jeden Tag bist du dort mit dieser … dieser Ausländerin. Sie sieht aus wie eine Nutte!«

Es hatte wenig Sinn, weiter alles abzustreiten oder Babette zu fragen, wie eine Nutte aussieht. Diese Martha als Lügnerin hinzustellen war auch sinnlos. Welchen Grund sollte sie haben, zu lügen?

»Hast du das meiner Mutter erzählt?«

Amadeus ist vorsichtig geworden. Er will auf keinen Fall, dass sich seine 93 Jahre alte Mutter beunruhigen könnte. Aber es ist zu spät.

»Ja, hab ich! Sie soll wissen, was sie da für einen … einen Unmenschen und ... und einen Hurenbock in die Welt gesetzt hat.«

»Das war nicht fair von dir. Damit hast du alle Türen zugeschlagen.«

Er geht nach oben, packt ein paar Sachen zusammen, nimmt seine Tasche und verlässt das Haus. ›Vielleicht ist es besser so‹, denkt er, und sucht mit dem Smartphone im Internet, ein nettes, preisgünstiges Hotel in der Innenstadt.

Er wählt ein Design-Hotel beim Hauptbahnhof. Nachdem er eingecheckt hat, ruft er als erstes seine alte Mutter an.

Die 93-jährige reagiert auf eine Weise, die ihn überrascht.

»Das war richtig, dass du diese Trinkerin verlassen hast. Solche Frauen machen nur Probleme. Und dein Sohn Enno wird das verkraften. Er ist ja schon über fünfundzwanzig.«

Enno studierte in Freising Agrarwirtschaft. Er hatte fest vor, als einziger Nachkomme der von Waldenbrucks, das Gut weiterzuführen. Amadeus weiß, was für ein Glück es ist, einen ›wohlgeratenen‹ Sohn zu haben. Intelligent, liebevoll und drogenfrei.

»Woher wusstest du, dass Babette trinkt?«

»Mein Gott, Amadeus, bist du naiv. Das hat doch jeder gesehen. Wie sie immer da saß, mit halbgeschlossenen Augen und diesem entrückten Lächeln auf den Lippen. Geredet hat sie auch kaum. Und wie sie sich bewegte, wie eine müde Schnecke. Von einem Glas Wein kann man nicht so betrunken sein, dass man gestützt werden muss. Oder?«

Seine Mutter hatte Recht.

»Amadeus, du hättest diese Frau schon vor Jahren verlassen sollen. Die ist nicht gut fürs Image.«

Er musste herzhaft lachen. Wie seine Mutter redete: Einfach großartig! Alle Waldenbrucks waren bis ins höchste Alter topfit. Nicht unbedingt körperlich, aber geistig. Sie fragt ihm ein Loch in den Bauch und will alles über den Reindl-Fall wissen. Der ist ja als Großbauer und Viehzüchter fast einer von uns, meint sie, was Amadeus ungern eingesteht.

»Besuche mich doch mal mit dieser Dana. Ich würde mich sehr freuen, sie kennenzulernen. Kann sie noch Kinder bekommen?«

Amadeus muss wieder lachen. Was hatte er nur gedacht von seiner Mutter. Die alte Dame steht mitten im Leben und hat ganz vernünftige Ansichten. Sie gibt ihm Kraft.

Kaum hat er das Gespräch beendet, ruft Babette an. Sie schluchzt und bettelt und schimpft und ist vollkommen verzweifelt:

»Du kannst mich nicht verlassen! Du musst doch für mich sorgen. Ich bin krank. Der Arzt war gerade hier. Ich muss meine Lungen untersuchen lassen. Und meine Leber. Das könnte Krebs sein. Komm zurück! Komm sofort zu mir zurück!«

Amadeus atmet tief durch. Er weiß, dass sie lügt. Es war kein Arzt bei ihr. Es stimmt, dass ihre Lungen kaputt sind. Sie hustet sich jeden Morgen die Seele aus dem Leib. Aber sie denkt nicht daran, das Rauchen aufzugeben. Ihre Leber ist sicher auch nicht mehr die beste. Was will man da machen? ›Jetzt nur nicht schwach werden‹, sagt er sich.

»Babette, ich werde nicht zurückkommen. Ich schicke dir einen sehr guten Arzt. Einen alten Freund von mir. Er wird dich ins Krankenhaus bringen und dann in eine Reha. Am Chiemsee gibt es eine Spezial-Klinik.«

»Ich gehe hier nicht weg«, lallt sie. »Da kannst du warten, bis du schwarz wirst!«

Eine Flasche fällt mit einem lauten Knall auf den Boden. Das Geräusch kann nichts anderes sein. Sie knallt den Hörer auf die Gabel.

Er tut jetzt etwas, das er immer vermeiden wollte, obwohl es das Beste für Babette ist: Er ruft den psychiatrischen Notdienst an und meldet, dass seine Ehefrau in schwer alkoholisiertem Zustand allein im Haus ist. Er behauptet, nicht in München zu sein. Er sagt, er fürchtet, sie könnte sich etwas antun.

Eine Stunde später ruft der Notdienst zurück: Seine Ehefrau wurde in die geschlossene Abteilung der städtischen Suchtklinik zwangseingewiesen. Hier macht sie einen Entzug und kommt anschließend für mehrere Wochen in eine Reha-Einrichtung in Bayern.

Er betet, dass sie danach trocken ist und nie mehr einen Tropfen anrührt.

20. KAPITEL

Amadeus fährt gern zum Starnberger See. Also verbindet er das Angenehme mit dem Nützlichen und besucht am nächsten Tag ein weiteres Mal Juliane in der Reindl-Villa, statt sie vorzuladen.

Die Villa gleicht plötzlich einer Festung. Vor dem schmiedeeisernen Portal ist ein Container mit einem Wachmann aufgebaut. Er muss sich ausweisen, um eingelassen zu werden. Auf dem Gelände patrouilliert ein weiterer Wachmann mit zwei Hunden. Die Männer tragen Pistolen.

»Wovor hat dieser Frau so große Angst, dass sie eine ganze Armee engagiert?«, fragt sich Amadeus.

Trotz telefonischer Voranmeldung ist Juliane überhaupt nicht erfreut, ihn zu sehen. Sie empfängt ihn recht kühl.

»Warum haben Sie Tahir und Goran wieder freigelassen? Das sind Mörder. Gemeingefährliche Kriminelle.«

Aus ihrer Stimme klingt echte Verzweiflung.

»Sie haben beide hieb- und stichfeste Alibis. Da lässt sich nichts machen.«

»Die könnten jederzeit hier auftauchen. Das macht mir Sorgen.«

Sie ist jetzt im sechsten Monat schwanger.

Die kleine Laura stürmt ins Wohnzimmer. Sie sagt Amadeus artig ›Grüß Gott!‹ und rennt mit einem Papierdrachen unterm Arm geradewegs hinaus auf die Terrasse und über die Wiese hinunter zum See. Hier wartet schon ein weiterer Wachmann, um den Drachen in Empfang zu nehmen. Gehört wohl alles zum Service. Hübsch sieht sie aus mit ihren langen, braunen Zöpfen und ihrem roten Mäntelchen. Ein gut erzogenes Kind.

»Martin Hänsler hat Laura gestern aus der Schweiz geholt.«

»Mitten im Schuljahr?«

»Ja, das Mädchen ist begabt. Sie schafft das spielend, sich in einer neuen Klasse zurechtzufinden. Sie wird die Internationale Schule hier in der Nähe besuchen. Ich habe kurzfristig einen Platz bekommen.«

»Keine Angst mehr vor einer Entführung?«

»Wir sind vorsichtig. Das sehen Sie ja. Sie ist hier in Sicherheit.«

»Wir?«

»Ja, meine Schwester, meine Mutter und ich. Zurzeit wohnen wir hier alle zusammen. Die beiden passen auf uns auf.« Dabei legt sie ihre Arme beschützend über ihren Babybauch.

»Und Sie glauben, dass sich Julius nie an seiner Tochter vergangen hat?«

Juliane braust unvermittelt auf.

»Nein, das hat er nie! Warum lassen Sie uns nicht endlich in Ruhe. Fassen Sie lieber den Mörder!«

»Ich bin doch gerade dabei.«

Natürlich versteht sie den Doppelsinn nicht.

»Julius war ein guter Vater. Sich solche Bilder anzuschauen ist doch noch kein Verbrechen. Oder?«

»Es ist nur ein Vergehen, weiter nichts.«

Amadeus versucht, Druck zu machen: »Würden Sie gestatten, dass ich das Kind befrage?«

»Nein!«

Juliane steht auf und wird sehr bestimmt.

»Nein, das erlaube ich nicht. Das Kind soll seinen Vater in guter Erinnerung behalten. Basta! Ich würde niemals meinen ermordeten Mann einer solchen Untat bezichtigen. Er war ein guter Mensch. Und er litt unter seiner Neigung. Sehr sogar!«

Amadeus ist überrascht.

»Dann wussten Sie schon länger davon?«

Sie senkt den Blick und bleibt die Antwort schuldig.

»Gehen Sie jetzt bitte, ich muss mich hinlegen!«

Sie begleitet ihn hinaus. Als sie in die Halle kommen, ist Gesine auf dem Weg nach unten. An ihrer Seite ein Teenager, der ihr wie aus dem Gesicht geschnitten ist. Nur nicht blond, sondern brünett. ›Das muss Sandy sein‹, denkt er.

»Hallo, Herr Kommissar. Schön, Sie mal wieder bei uns zu begrüßen!«

Amadeus verzieht das Gesicht.

»Das ist Sandy, die Tochter von Annabelle.«

»Hab ich mir schon gedacht. Sehr erfreut!«

Er deutet eine Verbeugung an.

Sandy beachtet ihn nicht. Sie trägt ein kostbar aussehendes Brokat-Dirndl in Königsblau mit passendem Schmuck.

Sie bewegt sich wie ein Model.

»Tante Juliane, findest du nicht auch, dass mir das steht. Nur am Busen ist es bisserl knapp.«

Juliane rollt mit den Augen.

»Ja, steht dir gut!«

»Schenkst du mir das? Und auch den Schmuck. Das wär ganz süß von dir!«

Sie drückt der überrumpelten Juliane einen Kuss auf die Wange und rauscht davon, Richtung Terrasse.

Amadeus verabschiedet sich schleunigst.

Als er in der großen Halle mit den Geweihen steht, fällt ihm wieder der Hut mit dem überdimensionierten Gamsbart auf. Irgendetwas macht ihn stutzig. Es wird ihm schon noch einfallen.

Er hat ein seltsames Gefühl.

Der Schlüssel zum Mord könnte in der Pädophilie von Julius Reindl zu suchen sein. Aber es kristallisiert sich immer mehr heraus, dass Julius gar nicht der böse Kinderschänder war. Er wollte Jungfrauen und konnte es sich leisten, sie zu ›kaufen‹.

›Wie hängt alles zusammen, und welche Rolle spielt dieser Tahir?‹ Amadeus hat keine Ahnung.

Als Nächstes wird er Annabelle auf den Zahn fühlen.

Sie empfängt ihn am Tag darauf im Büro der Reindl Holding auf dem Viehhof. Während Juliane sich bemüht, die große Dame zu spielen, ist ihre Schwester ein völlig anderer Typ Frau: Sie ist die taffe Business-Lady. Mit kurzem Haar und trotz ihrer fülligen Figur anziehend. Sie ist der Typ ›gute Freundin‹. Ein sexuelles Abenteuer kann er sich kaum mit ihr vorstellen.

Annabelle führt ihn in ein Zimmer, das als Besprechungsraum dient. Statt Art déco gibt es hier den Bauhaus-Stil: schwarzes Leder und Chrom. Wieder nicht der bayerische Landhaus-Stil, sondern alles modern und edel. Amadeus ist beeindruckt.

In der Mitte steht ein großer, runder Tisch aus dickem Glas. Dazu ledergepolsterte, schwarze Plastik-Stühle aus einer bekannten Design-Kollektion. An den Wänden quaderförmige Plastik-Regale in Gelb und Chrom. Im Gegensatz zu der verkitschten Villa herrscht hier kühle Sachlichkeit.

Auf die Frage, wie es zu der Anzeige gegen Julius Reindl kam, reagiert sie gelassen.

»Ja, das stimmt, ich habe Julius angezeigt, weil ich dachte, er würde Sandy nachstellen.«

»Wie kamen Sie dazu, so etwas zu denken. Vom Schwager?«

»Puh!«

Sie zupft an der weiten, kiwigrünen Strickjacke herum.

»Also, Sandy hat jede Menge teure Sachen von ihm bekommen. Sie trafen sich auch öfter im Yachtclub zum Segeln. Sie gingen zusammen ins Kino, und er nahm sie sogar auf die Jagd mit.«

»Das ist doch alles noch kein Grund, an Stalking zu denken. Oder etwas noch Schlimmeres. Gab es denn einen konkreten Anlass für Ihren Verdacht?«

»Ich habe ihm verboten, dem Kind so große Geschenke zu machen. Das verdirbt so ein junges Ding. Aber das lehnte er ab. Er kann machen, was er will, hat er gesagt. Das war eben seine Art.«

»Wie haben Sie da reagiert? Sie müssen doch verärgert gewesen sein?«

»Ja, ich dachte, dass da mehr ist. Ich war eben besorgt. Ich habe das dann sofort richtiggestellt und die Anzeige rückgängig gemacht.“

»Die Befragung von Sandy hat ergeben, dass alles harmlos war.«

»Ja, ich habe mich dann bei Julius entschuldigt.«

»Sie haben drei Monate später angefangen, hier zu arbeiten?«

»Richtig, es war gerade eine Stelle frei. Da habe ich Julius dann schätzen gelernt. Er ist … also er war ein guter Mensch. Noch nie hatte jemand mir und Sandy so viel Gutes getan.«

Das klang emotionslos, wie einstudiert.

»Übertreiben Sie da nicht ein wenig?«

Annabelle sieht ihn an, ohne mit der Wimper zu zucken. Stattdessen zuckt sie mit den Schultern.

»Noch eine Frage: Wo waren Sie in der Mordnacht?«

Sie lacht. »Zuhause im Bett natürlich. Vormittags hatte ich im Wiesn-Büro zu tun. Reservierungen bestätigen und so weiter. Dann war ich hier im Büro bis sieben Uhr abends. Und dann in meiner Giesinger Wohnung.«

»War Sandy auch zu Hause?«

»Ja, sie kam gegen zehn Uhr von ihrem Tanzkurs.«

Amadeus verabschiedet sich. Wieder ein Schuss ins Leere.

Als der Kommissar weg ist, arbeitet es in Annabelle. Sie zittert am ganzen Körper. Zur Beruhigung schenkt sie sich erstmal einen Cognac ein. Sie denkt an ›alte Zeiten‹.

Heute ist sie klüger: Julius Reindl blieb damals nur bei ihr, um an Sandy herumzufummeln. Was er auch ausgiebig tat. Als sie ihn zur Rede stellte, schlug er sie brutal ins Gesicht. Als sich das wiederholte, wachte sie immer noch nicht auf. Sie wollte unbedingt, dass er sie heiratet. Sie wollte ihrer Mutter zeigen, dass sie es auch ohne ihre Hilfe schafft, einen reichen Mann zu angeln und zur Wiesn-Wirtin aufzusteigen. Aber Julius dachte gar nicht daran. Dann sieht er Juliane und lässt sie fallen wie eine heiße Kartoffel.

Sie neigte schon immer zu etwas mehr Fülle, aber nach der Trennung von Julius ist sie fett geworden: Kummerspeck, den sie nur mit viel Mühe wegbekam.

Amadeus ist wieder am Anfang. Annabelle, der oberbayerische Dickschädel, ist nicht aus der Ruhe zu bringen. Aber er lässt nicht locker. Sein nächster Versuch gilt noch einmal Helene.

Sie kommt am Tag darauf ins Revier wie eine Erscheinung aus einer anderen Welt. Sein Chef und seine Kollegen überschlagen sich, der Dame den nerzgefütterten blauen Lodenmantel abzunehmen und ihr den Stuhl zurechtzurücken. Sie trägt ein schlichtes, aber raffiniert geschnittenes tannengrünes Kostüm mit kurzem Jäckchen und eine elegante, weich fließende weiße Seidenbluse. Dazu braune Lederstiefel mit sehr hohen Absätzen.

Einige der Kollegen tuscheln hinter ihrem Rücken. Man hat das ›Schwabinchen‹ noch nicht vergessen.

Amadeus konfrontiert Helene mit einem minutiös ausgearbeiteten Zeitplan für eine Fahrt mit einem Mercedes 300 SL von Bad Griesbach nach München und zurück.

»Sie hätten ohne Probleme das Hotel um 22 Uhr verlassen können und wären morgens gegen sechs wieder zurück gewesen. Wer in diesem Hotel in aller Herrgottsfrühe im Bademantel durch den Bädertunnel geht, der fällt nicht auf.«

Amadeus kannte sich gut aus in dem von Münchner Golfern und Bridge-Spielern bevorzugten Heilbad an der Grenze zu Österreich.

»Also Zeit genug, ihren Freundinnen zu helfen, Julius Reindl vor den Rost zu hieven.«

»Machen Sie sich doch nicht lächerlich, Herr Kommissar. Oder soll ich Freiherr sagen?«

Sie grinst spöttisch. Ihre Kaltblütigkeit imponiert ihm, aber er lässt es sich nicht anmerken.

»Sie waren mit Julius Reindl zusammen. Er hat auch schon mal zugeschlagen. Das weiß man in Viehhof-Kreisen. Hat er Sie jemals geschlagen?«

Sie zuckt unmerklich mit dem Mund und schlägt die Augen nieder:

»Nein, wo denken Sie hin. Er hat mich nie angefasst.«

»Haben Sie Ihren Ehemann geliebt?«

»Ja, Konrad war eine Seele von Mensch und hat mich in den Himmel gehoben.«

»Sie haben damals schwere Vorwürfe erhoben und behauptet, Julius Reindl hätte ihn auf dem Gewissen. Da würde ich mich an Ihrer Stelle schon rächen wollen.«

»Rache, das bringt doch nichts. Wir waren inzwischen wieder gute Freunde. Ich habe damals nach Konrads Jagdunfall überreagiert.«

»Überreagiert? Sie haben einen regelrechten Feldzug gegen Julius Reindl geführt. Sogar die Presse hat den Verdacht geäußert, dass da was nicht mit rechten Dingen zuging.«

»Schnee von gestern. Und bevor es wieder zu schneien anfängt, geh ich jetzt lieber. Ich habe noch eine Verabredung mit meinem Weinhändler. Auf Wiederschaun, Herr Kommissar!«

Sagt's, reicht ihm die Hand und rauscht - ohne um Erlaubnis zu fragen - von dannen. Amadeus ist höchst unbefriedigt über dieses Gespräch. Er hat nicht den geringsten Beweis, dass Helene in München war. Niemand hat sie oder ihren Wagen gesehen. Das wusste er schon vorher.

Was hat er von diesem Verhör erwartet?

Das Gespräch wühlt in Helene einiges auf, das längst verschüttet war. Als sie im Auto sitzt, setzt sie das Verhör mit sich selbst fort. ›Gute Freunde, der Reindl und ich? Dass ich nicht lache. Mit so einem kann man gar nicht befreundet sein. Dieser ekelerregende Egomane! Dieser Gewaltmensch! Benutzt und ausgenutzt hat er mich.‹

Die Bilder von damals gehen ihr durch den Kopf. Wie er sie geschlagen hat, als sie ihm sagte, sie wolle sein Kind nicht abtreiben lassen. Wie er sie in den Bauch getreten hat. Wieder und wieder. Dann hat er sie blutend vor dem Krankenhaus ›Rechts der Isar‹ abgesetzt und ist davon gebraust.

›Julius Reindl ist schuld, dass ich keine Kinder bekommen kann. Jawohl, Herr Freiherr von Waldenbruck, Sie haben völlig recht: Ich habe diesen Menschen aufrichtig gehasst und tue es immer noch.‹

Gestehen würde sie aber nichts. Schon damals hat sie niemandem gebeichtet, was geschehen war. Nicht einmal ihr geliebter Konrad wusste es.

Sie fährt langsam durch die stille Stadt, deren Scheußlichkeiten gerade unter einem hauchfeinen Belag aus puderzuckrig glitzerndem Neuschnee verschwinden. Die Schönheiten verschwinden seltsamerweise nicht. Im Gegenteil, sie scheinen geradezu verzaubert. Jetzt, in der Dämmerung schimmern die Lichter hinter den Fenstern anheimelnd golden.

Wie im Märchen, denkt sie und beginnt, sich wieder mit der Welt zu versöhnen.

Hauptkommissar Amadeus Freiherr von Waldenbruck bleibt ratlos im Kommissariat zurück.

Juliane, Annabelle, Helene – dreimal Fehlanzeige. Die Damen ließen sich nicht aus der Fassung bringen. Oder sie waren es tatsächlich nicht, und er muss in einer ganz neuen Richtung ermitteln. Aber in welcher?

Einen kleinen Trumpf hat er noch nicht ausgespielt: Antonia, die Haushälterin im Hause Reindl, die auch in der Villa wohnte. Er bittet sie, an ihrem freien Tag ins Revier zu kommen. Und sie soll es bitte für sich behalten.

Punkt zwei Uhr mittags steht sie zwei Tage später bei ihm vor dem Schreibtisch. Er hätte sie fast nicht wiedererkannt: Ist die junge Frau in schwarzer Lederhose und Biker-Lederjacke das lautlose, ›unsichtbare‹ Wesen, das in der Villa freundlich lächelnd die Tür öffnet und Kaffee oder Tee serviert.

Sie bemerkt seine Verwunderung und grinst. Um den Eindruck komplett zu machen, zieht sie sich den Kamm aus dem braunen Haar, das jetzt locker auf ihre Schultern fällt.

»Auf dem Motorrad nehme ich sie lieber hoch. Dann passen‘s besser unter den Helm.«

Bei diesen Worten legt sie den schwarzen Motorradhelm auf seinen Schreibtisch und schaut ihn erwartungsvoll an.

»Äh … also … Frau Antonia Brunner, es geht um die fragliche Nacht vom 29. auf den 30. September in der … «

»Denk‘ ich mir schon«, unterbricht sie ihn: »Sie wollen wissen, wo ich war: Ich war in meinem Zimmer im Dachgeschoss. Das hab ich schon Ihrem Mitarbeiter gesagt, und der hat es aufgeschrieben.«

»Ja, ja, ich weiß, aber es gibt noch ein paar Details zu klären: Geht Ihr Zimmer nach vorne raus, zum See, oder nach hinten zur Auffahrt?«

»Zum See, das ist richtig schön. Die Alpen bei Föhn. Einfach toll!«

»Haben Sie eine Ahnung, wann Juliane Reindl in dieser Nacht nach Hause gekommen ist?«

»Ja, das hab ich doch dem Kommissar Henfling schon erzählt: Sie kam gegen halb zwölf.«

»Wie haben Sie das festgestellt. Haben Sie sie gesehen?«

»Nein, ich hab gehört, wie sie die Musik aufdrehte. Ziemlich laut. Ihre Schnulzen, Pavarotti und solche Opernsänger. Ich war gerade dabei, ins Bett zu steigen.«

»Nicht Ihr Geschmack?«

»Ich steh mehr auf Heavy Metal oder Hard Rock.«

Bei Heavy Metal zuckt Amadeus unmerklich zusammen. Wenn diese Musik klingt, wie sie heißt, dann schaudert ihn.

»Was passierte dann?«

»Dann hat sie geduscht. Wie immer, wenn sie von der Wiesn kommt.«

»Geduscht? Wie konnten Sie das hören?«

»Die Villa sieht zwar toll aus, ist aber schon gute achtzig oder neunzig Jahre alt. Da ist nichts richtig schallisoliert.«

»Und Sie sind sicher, dass Juliane Reindl das Haus nicht mehr verlassen hat?«

»Ja klar, bin ich! Das hätte ich gehört. Auf jeden Fall hätte ich ihren Wagen gehört. Das Cabrio macht eine Menge Lärm.«

»Und am nächsten Morgen?«

»Da hat sie wie immer gegen acht gefrühstückt und sich dann angezogen. Vorher war sie beim Joggen. Das macht sie auch jeden Tag.«

»Haben Sie sonst noch etwas gehört? Ist der Herr Reindl noch einmal nach Hause gekommen und dann wieder gefahren?«

»Nein! Das hätte ich mitgekriegt. Es war totenstill, bis ich eingeschlafen bin, so gegen ein Uhr.«

Er bedankt sich bei Antonia und wünscht ihr noch einen fröhlichen Tag ›im Sattel‹.

Amadeus seufzt. Noch eine ergebnislose Befragung. Alle Spuren führen ins Leere. Er nimmt die Brille ab, um sich die Nasenwurzel zu reiben. Aber es will ihm nichts einfallen.

»Waldi, gibt's was Neues? Gibt's endlich eine Spur?«

Sein Vorgesetzter, Dienststellenleiter Felix Tauber, schaut rein. Er setzt ihm in freundlichem Ton zu. Wie immer, wenn die Ermittlungen nicht schnell genug vorankommen.

»Nein, es gibt nichts Neues! Es gibt jede Menge Motive, es gibt Verdächtige, aber es gibt keine Beweise und schon gar keine Geständnisse. Der Tathergang liegt immer noch völlig im Dunkeln. Wir wissen nicht einmal, wie viele Täter es waren. Zwei, drei, vier?«

Sagt es, setzt seine Brille wieder auf, und greift sich – bevor Felix Tauber seine Schnappatmung beenden kann, um ihm den Marsch zu blasen – den grauen Tweed-Mantel, der neben der Tür hängt. Raschen Schrittes verlässt er das Kommissariat.

Noch elf Tage bis zum Ruhestand.

21. KAPITEL

Juliane steht in ihrer Ankleide in der Villa und packt ihr kleines Köfferchen. Sie muss für zwei Tage ins Allgäu.

»Du stehst mir im Weg, Martin!«

Sie schiebt Dr. Martin Hänsler sanft zur Seite, um an die Schubladen ihrer Kommode zu kommen.

»Ich halte es für falsch, dass du in deinem Zustand alleine ins Allgäu fährst. Es könnte wieder schneien.«

»Zustand??? Ich bin schwanger und nicht krank. Außerdem bleiben wir in ständiger telefonischer Verbindung. Was soll denn schon passieren? Der SUV hat doch Allrad.«

Martin Hänsler macht einen Schritt auf sie zu, um sie in den Arm zu nehmen. Sie weicht zurück.

»Bitte, Martin! Nicht hier, nicht jetzt! Ich hab dafür im Augenblick keinen Kopf.«

Er gibt auf und trägt ihr das Köfferchen zum Auto, das auf dem Kiesweg vor den Steinstufen parkt.

»Ich bin wahnsinnig nervös. So aufgeregt wie noch nie«, gesteht sie ihm.

»Das verstehe ich. Ich könnte dich begleiten. Der Anruf erreicht mich auch im Allgäu.«

»Bitte, Martin! Ich will das nicht! Ich will nicht, dass man uns zusammen sieht.«

Man merkt ihm die Enttäuschung an, aber Juliane rührt das nicht.

Ein kleines ›Bussi, Bussi‹ wie unter Freunden und sie braust davon.

Er geht noch einmal zurück ins Haus, um seinen Kamelhaar-Mantel zu holen. Martin Hänsler ist verunsichert. Juliane hat sich seit Julius' Tod verändert. Fast hat er den Eindruck, dass sie endlich erwachsen geworden ist. Eine selbstbewusste junge Frau, gut aussehend und vermutlich sehr, sehr reich. Diesen Fisch durfte er nicht von der Angel lassen. Aber er sieht seine Chancen schwinden. Dann will er sie zumindest zur Förderung seines Images als ›Womanizer‹ nutzen. Fürs Geschäft war diese Verbindung immer gut. Es gibt Frauen, die dann zu ihm kommen und eine ›Juliane Reindl Nase‹ haben möchten.

Martin hatte Juliane und ihren Mann vor gut sechs Jahren kennengelernt, als er seinen 40. Geburtstag im ›Bulli‹ feiern wollte. Die beiden haben es geschafft, ihm vierzig Plätze zu verschaffen. Es wurden weitere Biertische und Bänke herangeschafft und damit gegen die Vorschriften verstoßen. Aus Sicherheitsgründen müssen breite Fluchtwege frei bleiben. Für diesen einen Abend gingen die Reindls das Risiko ein, die Konzession zu verlieren. Das rechnete er ihnen hoch an.

Er wurde Stammgast in den Reindlschen Ausflugslokalen und nahm sich hin und wieder eine kleine Auszeit im ›Sport- und Wellness-Ressort Reindl‹ im Allgäu.

Juliane war genau sein Typ: distanziert und kühl, wie seine Mutter. Eines Tages kam sie in seine Praxis, um sich kleine Muttermale entfernen zu lassen. Normalerweise erledigt das eine seiner Angestellten. In diesem Fall bemühte er sich selbst. Dann passierte es. Sie ließ sich verführen. Er genoss es, mit ihr Sex zu haben, kalt, ohne jede Leidenschaft. Er wusste nie genau, ob sie zum Höhepunkt gekommen war. Sie sprach kaum ein Wort, setzte sich auf die Liege in der Praxis und zog sich einfach aus. Er schaute ihr zu, bewunderte ihren Körper und wartete auf ihre Befehle.

»Streichle meine Brüste. Berühre meine Schenkel. Fass mich an.«

Er befriedigte sie mit seinen Händen oder mit dem Mund. Seine Lust steigerte sich ins Unendliche. Sie gestattete ihm nie, in sie einzudringen. Sie stand auf, er drehte sie um, drückte sie sanft mit dem Oberkörper auf die Liege und masturbierte zwischen ihre Schenkel.

Sie verschwand so schweigsam, wie sie gekommen war. Noch nie hatte er auf diese Art Sex. Noch nie war er von einer Frau so fasziniert. Sie wurde zu seiner Obsession.

Als vielbeschäftigter plastischer Chirurg hatte er keine Zeit für eine Beziehung. Es war praktisch für ihn, sich zur Abwechslung einmal im Monat mit Juliane zu treffen. Um richtigen Sex zu haben, rief er die Agentur ›Marilu‹ an. Hier konnte man sehr attraktive Mädchen buchen. Bei der Beerdigung von Julius hat ihn Isolde begleitet. Eine Hostess, die alle Blicke auf sich zieht, und darüber hinaus hoch intelligent ist.

Nach dem Mord an Julius zog sich Juliane zurück. Die Spielregeln hatten sich geändert. Er war zu dem Schluss gekommen, ihre Beziehung zu intensivieren. Plötzlich hatte er Lust, das Verhältnis offiziell zu machen. Sie hingegen hatte die Lust verloren. Aber das wollte der erfolgsverwöhnte Herr Doktor nicht wahrhaben. Also spekulierte er, dass man der Witwe nur etwas Zeit lassen müsse, dann käme sie schon von alleine auf ihn zu.

Da er die Lage falsch einschätzte, machte er den Fehler, auf Juliane Druck auszuüben. Nach ihrer 10-jährigen Ehe mit dem Machtmenschen Julius reagierte sie allergisch auf seine heftigen Avancen. Im Augenblick brauchte sie ihn. Danach würde sie ihn zum Teufel jagen.

In weniger als zwei Stunden kommt Juliane im Allgäu an. Sie fährt die Dorfstraße entlang. ›Willkommen in Reindl-City‹ hatte Julius immer scherzhaft gesagt, wenn sie ankamen. Bis vor kurzem hat man noch heftig gewerkelt. Jetzt steht das ›Sport- und Wellness-Ressort Reindl‹ fein herausgeputzt für die Weihnachts- und Silvester-Saison in der Bilderbuch-Landschaft. Der Schnee schmilzt schon wieder, aber selbst das hat hier einen lieblichen Charme.

Die Allgäuer Alpen mit ihren weißen Hauben stehen filmreif vor dem stahlgrauen Himmel. Auf den Wiesen der ringsum liegenden Hügel schlängeln sich die Kunstschnee-Bänder ins Tal. Hier gibt es keine großen Liftanlagen, aber reichlich gut besuchte Schlepplifte, an denen die Skischulen Schlange stehen.

Das Hotel ist zu 70 Prozent ausgelastet, was ganz passabel ist für diese Jahreszeit. Ab Mitte Dezember ist alles ausgebucht. Sogar das luxuriöse ›Almdorf zu den 17 Hütten‹ ein paar hundert Meter höher ist zur Hochsaison bis auf das letzte Boxspring-Bett belegt.

Sie wird vom Personal verhalten freundlich begrüßt. Übertriebene Herzlichkeit ist den Allgäuern eher fremd. ›Man sollte ein paar Positionen mit Österreichern besetzen‹, denkt sie, und ist damit schon mittendrin in der Planung ihrer Zukunft.

Am späten Nachmittag will Tahir Beganovic mit seinem Anwalt und einem Notar erscheinen. Die von Julius unterschriebenen Verträge, die in dem Schnellhefter gesteckt hatten, mussten auf ihren Namen als einzige Erbin umgeschrieben werden.

Ihr Erbe besteht aus Schulden in einer Gesamthöhe etwas mehr als vierzehn Million Euro. Beim Tod eines der beiden Vertragspartner konnte der andere – in diesem Fall Tahir – die Auflösung des Kontrakts verlangen. Sie müsste das Geld sofort zurückzahlen. Das stand in dem Vertrag, den er mit Julius geschlossen hatte. Unterzeichnet und notariell beglaubigt.

Sie wusste, dass Julius für Tahir Geld wusch. Und sie ahnte, dass Julius bei Tahir Schulden in beträchtlicher Höhe hatte. Der Schuldschein über lächerliche 25.000 Euro Spielschulden hatte sie überrascht. Sollte das alles gewesen sein? Welche Art ›Spiele‹ ihr ermordeter Mann im Club ›Mausefalle‹ gemacht hat, interessierte sie nur am Rande. Sollten Minderjährige im Spiel gewesen sein, hätte sich auch Tahir strafbar gemacht. Also würde er das nie zugeben.

Eine Katastrophe, dass die Justiz Tahir nicht in einem netten, kleinen Indizienprozess für den Mord an Julius Reindl hinter Gitter gebracht hat. Sie hatte sich solche Mühe gegeben, den Kommissar zu überzeugen.

Die vierzehn Millionen sind eine Summe, mit der sie nicht gerechnet hat. Woher soll sie so viel Geld nehmen? In der Schweiz gab es ein Konto mit rund drei Millionen. Für den Rest müsste sie einiges verkaufen, was sie sowieso vorhat. Gereicht hätte das nicht. Aber, wie sie von Tahirs Notar erfahren hat, will er kein Geld, er will das komplette ›Almdorf‹ mit Grund und Gebäuden. Das Hotel darf sie behalten. Vorerst! Juliane konnte es immer noch nicht fassen, dass Julius so dumm war, bei Tahir diese Summe zu leihen.

Zwischen Tahir und Julius floss Bares. Geld, das weiterfloss an die Architekten und Handwerker, an die Lieferanten und Sägewerksbesitzer, an die Fliesenleger und alle, die dafür sorgten, dass im Inneren dieser bescheidenen Hütten der pure Luxus herrschte.

Geplant war, die Einnahmen aus der Vermietung in immense Höhen zu treiben. Das war bei Übernachtungspreisen von 1.800 Euro und mehr kein Problem. Umsätze, die man nur zum Schein erzielte, aber korrekt versteuerte. Damit war das Geld, das floss, blütenweiß gewaschen.

Juliane könnte sich weigern, Tahir für die verbrieften vierzehn Millionen das ›Almdorf‹ zu übereignen. Aber sie ahnt, dass das nicht gut wäre. Den Serben betrog man nicht. Sie wusste, dass er keinen Spaß verstand. Besonders wenn es um Geld ging, konnte er sehr unangenehm werden. Sie könnte ihm auch vorschlagen, alles wie geplant weiter laufen zu lassen. Aber er traute ihr nicht. Das wusste sie.

Jetzt hofft sie inständig auf Rettung aus einer anderen Ecke. Aber die müsste schnell kommen. Martin Hänsler hatte ihr Hoffnung gemacht, dass alles gut geht.

Juliane erscheint Punkt fünf Uhr nachmittags in der Halle. Es ist gemütlich im ›Reindl‹: knisterndes Kaminfeuer, dicke Perserteppiche, weiche dunkelrote Polstersessel und Leder-Couchen, gedämpftes Licht, überall kleine Holztische mit weißen Deckchen und duftenden Trockenblumensträußen. Dazu dezente alpenländische Musik. Sie lässt sich von der, stilvoll im Landhauslook mit schwarzem Dirndl, roter Brokatschürze und weißer Spitzenbluse gekleideten, Serviererin einen Campari Soda bringen. Sie ist nervös und extrem angespannt. Die Bedienung bemerkt es und fragt, ob sie nicht lieber etwas Stärkeres möchte.

Was macht sie, wenn Tahir wie verabredet auftaucht? Dann muss sie Zeit schinden. Ihm erzählen, ihr Anwalt müsste auch dabei sein. Ihn zum Abendessen einladen und zum Übernachten.

Es wird sechs Uhr. Von Tahir keine Spur. Sie hat schon alle herumliegenden Magazine von ›Vogue‹ bis ›Gala‹ durchgeblättert, als ihr Handy klingelt. Martin Hänsler ist am Apparat.

»Es hat geklappt. Man hat ihn vor zwei Stunden verhaftet.«

Juliane atmet so laut auf, dass sich andere Gäste nach ihr umdrehen,

»Mir fällt ein Mühlstein vom Herzen. Danke! Danke! Danke!«

Jetzt fließen ein paar Tränen. Die Anspannung löst sich. Juliane weint und hat gleichzeitig Lust, einen Freudentanz aufzuführen. Tahir Beganovic, der mit richtigem Namen Andor Vulvic heißt, ist um die Mittagszeit in seinem Club ›Mausefalle‹ verhaftet worden. Die Anklage lautet auf ›Beteiligung an einem Völkermord‹. Man wird ihn noch in der Nacht nach Den Haag überstellen, wo ihn ein Verfahren vor dem Europäischen Gerichtshof für Menschenrechte erwartet.

Dieses ›Wunder‹ ist das Ergebnis einer Zusammenarbeit zwischen verschiedenen Behörden und Dr. Martin Hänsler. Auf Kongressen für plastische Chirurgie hatte er Kontakt zu Kollegen aus Triest geknüpft. In einer stillen Stunde plauderten sie über schwierige Operationen und die Chirurgen sprachen darüber, dass sich immer mehr Männer unters

Messer legten. Einer von ihnen bemerkte augenzwinkernd, dass nach dem Bosnien-Krieg besonders viele OPs an Serben durchgeführt wurden.

Der Kriegsverbrecher Andor Vulvic ließ sich in Triest eine neue Nase machen. Bei dieser Gelegenheit wurden auch seine Lider gestrafft. Die Tränensäcke und das Doppelkinn haben die Chirurgen ebenfalls entfernt. Er sah jetzt zehn Jahre jünger aus. Damals stand Vulvic noch nicht auf der Fahndungsliste, aber offenbar erwartete er, dass er dort landen würde.

Ein Video, das die Überwachungskamera in Julianes Villa von Tahir aufgenommen hatte, genügte Hänslers Kollegen in Triest, um ihn als den Gesuchten zu identifizieren. Dann ging alles sehr schnell. Im Milieu munkelte man schon länger, dass Tahir im Bosnien-Krieg eine tragende Rolle gespielt hatte.

Dr. Hänsler hatte die Idee, es einfach bei seinen Kollegen in Triest zu versuchen. Die Chance, dass es klappte, war nicht groß, aber es gab sie.

Juliane bleibt die Nacht über im Hotel und wohnt in einem der preiswerteren Zimmer zur Straße. Sie schläft so gut wie schon lange nicht mehr. Die Anschaffung der neuen Betten hatte sich gelohnt. Die weichen Gänsedaunen wärmen, ohne zu belasten, und die Klimaanlage lässt sich so programmieren, dass nachts angenehme 21 Grad im Zimmer herrschen. Nur der Braten vom Abendessen liegt ihr im Magen. Sie sollte sich nach einem besseren Koch umschauen. Der würde sich auf jeden Fall bezahlt machen.

Juliane glaubt, dass jetzt alles gut wird. Sie ahnt nicht, dass dieser ominöse ›Kommissar Zufall‹, der Tahir überführt hatte, plötzlich auch bei ihr anklopfen könnte.

22. KAPITEL

Amadeus hat sich in seinem winzigen Hotelzimmer komfortabel eingerichtet. Er hat sein Smartphone, mehr braucht er nicht. Er macht vieles mit diesem Gerät und nebenbei konnte man damit auch noch telefonieren. Nur für seine Termine und für Notizen bei Verhören benutzt er ganz altmodisch sein kleines schwarzes Büchlein.

Gerade bestellt er sich beim Pizza-Service eine ›Regina‹ ohne Pfefferschoten, als jemand sachte an die Tür klopft.

»Dana?«

Er überschlägt sich fast, so eilig hat er es, ihr zu öffnen. Sie überschüttet ihn mit ihren zärtlichen Küssen und er spürt, wie er sich unter ihren Berührungen entspannt.

Sie schmiegt sich an ihn:

»Alles wird gut mein Schatz! Noch sieben Tage bis zur großen Freiheit!«

Er muss lachen, weil sie – genau wie er – die Tage bis zu seiner Pensionierung zählt.

Sie lassen sich aufs Bett fallen. Eine andere Möglichkeit haben sie nicht. Im Zimmer gibt es nur einen kleinen Hocker in Form eines umgedrehten U's aus Holz und einen Schreibtisch, der wie der vergrößerte Hocker aussieht. Das Plastikfurnier könnte genauso gut Palisander sein. Es gibt hier weder Schranktüren noch Schubladen. Dana kann neugierig seine sieben Sachen mustern.

»Du brauchst etwas Neues zum Anziehen, Amadeus!«

»Brauch ich nicht. Ich werde den Rest meines Lebens in alten abgewetzten Jeans und T-Shirts verbringen.«

»Dann kaufen wir neue T-Shirts.«

Amadeus hat im Augenblick andere Sorgen.

»Wenn es nur schon so weit wäre. Dieser Reindl-Mord macht mir zu schaffen. Immer, wenn ich denke, ich hab den Fall geknackt, komm ich ins Rutschen, und die Spur führt ins Nichts.“

»Oh, du Armer! Aber was hat das denn für einen Sinn, dass du denen noch einen Fall löst. So kurz, bevor du gehst. Sollen die doch selber machen!«

Eigentlich hat sie Recht, denkt er. Fast vierzig Jahre lang hat er alles getan, um ein richtig guter Polizist zu sein. Dabei hat er es nicht einmal zum Dienststellenleiter gebracht und muss sich von diesem Tauber mit ›Waldi‹ anreden lassen. Seine Assistenten ließen sich mit schöner Regelmäßigkeit nach kurzer Zeit versetzen.

Adalbert Henfling zählt die Tage, bis er endlich verschwunden ist, und er seinen Platz einnehmen kann.

Amadeus ist ein schwieriger Mensch. Viel zu genau. Und er will immer alles selbst machen. ›Waldenbruck, Sie wären kein guter Vorgesetzter‹, hatte sein damaliger Chef gesagt. ›Sie können nicht delegieren!‹

Er hatte vollkommen Recht. Er ist ein Pedant. Deshalb tut Dana ihm auch gut. Sie verkörpert die ›Leichtigkeit des Seins‹. Ihr gestattet er sogar, dass sie ihr Höschen mit Schwung auf den Fußboden wirft. Mit Vergnügen darf sie das. ›Unordnung ist aller Laster Anfang‹, ein Spruch seiner Mutter. Er freut sich darauf, sich lustvoll jeder Art von Laster hinzugeben.

Amadeus bestellt die Pizza wieder ab. Er braucht Dana jetzt nicht mehr zu verstecken. Bevor sie zum Abendessen gehen, unternimmt sie einen weiteren Versuch, ihn aufzuheitern.

»Schau mal, was ich neulich frühmorgens, noch vor Sonnenaufgang aus meinem Bürofenster gefilmt habe. Etwas ganz Romantisches!«

Sie sucht auf ihrem Smartphone den Film.

»Schau, Amadeus, bald werden wir solche Nächte zusammen erleben.«

Der Film zeigt einen riesigen Vollmond vor einem überirdisch blauen Himmel im Übergang von der Nacht zum Morgen. Dazu kommen vom Mondschein beleuchtete Wolkenfelder. Wie ein Bild von Caspar-David Friedrich, denkt er. Sagt aber nichts, weil er fürchtet, dass Dana nicht weiß, wer das ist.

»Wie auf einem Gemälde von Caspar-David Friedrich«, sagt sie.

Er sollte sie nicht unterschätzen. Das Handy-Video schwenkt auf den großen Parkplatz zwischen Großmarkthalle und Viehhof.

»Oh, das gehört natürlich nicht dazu, das ist nicht mehr romantisch. Aber ich habe keine Ahnung, wie man ein Video kürzen könnte.«

»Halt, halt!«

Amadeus ist wie elektrisiert von dem, was er sieht.

»Mach nochmal zurück. Siehst du den kleinen Transporter da. Kannst du das vergrößern?«

Dana vergrößert die Einstellung, und es ist gut zu erkennen, dass es einer der Reindl-Transporter ist. Man kann deutlich die Aufschrift ›Vor der Wiesn: Auf eine Semmel ins Bulli‹ lesen. Das Auto parkt gerade rückwärts ein. Eine schlanke, sportliche Frau im engen schwarzen Jogging-Anzug mit einer roten Baseball-Kappe springt heraus. Sie hat eine große Plastiktüte in der Hand und beeilt sich, wegzukommen.

Amadeus schaut sich die Szene mindestens fünfmal an und kommt immer zu demselben Schluss: Das ist Juliane Reindl.

»Wie viel Uhr ist es genau und das Datum, hast du das auch?«

»Steht alles hier.«

Dana wischt zum Rand des Videos: 2010-09-30, 4:30 MEZ. Amadeus wird schwindlig. Er kann kaum atmen. Das ist der Beweis. Damit würde er die Dame kriegen. Und egal, wer ihr geholfen hatte, den kriegt er auch.

»Dana, du hast soeben den Reindl-Fall gelöst!«

Sie strahlt ihn mit fragenden Augen an.

»Mit dem Film? Toll! Gibt es jetzt eine Belohnung?«

»Du, das ist Bürgerpflicht. Da gibt es keine Belohnung!«

Sie essen in einem der billigen Pizza-Läden in der Nähe des Hotels. Amadeus ist an diesem Abend sehr nachdenklich. Noch nachdenklicher als sonst. Genau 39 Jahre, zehn Monate und dreizehn Tage ist er jetzt im Staatsdienst. Er hatte alles von der Pike auf mitgemacht: Streifendienst, Innendienst, Dienst, Dienst, Dienst. Manchmal Tag und Nacht, wenn es einen brisanten Fall gab.

Er denkt an seine Vorgesetzten und hat dieses hämische, singende ›Waldiii‹ im Ohr. Nein, sie meinen das nicht böse oder respektlos. Vielleicht meint es der eine andere sogar freundschaftlich. TV-Kommissar Schimanski nannte man auch ›Schimmi‹. Da gibt es sogar einen Schlager. Trotzdem hasst er es, dass sie ihn so nennen. Er weiß, dass ihn die meisten Kollegen nicht mögen. Sie haben Vorurteile wegen seiner Herkunft. Sie halten ihn für arrogant und missgönnen ihm seine Fahndungserfolge. Und vor allem sind sie neidisch, dass er jede Frau haben kann, die er will. Im Augenblick will er aber nur Dana.

Amadeus schaut auf seine Armbanduhr: Mitternacht.

Noch sechs Tage bis zur Pensionierung.

Am 26. November kann er seinen Hut nehmen. Die fünf Wochen bis zum Jahresende sind Resturlaub. Er würde mit einem gelösten Fall als Krönung seiner Laufbahn, die in seinen Augen keine war, gehen.

Er kann nicht schlafen in dieser Nacht. Warum sollte er weiter funktionieren wie eine Aufziehpuppe? Bis zum bitteren Ende der ›gute‹ Polizist? Niemand würde ihm das besonders danken. Ein guter Polizist zu sein ist selbstverständlich. Von seiner Pension, die er mit Babette teilen muss, bleibt nicht viel übrig.

Dana spricht ständig davon, zurück nach Kroatien zu gehen. Auf eine dieser zauberhaften Inseln. Nicht für immer, aber für sehr lange. Aufs Meer schauen, angeln, vielleicht eine kleine Kaffee-Stube eröffnen mit internationaler Presse für die Touristen.

Aber wie soll er das finanzieren? Das Haus ist nicht seins. Er wohnt zur Miete und wird alles, was drin ist, Babette und seinem Sohn Enno überlassen. Obwohl Amadeus in seinem Leben kaum Erfahrungen mit längeren festen Beziehungen gesammelt hat, wusste er, dass finanzielle Probleme den Tod der Liebe bedeuten können.

Am nächsten Tag setzt er die Puzzle-Teile zusammen. Er schließt die Augen. Wie in einem Film laufen die Ereignisse vor seinem inneren Auge ab.

So könnte es gewesen sein:

Juliane verabschiedet sich nach einem anstrengenden Tag auf dem Oktoberfest mit einem Bussi, das möglichst alle sehen sollen, von Julius. »Schatzi, ich hab noch zu tun. Fahr schon mal vor. Ich nehme dann den Transporter oder ein Taxi.« Das kam öfter vor.

In Wirklichkeit hofft Julius auf ein Schäferstündchen mit Nichte Sandy. Sie hatte ihm eine SMS geschickt: ›Komme gegen Mitternacht ins Zelt. Bussi Sandy.‹

Onkelchen freut sich darauf, die 17-jährige nach Herzenslust zu befummeln. Er stellt sich ihre süßen kleinen Brüste vor und wie er sie küssen darf und daran saugen wie ein Baby. Sandy verdiente sich die Scheine redlich, die ihr Julius ins Höschen steckte.

Kurz nach zwölf klopft es leise an das kleine Fenster des Wiesn-Büros. Julius spurtet zur Hintertür und erschrickt. Annabelle steht draußen. Sie beschimpft ihn und droht mit einer erneuten Anzeige, was nicht geht, weil Sandy mit siebzehn machen kann, was sie will. Annabelle beruhigt sich, und die beiden beschließen zur Versöhnung, den Champagner zu trinken, den Julius kalt gestellt hat. Was er nicht weiß: Die SMS kam nicht von Sandy, sondern von Annabelle. Sie hatte ihrer Tochter das Handy entwendet.

Julius rülpst. Er tätschelt ihr den Po: »Du wirst auch immer fetter. Wie ein Brauerei-Gaul. Nix mehr belle, nur noch Anna!«

Er wiehert vor Lachen. Die Wut, die in Annabelle hochsteigt, ist noch eine Spur kälter als der Schampus. Als er sich umdreht, schüttet sie ihm die k.o.-Tropfen ins Glas. Sie fühlt sich ausgesprochen gut dabei.

Um ein Uhr schläft Julius tief und fest.

Helene ist inzwischen von Bad Griesbach nach München gefahren. Sie parkt in der Nähe der Goethestraße. Die Nachtluft ist feucht, und sie ist froh um den schwarzen Trenchcoat. Das Haar hat sie mit einem auffällig gemusterten Kopftuch verdeckt.

Juliane verlässt leise die Villa. Sie trägt ihren Jogging-Anzug und hat den gleichen schwarzen Trenchcoat wie Helene übergezogen. Um den Kopf hat sie das gleiche bunte Tuch gewickelt. Sie setzt sich auf ihr Fahrrad, um nach Starnberg zum S-Bahnhof zu radeln. Dort nimmt sie den Zug um kurz vor eins, der um halb zwei an der Hackerbrücke ankommt. Von da sind es zehn Minuten zu Fuß bis zum ›Bulli‹.

Kurz nach halb zwei kommen Helene und Juliane ins Zelt.

Annabelle legt drei Linien Koks und verteilt die Röhrchen. Annabelle und Helene sind euphorisch. Jede von ihnen wünscht Julius aus einem anderen Grund den Tod. Jede freut sich, ihm das heimzuzahlen, was er ihnen angetan hat. Und jede verspricht sich, dass die tiefen Verletzungen, die Julius ihnen zugefügt hat, jetzt heilen mögen.

Und Juliane? Die Wiesn-Wirtin steht unter Hochspannung. Sie wagt es kaum, zu atmen. Wird alles gut gehen? Niemand hat gesehen, wie sie ins Zelt gingen. Aber jetzt musste es schnell gehen. Sie hatte alles geplant. Sie ist der ›Kopf‹ und Chefstratege der Aktion.

»Psst, hört auf zu kichern!«

Juliane hat ein Geräusch gehört, aber da war niemand in der Nähe des Zeltes. Sie löschen das Licht und arbeiten im Schein der Taschenlampen ihrer Smartphones.

Juliane und Helene ziehen den Koloss aus. Annabelle verteilt die Kleidungsstücke rund um den Grillrost und holt den Schlitten aus der Küche. Zu dritt hieven sie den schweren Mann hinauf und fahren ihn vor den Rost.

Juliane hat schon hundertmal gesehen, wie die Metzger den Bullen auf den Spieß bugsierten. Mit der Hydraulik klappt alles wie am Schnürchen.

Um zwei Uhr morgens sind sie fertig.

Juliane wird blass: Es gibt nur zwei schwarze Regenmäntel und zwei Kopftücher. Wie sollen sie damit zu dritt unerkannt das Zelt verlassen? Die ›Verkleidung‹ sollte die Wachmänner verwirren. Aber jetzt musste sie improvisieren.

»Nehmt ihr die Mäntel. Ich zieh mir den Janker von Julius an und setze den Hut auf.«

Annabelle und Helene huschen aus dem Zelt. Juliane setzt sich das Gamsbart-Monster auf den Kopf und wirft den Trachtenjanker über. Sie schaut angeekelt auf den betäubten, nackten Julius und dreht den Schalter für das Grillfeuer auf ›on‹.

Nie mehr muss sie seine Bierfahne riechen. Nie mehr würde er ihr drohen sie umzubringen, wenn sie ihn betrügen würde. Nie mehr wird er sie mit seiner Liebe erdrücken.

Schnell verlässt sie das Zelt, setzt sich in den Kleintransporter, und fährt davon. Da kommt dieser Wachmann zwischen den Zelten hervor. Sie erschrickt und kann gerade noch rechtzeitig bremsen. ›Der war beim wilden Bieseln, das Schwein‹, denkt sie, winkt ihm huldvoll zu und fährt davon.

Annabelle geht in Richtung Schwanthalerhöhe, Helene in Richtung Goetheplatz. Die Wachmänner hatten beide gesehen und als die gleiche Frau identifiziert. Die Verwirrung hat funktioniert.

Juliane fährt zum Viehhof, um das Auto an dem Ort zu parken, wo es hingehört. Sie packt Hut und Janker in eine Plastiktüte und steigt aus.

Jetzt kommt Kommissar ›Zufall‹ in Gestalt von Dana Crucik ins Spiel, die mit ihrem Smartphone das romantische Vollmond-Spektakel filmt. Im hellen Mondschein ist Juliane gut zu erkennen.

Sie nimmt in Thalkirchen ein Taxi und fährt zum Hauptbahnhof. Kurz vor vier nimmt sie die S-Bahn nach Starnberg. Um Viertel nach fünf kommt sie an, steigt auf ihr Fahrrad und radelt gemütlich zur Villa. Antonia, die Haushälterin, ist es gewohnt, dass die gnädige Frau am frühen Morgen ihre Jogging-Runde dreht oder sich mit dem Fahrrad abstrampelt.

Soweit die Geschehnisse der Tatnacht.

Dann macht Juliane einen weiteren Fehler: Statt den Hut zu entsorgen, hängt sie ihn, einer sentimentalen Anwandlung folgend, an die Garderobe in der Villa, wo er Amadeus mehrfach aufgefallen ist.

Bei der Leiche wurde kein Hut gefunden, obwohl Julius nie ohne diesen Hut zur Wiesn kam. Also konnte ihn nur der Mörder haben. In diesem Fall die Mörderin.

Soll Amadeus den Fall aufklären? Oder könnte er mit seinem Wissen etwas Besseres anfangen. Er kämpft so sehr mit sich, dass ihm der kalte Schweiß ausbricht und sein Herz gefährlich klopft. Staatsanwalt Dr. Meufert reißt ihn aus seinen Gedanken:

»Waldiii, wir müssen reden!«

In diesem Augenblick entscheidet Amadeus, Freiherr von Waldenbruck, nicht mehr zu funktionieren.

»Was gibt's? Wieso reden?«

Seine Stimme klingt samtweich, und sein Tonfall ist betont arglos.

»Du hast noch rund fünf Tage, bis du hier für immer verschwindest. Was macht der Reindl-Fall?«

»Der schwebt! Ich hatte da bis jetzt nicht viel Glück. Das muss ich leider zugeben!«

»Verdammt noch mal, die Presse! Liest du keine Zeitungen? Die zerhacken uns. Die würden uns am liebsten braten wie den Reindl. Was sag ich denen denn jetzt? Fehlanzeige, kein Täter, wir suchen immer noch? Wir haben versagt. Nein, DU hast versagt.«

»Ja, so ähnlich würde ich denen das sagen!«

Dr. Meufert droht zu platzen, verlässt aber zum Glück vorher das Zimmer. Amadeus bleibt vom Wutausbruch des Staatsanwaltes völlig ungerührt. Er hat eine Entscheidung getroffen und wird sich gleich mit Dana treffen. Er braucht sie jetzt.

23. KAPITEL

Freitag, der 26. November. Heute ist der letzte Arbeitstag des Ermittlers Amadeus von Waldenbruck.

Ein wenig hat er mit ein paar freundlichen Worten zum Abschied gerechnet. Hätte man ihn gebeten, er hätte auch einen Sekt springen lassen. Aber nichts dergleichen geschieht. Die Kollegen sind wie immer weder freundlich noch unfreundlich. Die Vorgesetzten sind sauer, dass er den Fall nicht lösen konnte. Tauber schaut in sein Büro, weil er noch Fragen zum Reindl-Mord hat, den sein Nachfolger, Kommissar Henfling, jetzt bearbeitet.

Am späten Nachmittag geht Amadeus in das Büro des Staatsanwalts und empfiehlt, die Ermittlungen im Fall Reindl einzustellen.

»Ich denke, es waren die bosnischen Serben. Aber die können wir ja schlecht belangen, wenn man die Kollegen, die in der ›Mausefalle‹ gefeiert haben, nicht in Verruf bringen will.«

»Also, Moment, es ist nicht verboten, in der ›Mausefalle‹ Geburtstag zu feiern.«

»Nein, aber es sieht nicht gut aus. Oder? Aber, was soll's. Tahir Beganovic steht demnächst in Den Haag vor dem Richter. Es hat wenig Sinn, ihm auch noch diesen Fall anzuhängen. Vielleicht zu einem späteren Zeitpunkt«, rät Amadeus.

»Man sollte die Bande im Auge behalten.«

»Gut, Waldi! Dann mach's mal gut!«

Der Herr Staatsanwalt schüttelt ihm die Hand und lächelt süßsauer.

»Bei ›Waldi‹ zuckst du jedes Mal zusammen, ist mir aufgefallen. Hörst du das nicht gern?«

»Nein, das höre ich nicht gern und … und hoffentlich … nie wieder!«

In diesem letzten Satz offenbart sich der ganze Frust über sein langes, unbefriedigendes Berufsleben.

Amadeus zieht seinen Tweed-Mantel an, der noch ein paar Jahre älter ist als der blaue Trenchcoat und geht hoch erhobenen Hauptes aus dem Kommissariat. Gerade hört er noch mit einem Ohr das Getuschel hinter seinem Rücken. Oder bildet er sich das nur ein?

Es ist kalt an diesem November-Abend, aber für Amadeus ist es das beste Wetter, das es geben kann: Eine klare, reine, saubere Luft, die er tief in seine Lungen einsaugt. Er spürt förmlich, wie seine Kraft zurückkehrt und die Müdigkeit aus seinen Knochen entweicht. Heute will er mit Dana feiern. Ganz unbescheiden in dem neuen Sterne-Restaurant in Haidhausen und dann noch ein bisschen im Hotel. Er freut sich auf sein neues Leben.

24. KAPITEL

Juliane besucht Michael in dem Büro auf dem Viehhof, das früher einmal Julius gehörte. Er hatte das Messing-Schild schon auswechseln lassen ›*Ehinger GmbH & Co. KG*‹ heißt jetzt die Firma. Die Metzgereien gehören auch dazu. Kommanditistin ist seine Stiefmutter Helene. Annabelle hat er zu seiner rechten Hand gemacht und versprochen, sie zu beteiligen, wenn alles geregelt ist. Juliane machte das zur Bedingung für den Deal.

Sie hatten sich geeinigt, dass er auch das Wiesn-Zelt übernimmt. Vorausgesetzt, die Stadt hat nichts dagegen. Aber da signalisierte man ihm bereits Zustimmung. Die Ehingers sind renommierte Geschäftsleute, Michael hat einen einwandfreien Leumund und das nötige Kleingeld im Rücken, das man für Kautionen und viele andere Kleinigkeiten braucht, wenn man ein Zelt übernimmt. Und er hat seine Stiefmutter Helene, die ihre vielfältigen Beziehungen spielen lassen kann.

Die Wiesn bedeutet Juliane nichts mehr.

Die Viehzucht im Allgäu gehört jetzt auch Michael. Mit dem Braunvieh wollte sie noch nie viel zu tun haben. Der zukünftige Wiesn-Wirt braucht die Jungbullen doppelt: für seine Metzgereien und das ›Bulli‹. Die Qualitäts-Bedenken schiebt er vorerst zur Seite. Es floss bei diesem Deal auch Bargeld. Aber eher in kleinem Maßstab im Vergleich zu den Geschäften, die Julius bar abgewickelt hatte. Wobei ›klein‹ immer relativ ist.

Juliane will die Villa am Starnberger See abreißen lassen. An diesem Ort hängen zu viele Erinnerungen. Der Baugrund ist Gold wert. Vielleicht verkauft sie ihn oder baut eine Senioren-Residenz. Ihr schwebt eine Penthouse-Wohnung in der Münchner Innenstadt vor. Ihren Lebensmittelpunkt verlegt sie ins Allgäu. Das Hotel und das ›Almdorf zu den 17 Hütten‹ will sie auf jeden Fall behalten. Das Luxus-Dorf war ihre Idee, und sie hängt dran. Mit dem Erlös der Verkäufe könnte sie problemlos die Erben eines Tahir Beganovic auszahlen, falls die bei ihr anklopfen, was unwahrscheinlich ist. Sie könnte jederzeit die Geldwäsche auffliegen lassen.

Michael schaut sie liebevoll an und wird plötzlich ernst:

»Juliane, du siehst gut aus, du bist reich, du bist die ideale Frau für mich.«

Er sagt es mit einem ironischen Unterton. Trotzdem ist es so etwas wie ein letzter verzweifelter Versuch, sie doch noch zu erobern.

»Michael, ich will im Augenblick keinen neuen Mann. Ich will frei sein. Meine eigenen Entscheidungen treffen. Die Kinder erziehen, wie ich das will. Ich will nie mehr jemanden fragen müssen, ob ich mir ein neues Kleid kaufen darf oder ein Auto, ein Haus, egal was. Verstehst du?«

Ja, er versteht das, und auch wieder nicht. Er hat noch nicht begriffen, dass die Juliane, die hier vor ihm steht, eine andere ist als die Wiesn-Wirtin und Society-Lady. Wer ist der Vater ihres Kindes? Julius, der Pädophile, kam dafür kaum infrage. Dann kann es nur dieser Modearzt sein, der ständig um sie herum schleicht? Er kann diesen aufgeblasenen Schönling auf den Tod nicht leiden und will nicht begreifen, dass sie ausgerechnet den vorzog.

»Er ist einfach süß!«

»Wer? Der Hänsler?«

Juliane lacht schallend.

»Daher weht der Wind! Quatsch! Schau, mein Baby, ist er nicht goldig?«

Sie zeigt ihm ein Ultraschallbild, auf dem mit viel Phantasie ein Fötus zu erkennen ist.

»Du, also jetzt, wo alles vorbei ist, könntest du's mir ja verraten … «

»Was verraten?«

Sie wird blass.

»Mir kannst du es sagen: Wer ist der Vater?«

Sie lächelt nicht mehr.

»In den Papieren steht Julius Reindl, Viehhändler, Viehzüchter und Wiesn-Wirt.«

Michael schüttelt den Kopf und weiß nicht, was er ihr noch glauben kann. Ob diese Ehe fast normal war, trotz der fatalen Neigung von Julius?

»Sehen wir uns bald mal wieder? Es gibt noch einiges zu besprechen.«

»Mach das mit Annabelle klar. Sie hat mein vollstes Vertrauen.«

Das ist eine klare Abfuhr.

Als sie aufsteht, fällt ihre sündhaft teure Gucci-Tasche vom Schreibtisch und ein Teil des Inhalts landet auf dem Perserteppich. Michael springt auf, um ihr zu helfen, und hält ein Flugticket in der Hand.

»Du fliegst nach Zürich?«

»Ja, es gibt noch ein bisschen was zu regeln mit dem Internat, in dem Laura die letzten drei Jahre verbracht hat.«

Sie schaut ihm in die Augen, und er glaubt einen kurzen Augenblick, eine tiefe Sympathie oder sogar Liebe zu spüren. Er wagt es nicht, sich ihr zu nähern. Steif wie ein Stock bleibt er hinter seinem Schreibtisch stehen. Sie lächelt wieder und haucht ihm einen kleinen Kuss auf die Wange.

»Tschau! Bis dann mal!«

Im Hinausgehen dreht sie sich noch einmal kurz um,

»Schon mal was von In-vitro-Fertilisation gehört?«

Weg ist sie. Michael atmet tief durch, um sich zu beruhigen. Dann schlägt er sich mit der flachen Hand vor die Stirn: künstliche Befruchtung! Klar, wie konnte er so dumm sein. Das Kind ist natürlich von Julius. Der hat dafür seinen Samen gespendet. Er weiß, dass Julius unbedingt einen Sohn wollte, als Stammhalter. Michael ist erleichtert. Kein Martin Hänsler! Und wieder keimt Hoffnung in ihm auf. Er wird ihr viel Zeit lassen und da sein, wenn sie ihn braucht.

Dann macht er sich an die Arbeit. Julius war in erster Linie Landwirt und hat bei seinen diversen Geschäften niemandem getraut. Bei einem klugen Geschäftsmann wie Julius Reindl existieren keine schriftlichen Aufzeichnungen über illegale Transaktionen. Geht ihn auch nichts an. Er ist mit dem, was er mit Juliane ausgehandelt hat, zufrieden. Das ›offizielle‹ Firmengeflecht ist schon kompliziert genug. Wenn Annabelle im Januar bei ihm als Assistentin der Geschäftsleitung anfängt, wird sich vieles klären.

Michael vermutet, dass es auch ein Bargeld-Depot gibt, das ihn nichts angeht. Die Schweiz? Klar, wo sonst? Was will Juliane in Zürich?

Annabelle ist, was die Arbeit mit dem Computer betrifft, noch deutlich fitter als er. Auf dem Bildschirm sind immer noch die Ordner, die Julius angelegt hat. Julius? Der kannte sich mit Braunvieh aus, aber mit Computern? Michael ist misstrauisch geworden. Er öffnet den Ordner mit den brisanten Fotos. Er klickt hierhin und dahin. Dann findet er es: ›Hochgeladen am 30. September 2010‹, dem Todestag von Julius. Die Spezialisten der Polizei hatten das jedenfalls nicht entdeckt. Aber sie waren ja auch zu dem Schluss gekommen, dass diese Ekelbilder eher harmlos sind. Was sind dann richtige Kinderpornos?

Michael spürt, wie sich sein Magen zusammenzieht. Annabelle! Und Juliane! Seine Stiefmutter? Steckte sie auch mit drin? Unglaublich! Juliane wollte sicher gehen, dass die Neigung von Julius publik wird. Aber warum nur? Er ahnt die Wahrheit, die er nicht wahrhaben will.

Michael löscht den Ordner mit einem speziellen Programm, das angeblich alle Spuren auf der Festplatte auslöscht. Für immer.

25. KAPITEL

Dana hat sich elegant gekleidet für dieses Treffen: dezentes Make-up, weißer Hosenanzug mit kurzer Jacke, ein feinfädiger beiger Kaschmirpullover, Seidentuch und passende weiße Stiefeletten. Sie ist mit dem Auto gefahren. Pünktlich um fünf Uhr nachmittags trifft sie im Café ›Sprüngli‹ in der Nähe der Züricher Bahnhofstraße ein. Juliane hatte ihr genau diktiert, welchen Aktenkoffer sie besorgen sollte: Marke Attaché aus Aluminium im Format 47x40x9 cm.

Auch Juliane ist pünktlich. Sie erkennt Dana an dem Aktenkoffer auf dem Stuhl. Dana hat die ›Neue Zürcher Zeitung‹ aufgeschlagen. Außer einem kleinen schwarzen Notizbuch und einem Smartphone liegen einige Formulare auf dem Tisch. Die Damen begrüßen sich wie alte Freundinnen mit Küsschen, Küsschen.

»Wie schön, Sie hier zu treffen, Dana.«

»Trinken Sie um diese Zeit auch einen Tee, Juliane?«

»Ja, am liebsten Earl Grey. Das ist der Tee für Leute, die keinen Tee mögen.«

Als das Kännchen auf dem Tisch steht, kommen die Damen zur Sache. Dana reicht Juliane das Smartphone mit dem Film, den sie in den frühen Morgenstunden des 30. Septembers auf dem Viehhof aufgenommen hatte. Juliane zuckt leicht zusammen, als sie sich erkennt.

»Gut! Und weiter?«

»Hier, lesen Sie! Das sind Amadeus von Waldenbrucks Aufzeichnungen. Er hofft, dass er nichts vergessen hat.«

Als Juliane den von Amadeus skizzierten Tathergang liest, versteinert sich ihre Miene.

»Es stimmt soweit alles. Bis auf eine Kleinigkeit.«

Juliane macht eine längere Pause und atmet tief durch.

»Julius wollte auf diese Art sterben. Er konnte mit seiner Neigung nicht länger leben. Er hat dagegen gekämpft, aber vergebens.«

Dana starrt Juliane ungläubig an.

»Tötung auf Verlangen? So bestialisch?«

»Ja, es sollte aussehen, als ob ihn die bosnischen Serben umgebracht hätten. Er hasste die Bande. ›Alles Kriegsverbrecher‹ sagte er. Sie glauben doch nicht im Ernst, dass Julius nicht in der Lage gewesen wäre, diese lächerlichen 25.000 Euro Spielschulden zu bezahlen?«

»Da hatte er Recht, das waren Kriegsverbrecher. Tahir Beganovic steht ja demnächst in Den Haag vor Gericht. Ich kannte den sogar flüchtig durch meinen verstorbenen Mann. Dann war das fingiert mit dem kleinen Safe?«

»Ja, das sollte Waldenbruck auf die Spur von Tahir bringen. Auf die Idee kam ich ... also Julius kam natürlich drauf, als der Ehrenmord in der Nähe von Passau durch die Presse ging.«

»Ich habe das auch gelesen. Und jetzt? Soll der Staatsanwalt doch ...«

»Nein, nein!«, Juliane unterbricht sie schroff. »Es soll keine Anklage geben. Ich will keinen Prozess. Tötung auf Verlangen ist strafbar. Sie bekommen das Geld. Ich bekomme das Smartphone und das Notizbuch.«

»Ich nehme an, Sie wollen Ihre Helfer nicht preisgeben?«

Juliane zieht die Augenbrauen hoch:

»Welche Helfer?«, fragt sie mit einem ironischen Lächeln.

Sie hat ihr Köfferchen unter den Tisch gestellt. Dana holt es geschickt hervor, lässt die Schlösser klicken, wirft einen kurzen Blick auf den Inhalt, und legt die Papiere – es ist der Antrag auf Kontoeröffnung bei einer Schweizer Bank – hinein.

Juliane nimmt Danas leeren Aktenkoffer vom Stuhl, um darin das Notizbuch und das Smartphone zu verstauen.

»Alles klar! Sie haben das Ehrenwort von Amadeus von Waldenbruck?«

»Ich verlasse mich darauf. Vielleicht sehen wir uns ja mal im Allgäu. Mein ›Almdorf zu den 17 Hütten‹ ist zauberhaft. Außen Hütte, innen Luxus-Appartement mit allem Komfort bis zum Bärenfell vor dem Kamin. Ideal für Verliebte.«

»Das klingt verlockend. Wir haben ja jetzt viel Zeit, Amadeus und ich. Auf Wiedersehen! Kommen Sie gut zurück nach München!«

Die kühle Juliane und Amadeus' heißblütige Geliebte sind sich sympathisch.

Dana ist aufgeregt. Sie bestellt sich einen doppelten Armagnac, bevor sie zur Bank geht, um eine Bareinzahlung über 800.000 Euro vorzunehmen.

Juliane fährt direkt zum Flughafen. Sie ist zufrieden mit dem Ausgang des Treffens.

›Dieser dumme Freiherr meint, er hätte die ganze Wahrheit herausgefunden. Lass ihn in dem Glauben!‹ Vielleicht würde sie doch die Schauspielerei weiter betreiben. Talent hatte sie.

Julius war nicht pädophil. Er war einfach nur ein Schwein. Einer, der allen unter den Rock griff. Und am liebsten den ganz jungen Dingern, die noch ›unberührt‹ waren. Den Verdacht des Kindesmissbrauchs hatte sie gezielt in die Welt gesetzt. Damit konnte sie, falls nötig, ihre ›Tötung auf Verlangen‹ Geschichte glaubwürdig untermauern.

Er liebte sie. Aber diese Liebe nahm ihr die Luft zum Atmen. Sie hielt es einfach nicht mehr aus.

Juliane ist sich keiner Schuld bewusst. Julius Reindl hatte es nicht verdient, wie ein geliebter Gatte und Vater im Bett zu sterben.

EPILOG

Kurz nach Amadeus von Waldenbrucks Ausscheiden aus dem Polizeidienst bringt eine Zeitung die Schlagzeile ›Jetzt muss er endlich gehen‹, was stimmte. Nur klang es so, als ob man ihn gefeuert hätte. Von seinem lange geplanten Ruhestand war nicht die Rede. Er stellte das nicht klar. Sollten sie doch ihre Freude haben und mit ihren kleinen Lügen die Auflage steigern.

Juliane hat am 12. Februar einem gesunden Jungen das Leben geschenkt. Es steht in allen Zeitungen und wird von der Presse zum Anlass genommen, das Versagen der Polizei noch einmal deutlich herauszustellen. Eine Schande sei das. Einige findige Reporter hatten wieder die bosnischen Serben im Visier und spekulierten, dass hier der Mörder oder die Mörder-Bande zu suchen sei. Wobei die Polizei mit denen unter einer Decke stecke.

Die wildesten Geschichten machen die Runde und die Münchner genießen jede Zeile, die über diesen Fall geschrieben wird.

Auf den Zeitungsbildern sieht man Juliane, flankiert von ihrer Schwester Annabelle und ihrer Mutter Gesine. Mitunter zeigt sich die ehemalige Wiesn-Wirtin bei Events und auf Empfängen mit einem strahlenden Dr. Hänsler. Hin und wieder ist auch ein sehr ernster Michael Ehinger an ihrer Seite, der Mann, der sie laut Zeitungsberichten ›gerettet‹ hat. Das gibt den Berichten eine weitere Dimension: ›Wer wird der neue Mann an der Seite der schönen Witwe?‹, ›Juliane Reindl zwischen zwei Männern. Unfassbar, wie sie leidet!‹

Amadeus kommen die Tränen. Das heißt, er lacht Tränen, als er die Berichte liest. Das ist Journalismus aus der Mottenkiste. Eine der Zeitungen erwähnt in einer Randnotiz den Hauptkommissar Amadeus von Waldenbruck. ›Der zuständige Ermittler, der in Scheidung lebt. Weil er von seinen privaten Problemen abgelenkt war, gelang es ihm selbst nach wochenlanger Ermittlungsarbeit nicht, diesen Fall zu lösen.‹ Er nimmt es gelassen.

Es ist Ende Februar und bereits angenehm warm in Kroatien. Auf der Insel Krk, die fast jeder aus dem Kreuzworträtsel kennt, hält man es im Freien schon gut aus. Dana und Amadeus sitzen auf ihrer Terrasse und schauen der untergehenden Sonne nach, die dabei ist, die Adria in ein blutrotes Meer zu verwandeln.

»Es ist jedes Mal wunderschön! Ich werde das filmen!«

Dana hüpft leichtfüßig ins Haus. In ihren weißen Shorts und dem engen Ringel-Pullover sieht sie mindestens so gut aus wie die Models, die unten am Hafen von den Yachten ihrer Galane steigen, um sich zum Abendessen eine Dorade oder einen Hummer servieren zu lassen. ›Frisch aus unserem Meer!‹ Die Frage ist, wo sich dieses Meer befindet? Die Fischer fangen hier nur einen Bruchteil dessen, was gebraucht wird, um die gierigen Touristen zu füttern. Deshalb kommen die Hummer aus Kanada und die Doraden aus dem Atlantik. Dem Genuss tut das keinen Abbruch.

Das Land hat sich nach dem Bürgerkrieg ausgezeichnet erholt. Es ist wie verjüngt und reingewaschen.

Dana kommt mit ihrem neuen Smartphone zurück und beginnt zu filmen.

» Amadeus, mein Schatz, was machst du für ein Gesicht? Du denkst an den Fall, stimmt's?«

Ein kleiner Rest von schlechtem Gewissen will bei Amadeus einfach nicht weichen.

»Stimmt! Vierzig Jahre treu und brav gedient und jetzt einer von diesen widerlichen, bestechlichen Beamten?«

Er sagt es halb im Ernst, halb im Spaß.

»Nein, das bist du nicht! Du hast drei Frauen geholfen, die eigentlich unschuldig sind. Tötung auf Verlangen! Aber warum hat sie keinen Prozess riskiert und lieber diese riesige Summe bezahlt?«

»Erstens wollte sie wohl nicht, dass jemand von Julius' Neigung erfährt. Der prominente Wiesn-Wirt ein Pädophiler, das hätte die Presse ausgeschlachtet bis zum geht nicht mehr.«

Dana denkt an Julianes Kinder:

»Sicher wäre da etwas an den Kleinen kleben geblieben.«

»Es könnte auch gut sein, dass Julius ein ganz normaler geiler alter Bock war.«

»Hey, das sind ja ganz neue Töne aus deinem Mund.«

»Man entwickelt sich!« Amadeus lacht.

»Zweitens: Wie will sie im Prozess beweisen, dass Julius diese abartige Form von Freitod wählte? Es könnte genauso gut ein heimtückischer Mord gewesen sein. Vergiss nicht, dass diese Frau Schauspielerin werden wollte.«

»Stimmt! Es ist schwer, in ihrem Gesicht zu lesen.«

»Und drittens hat diese Frau mehr Geld, als sie je im Leben ausgeben kann. Ich schätze ihr Vermögen einschließlich Immobilien auf mehr als dreißig Millionen. Ich habe den Verdacht, dass sie durch die Verhaftung von Tahir als Kriegsverbrecher viel Geld gespart hat. Sehr viel Geld!«

»Warum haben wir dann nicht mehr verlangt?«

Dana liebte einfache Fragen.
»Weil wir anständige Menschen sind!«
»Also, dann musst du auch kein schlechtes Gewissen haben. So etwas haben anständige Leute nicht nötig.«
Er lacht. Eigentlich hat sie Recht.
»Bist du glücklich, Amadeus?«
»Ja, Dana, sehr sogar!«

ENDE

HAT IHNEN DAS BUCH GEFALLEN?

Mit einer Rezension bei Amazon würden Sie mir und den Lesern einen großen Gefallen tun. Es genügen wenige Worte. Wer seinen Namen nicht im Internet sehen will, verwendet einfach ein Pseudonym.

Rezensieren darf jeder, der das Buch bei Amazon gekauft oder im Jahr Bestellungen im Gesamtwert von mehr als 50,00 Euro getätigt hat

VIELEN DANK

WEITERE KRIMINALROMANE DER AUTORIN

Alle Bücher der Reihe
»Amadeus von Waldenbruck ermittelt«
sind abgeschlossene Kriminalromane und können in
beliebiger Reihenfolge gelesen werden.

AB Rhesus negativ

Der Blutfaktor

Amadeus von Waldenbrucks 2. Fall

Jahresausstellung der *Künstlerriege e.V.* in einem Provinzstädtchen nordöstlich von München.

Galerist Gregor Offergeld fällt vor dem perfekt gemalten Akt eines Mädchens in Ohnmacht. Als er aufwacht, sind Maler und Bild verschwunden. Er glaubt, seine einstige Geliebte erkannt zu haben: mit gebrochenen Augen und verrenkten Gliedern. Das Bild einer Toten, aber keiner will ihm glauben.

Die Spur führt Amadeus von Waldenbruck zu einem Land-Schloss und zu einer bizarren Familie voller Dünkel und ohne Moral. An seiner Seite: Edeltraud Wenger, Ermittlerin bei der Polizeiinspektion Erding. Als noch ein Mord geschieht, sieht es fast so aus, als ob niemand dafür büßen müsste.

Doch dann wendet sich das Blatt auf dramatische Weise.

Lichtfischer

Letzte Hoffnung Glaube

Amadeus von Waldenbrucks 3. Fall

Kann Krebs allein durch festen Glauben geheilt werden? Das ist die zentrale Frage dieses Kriminalromans, der Ereignisse beschreibt, die so nie stattgefunden haben, aber durchaus hätten stattfinden können:

Schlagerstar Greta Galbani ist neunundvierzig Jahre alt und nicht mehr gefragt. Außerdem hat sie Brustkrebs im fortgeschrittenen Stadium. Sie beschließt, ihrem Leben in den schwarzen Fluten des Isar-Kanals ein Ende zu bereiten. Da sieht sie ein geheimnisvolles Licht, das unter der Wasseroberfläche auf sie zukommt. Greta wird gerettet, und ihr Krebs ist verschwunden.

Die Geburtsstunde der *Lichtfischer* schlägt, deren charismatischer Führer, Psychotherapeut Maximilian Hölderlin, die Menschen in seinen Bann zieht. Die Uferböschung des Kanals wird zur Pilgerstätte.

Und bald gibt es die ersten Leichen.

Totenkirchl

Das Alpen-Menetekel

Amadeus von Waldenbrucks 4. Fall

Hubertus Armbruster, Inhaber einer führenden Münchner Werbeagentur, ist glücklich: Seine ganze Familie begleitet ihn zum Mai-Ausflug nach Südtirol. Da hält er im Totenkirchl auf der Villanderer Alm plötzlich sein eigenes Sterbebild in Händen. In dreiunddreißig Tagen wird er das Zeitliche segnen. Er glaubt an einen dummen Scherz, bis ein grausamer Mord seine heile Welt in tausend Stücke reißt.

Dem privaten Ermittler Amadeus von Waldenbruck bleibt wenig Zeit, das Rätsel zu lösen. Hilflos muss er mit ansehen, wie das Menetekel den einst so selbstsicheren und lebensfrohen Agentur-Boss unerbittlich zermürbt. Kann er den heimtückischen Mörder in letzter Minute aufhalten?

Seekönige

Tod am Chiemsee

Amadeus von Waldenbrucks 5. Fall

Ein brennendes Segelboot steuert auf den elitären Yacht- und Golfclub ›Gut Fromberg‹ zu. Seine grausige Fracht schockt selbst die hartgesottenen Feuerwehrmänner. Welches Geheimnis nimmt Präsident Ferdinand Müller-Fromberg mit ins Grab? Und wer hat die Millionen des Immobilienmoguls verschwinden lassen? Seine blutjunge Witwe steht vor dem leeren Safe. Ist sie wirklich so ahnungslos, wie sie vorgibt?

Hauptkommissar Robert Lortzing aus Rosenheim schleust den ehemaligen Ermittler und Luxus-Aussteiger Amadeus von Waldenbruck in den Club ein. Bevor es den beiden gelingt, das Gespinst aus Lügen und falschen Fährten zu entwirren, geschieht ein weiterer Mord. Doch das ist noch nicht das Ende …

Der gegrillte Koch

Rachedurst und Liebeshunger

Die Geschichte eines Getriebenen

Der Koch Heiner Holler ist ehrgeizig und kreativ. Aber dann beginnt er mit Zutaten zu arbeiten, die man als Gast lieber nicht wissen möchte. Wie lange wird das noch gut gehen?

Heiner ist nicht böse. Er lässt sich sogar allerhand gefallen. Für die Frauen, die er begehrt, ist er eine pikante Abwechslung: ein *Amuse Gueule*, ganz apart, aber schnell wieder vergessen. Er kostet auch von der Liebe unter Männern, aber nichts kann ihn befriedigen. Dann verliebt er sich in die Falsche, und die späte Rache für eine in der Kindheit erlittene Schmach wird zum Bumerang.

An seiner Kochmütze klebt plötzlich Blut und sein Traum von Ruhm und Reichtum zerplatzt in einer einzigen Nacht.